况且况且况

李长声自选集·历史与文化

李长声 著

上海交通大学出版社
SHANGHAI JIAO TONG UNIVERSITY PRESS

内容提要

本书系旅日华人作家李长声三卷本自选集中的文化与历史篇。"知日"渐成潮流，然而大半个世纪以来，我们几乎只从一个位置、一种角度去品评这个邻居的种种，作者则建议我们动动步子，调适距离。此书汇集了作者关于日本文化众多切近又深远的描摹，从幽玄的枯山水到别具一格的赏花姿态，从能乐的变迁到日本人的审美与自我反思，将文化与历史熔于一炉，同时阐释了日本文化与中国文化之间繁复的历史勾连，也澄清了诸多误会。文字之间，作者自身的文化史观也恍然可见。

图书在版编目(CIP)数据

况且况且况 / 李长声著.—上海：上海交通大学
出版社，2017
(李长声自选集)
ISBN 978 - 7 - 313 - 17351 - 5

Ⅰ.①况…　Ⅱ.①李…　Ⅲ.①随笔-作品集-中国-
当代　Ⅳ.①I267.1

中国版本图书馆 CIP 数据核字 (2017) 第 121998 号

李长声自选集
况且况且况

著　　者：李长声
出版发行：上海交通大学出版社　　　　地　　址：上海市番禺路 951 号
邮政编码：200030　　　　　　　　　　电　　话：021 - 64071208
出 版 人：郑益慧
印　　制：苏州市越洋印刷有限公司　　　经　　销：全国新华书店
开　　本：880 mm×1230 mm　1/ 32　　印　　张：8.25
字　　数：172 千字
版　　次：2017 年 7 月第 1 版　　　　　印　　次：2017 年 7 月第 1 次印刷
书　　号：ISBN 978 - 7 - 313 - 17351 - 5/ I
定　　价：58.00 元

序

援笔写序，适逢端午，漠然想起一首诗，是去国之际以壮行色的，曰：

> 龙年竞舟日，逐浪到扶桑。
> 禅定似初入，童心未尽亡；
> 勤工观社会，博览著文章。
> 归棹十年后，知非一梦长。

所谓"十年后"，并非"十年一觉扬州梦"或者"十年老尽少年心"的学舌，当时真有点壮怀激烈，但是我属牛，跟共和国同生同长，年将不惑，也不免怀有十年过后怎么样的莫测与惴惴然。期以十年，殊不知岁月荏苒，几度端午几度中秋，一晃竟侨居日本三十年。

对日本的感受，老外当然和本国人不同。羁旅日久，便少了游客的惊诧，乃至处"震"不惊，有人把日子过得仿佛比土生土长的主人还红火，乐不思蜀。 欧美人嘲笑日本：写一本"母国这么差，日本这么好"的书，出版社定会抢着出，轻松赚个一千万日元。 颇多中国人都能写或者已经写出了这样的书，虽是异邦，也恍若"多半是情人眼里的脸孔，把麻点也全看成笑靥"（周作人语）。 听说日本有人得"巴黎症候群"，特别是女性，旅游或移居法国却发现跟自己从传媒及文学得来的印象与憧憬不一样，深受文化性冲击，竟精神失衡。 好像我们中国人凭着四海为家的气概，从不曾发生"东京症候群"之类的适应障碍。 不过，也有个现象蛮有趣：北美移民口口声声说"我们北美"，而住在日本，即便已归化，一般也不说"我们日本"。 大概这就是中国人对日本的感情纠结。

常听说，日本是熟悉的陌生人。 周作人说过："我们在日本的感觉，一半是异域，一半却是古昔，而这古昔乃是健全地活在异域的，所以不是梦幻似的空假，而亦与朝鲜安南的优孟衣冠不相同也。"异域陌生，古昔是熟悉的，熟悉的古昔果真健全地活在陌生的异域么？或许不过是流于表面的错认、误解。

网上流传一句话"崖山之后无中华"，据说是史学家内藤湖南的高见，不知确然否，他倒是有一个说法，可以撮要为"应仁乱后有日本"。 这样讲的："大体上为了知道今天的日本而研究日本历史，几乎没必要研究古代的历史，知道了'应仁之乱'以后的历史就足矣。那以前的事只让人觉得和外国历史大同小异，而'应仁之乱'以后是直接触及我们的真的身体骨肉的历史，确实知道了，可以说对日本历史的了解就足够了。"

关于"应仁之乱",通说是室町幕府第八代将军足利义政无后，让胞弟义视还俗接班，但翌年正室日野富子生儿子义尚。富子是日本历史上三大坏女人之一，托靠武将山名宗全，策谋义尚当将军，而武将细川胜元辅佐义视，势不两立，应仁元年（1467 年）京都爆发了战乱，波及全国，长达十一年。世无英雄，诸侯们打来打去也不知究竟为何而战，京都却几乎被夷为平地。寺庙神社和贵族、武家的大宅院大半焚毁，文献资料化为灰烬，全盘从中国拿来的制度及文化破坏殆尽。在内藤湖南看来，这下子日本变成了一张白纸，才开始写最新最美的自己的历史。信其言，那么，从"应仁之乱"以后的日本来看，"虽是外国，但其文化的基本与中国同一，所以无论远看近看，都没有多大惊异"这说法就不大靠谱，虽然是周作人说的。

"应仁之乱"是日本历史的转折点，其后即步入战国时代，京都荒废一百年。1582 年因部下造反被困在本能寺的织田信长自尽，曾为他把草鞋揣在怀中焐热的丰臣秀吉统一了天下，对京都施行历史性改造。筑堤掘壕，把市街围将起来，又强迁寺庙，集中到东面，沿鸭川构成"寺町"，北面高处又形成"寺之内"，大概也不无以寺庙御敌的用意。有些地方遗留了旧貌，但整个平安京失去对称构造。工商业者聚居的下京劫后残存，复兴并发展了京都的商业。当时人口只有十余万，后来城市不断向外围扩展，寺町也沦陷，以致现而今外国人赞叹日本的寺庙、坟地以及参天古木紧挨着生活。江户锁国二百多年，明治以来也几经天灾人祸，再加上现代化建设的破坏，我们走进京都一眼就看见长安残影、大唐遗风，"非现今中国所有"（周作人语），只怕是看走了眼。 到日本找中国文化，思古之幽情可感，但需要先做好攻略的反而是中国的历史知识。

知日难，难在我们自以为知日，还难在能否历史地冷眼看日本。足利义政禅位给义尚，全不顾"应仁之乱"造成的民不聊生，大兴土木，在东山营造山庄。 大权在握的富子敛财如狼，不给赋闲的义政出钱，以致山庄的银阁外壁只涂了漆，徒有其名，想来当时是黝黑发亮的。 久经风雨，别具沧桑感，这就是"侘寂"之趣。 义政他爷爷义满在北山修建的金阁若不是被人放火烧了个精光之后重建，后来又再度贴金，恐怕也早已剥落如癣，"侘寂"乎山水之间。 鲁迅有感于土财主把土花斑驳的古铜器擦得精光，写道："例如希腊雕刻罢，我总以为它现在之见得'只剩一味醇朴'者，原因之一，是在曾埋土中，或久经风雨，失去了锋棱和光泽的缘故，雕造的当时，一定是崭新，雪白，而且发闪的，所以我们现在所见的希腊之美，其实并不准是当时希腊人之所谓美，我们应该悬想它是一件新东西。"所以，金碧辉煌的金阁是"近于真相的"，而银阁该当作"一件新东西"。 金阁的辉煌与银阁的枯淡合起来才是完整的日本之美，特别地强调枯淡，无非为有别于中国文化的传统审美，终归是自卑的心理作怪。

说到日本的特性、价值观，其实大部分是在战败后经济恢复及发展被欧美惊为奇迹而不可一世的心态中编造的，近乎伪传统。 某学人批评：连夏目漱石、森鸥外都不读，谈什么传统。 如今倒像是我们中国人在替他们读，不仅读明治，而且读江户，日本朋友瞪大了眼睛：古书啊，那么难读的！ 我们读的是翻译成现代中国话的，甚至就当作今天的日本读。 20 世纪 80 年代后半大陆掀起出国潮，随波东渡，三十年来始终是一个旁观者。 虽然有关心国家大事的积习，但毕竟没有选举权，也没有被选举权，用周作人的话来说：无公民的责任，有寓公的愉快。 开门七件事，当今又多了一事——写。 说是"写"，实际在各种键盘上敲打。 聚会时围桌玩手机，大都是不知肉味的模样，令举箸者茫然。 日本最容易引起中国人喟叹或扼腕，写起来往往带有使命感，主题先行。 寻寻觅觅，总在找他山之石，或者浇自家胸中块垒，对日本说好说坏就免不了偏激。 似乎小日本任谁都可以随意"敲打"，我也敲打了不少。

上海交通大学出版社刘佩英总编认为这些鸡肋般的观感还算有滋味，嘱我选一选，以飨更多的读者。 赵斌玮、杨揄熹、樊诗颖几位编辑费心尽力，帮我编成了三卷。 天生的漫羡而无所归心，什么书都随便翻翻，什么事都想知道点儿，自以为知道了就敲敲打打，鸡啄米似的，真不好归类，总之写的是日本。 美编把书装帧得这么漂亮，谁不想翻开来看看呢。 可不是败絮其中，这点儿自信和良心咱还是有的。

李长声

鸡年（2017）端午于东瀛高洲

目　录

桃太郎

桃，从中国传入日本。

日本第一部正史《日本书纪》里有这样的神话故事：

开天辟地，神世第七代是一对神，男的叫伊奘诺，女的叫伊奘冉。天神教给他们正确的做爱方法，这才一块块生下"大八洲"，即日本列岛。伊奘冉又接着生各种神，直到生火神时烫伤了阴户，一命呜呼。男神伊奘诺找到黄泉国，要接她回家。伊奘冉已经吃了黄泉食物，说：你不要看我哦。言讫不见。神也像人一样有偷窥欲，伊奘诺举火一看，伊奘冉流脓生蛆，上面还趴着八个雷公，吓得他转身奔逃。雷公等起来紧追。路边有一株大桃树，伊奘诺就躲到树下，摘桃子投掷，雷公们败退。书中写道："此用桃避鬼之缘也"。伊奘诺洗去黄泉国的污秽时，从左眼生出天照大神，女，她就是天皇家祖神。

不过，关于桃子，日本人更熟知的是民间故事"桃太郎"，像我们中国人熟知孙猴子监守自盗，偷吃王母娘娘的蟠桃一样。这故事里也有猴：

很久很久以前，有个地方住着老爷爷和老奶奶。老爷爷上山砍柴，老奶奶在河边洗洗涮涮，河上流过来一个大桃子。拿回家剖开，从桃子里面跳出一个小男孩。老两口大喜，取名桃太郎。桃太郎很快就长大了，听说有鬼欺负村人，要去惩治。老奶奶给他做了黍饭团。路上遇"见狗"，给它一个黍饭团就当了"走狗"。又遇见猴子和野鸡，得到黍饭团都跟着去征伐鬼岛。鬼们从村里偷来财宝，正大摆宴席。桃太郎发一声喊，挥舞大刀。狗咬屁股，猴抓后背，鸡啄眼睛，鬼大败，头领喊饶命。桃太郎把财宝装车凯旋，一家三口过上了幸福生活。

曲亭马琴（1767—1848）是江户时代后期的读本作家，日本有文字以来第一个基本靠稿费过活。他为童蒙编辑民间故事，头一篇就是桃太郎，此外有开花爷爷、切舌雀、猴子和螃蟹、喀嚓喀嚓山。这五篇故事被定为日本五大民间故事，但流传民间，各地的内容不尽相同。早年间的故事都是说老奶奶吃了桃子，返老回春，生下孩子桃太郎。莫非因为听众渐渐由大人变为孩子，民间故事变成了童话故事，后来的版本就都讲河上流来一个桃子，掰开来，里面有个小男孩。

带头说桃太郎坏话的是福泽谕吉。1871年（明治四年），他三十六岁，每天早饭后把八岁的长子和六岁的次子叫到书房，用毛笔写一条家训给他们学习，名为《日日之教》（福泽死了五年之后，长子将其发表）。福泽一语道破："桃太郎去鬼岛是为了夺宝，太不像话了吧？宝是鬼珍藏的，宝的物主是鬼。无缘无故去夺取物主所拥有的宝，可说是强盗，桃太郎是坏蛋。如果那鬼是坏蛋，加害于世间，桃太郎勇敢地予以惩处，那倒是不错。但夺了宝回家，给老爷爷、老奶奶，这只是满足欲望的行为，卑劣之至。"

福泽谕吉教子的时候正在写《劝学》，启蒙日本人，譬如："基于天道，顺乎人情，不妨碍他人而达至一身之自由。自由与为所欲为的界线就在妨碍与不妨碍他人之间。"他指出桃太郎的问题所在是夺宝没理由。或许受他点醒，后来桃太郎的故事被改来改去，都是在师出有名上做文章。

1887 年（明治二十年），桃太郎进入小学课本，日本人心目中逐渐树立了一个标准的桃太郎形象。1894 年（明治二十七年），日本向大清开战，斗志昂扬，童话作家岩谷小波等整理《日本民间故事》，桃太郎征伐具有了明确的目的：其鬼心邪，不顺从我皇神的皇化，却对此芦原国（日本）为寇，吞噬苍生，夺取宝物。"有个地方"的桃太郎变身为日本国英雄，他率领的狗猴鸡是"皇军"了。那时桃太郎被画成这副模样：身穿铠甲，外罩无袖长衫；头缠抹额，当中画一个红太阳，或者画个桃；持一杆幡，写着日本第一，不知是老奶奶给他做的军粮——黍饭团日本第一，还是他桃太郎日本第一。

芥川龙之介是小说家，大阪每日新闻社请他当特派员，1921 年（大正十年）从春到夏考察中国一百二十多天，回国后在报纸上发表《上海游记》《江南游记》。后来又加上《北京日记抄》等，合集为

《支那游记》，序言中写道："无疑，我的新闻记者式才能在这些通讯里也像闪电一样——至少像舞台上的闪电一样闪现。"

在上海采访章炳麟，我们的太炎先生对他说："我最厌恶的日本人是征伐鬼岛的桃太郎，对喜爱桃太郎的日本国民也不能不多少抱有反感。"

芥川后来说："我时常听外国人嘲笑山县公爵、赞扬葛饰北斋、痛骂涩泽子爵，但还没听过哪个日本通也像章太炎先生这样给从桃子生出来的桃太郎一箭。 不仅于此，这位先生的一箭远远比所有日本通的雄辩含有真理。"

那真理是什么呢？三年后（1924 年），芥川写了一篇小说《桃太郎》。 他笔下的鬼爱好和平，而桃太郎"给了没有罪的鬼建国以来从未有过的恐惧"：

"从桃子出生的桃太郎下决心征伐鬼岛。 为什么下决心呢？因为他不愿像老爷爷、老奶奶那样去山啦河啦田地啦干活。"

鬼住在远海的孤岛上，"椰树耸立，极乐鸟鸣啭，好一片天然的乐土"。 鬼的妻女织布酿酒，跟我们人的妻女一模一样地安然度日，可是，桃太郎打来了。 他一手持桃旗，一手起劲儿地挥动着画了一个红太阳的扇子，号令狗、猴、鸡发现一个杀一个，将鬼统统杀光。狗咬死年轻的鬼，鸡啄杀鬼孩子，猴把鬼姑娘先凌辱再扼杀。 桃太郎命鬼酋献上全部财宝，还要交出孩子当人质，方饶他不死。

"但是桃太郎未必就幸福地度过一辈子。"当人质的鬼孩子长大成人，咬死了看守的野鸡，逃回鬼岛。 鬼经常越海来袭击，烧了桃太郎的房子。 猴子也被杀了。 桃太郎叹息：鬼竟然这么耿耿于怀，忘了我的不杀之恩。

我们读芥川的桃太郎总会有一种历史现实感。 大正时代有大正浪漫之称，但芥川是现实的，而且预见了其后的现实。 他"漠然不安"，两年后仰毒自杀。 日本的狗猴鸡们被军国主义桃太郎带入了战争。

桃太郎的故事太简单朴素，容易被涂改，被用作宣传或教化的工具。 大正年间儿童文学的童心主义把桃太郎美化成天真烂漫的孩子，而无产阶级儿童文学的孩子也具有阶级性——桃太郎用每人半个黍饭团雇用狗猴鸡，分财宝之际狗鸡猴宣布：我们劳动所得都是我们的。第二次大战期间，桃太郎的故事彻头彻尾地被军国主义利用：鬼是美英，日本是保卫世界的桃太郎。 改编的动画片中，桃太郎驾飞机或潜艇跟盟军作战。 到底不顶用，战败了，美国占领军也认为桃太郎"不像话"，一度禁止。 作为侵略者，桃太郎从课本上消失。 儿童文学出版家松居直在自传中写道："我不讨厌美国，但不管美国人说什么，我认为'桃太郎'是日本代表性传承文学。"桃太郎复出，有的被改编成这样：

鬼主动拿出财宝，说：送给你当礼物。 桃太郎说：谢谢，不要再干坏事哟，我还会来玩，撒哟娜啦。

与时俱进，哪里的民间故事都不再是民间的了。 作为给孩子讲或看的故事，如今又有了抹去桃太郎的暴力，改为用对话来解决的。这固然不错，但比起故事来，或许现实中的对话行动对孩子更富有教育作用吧。

小和尚从哪里来

"和尚没有老婆，小菩萨哪里来!?"这是三师兄的"狮吼"，令鲁迅彻底省悟了和尚有老婆的必要，以及一切小菩萨的来源，不再发生疑问。（见《我的第一个师父》）

然而在日本，我们还是发生了疑问：和尚为什么有老婆，而且还吃肉喝酒唱卡拉 OK？日本和尚大多数结婚，生下小菩萨继承寺庙，这是和尚的家业。和尚不过是三百六十行之一，跟俗人一样过日子，像鲁迅说的那样，只是"穿起袈裟来做大和尚，或者戴上毗卢帽放焰口，'无祀孤魂，来受甘露味'的时候，是庄严透顶的"。日本人大都认为日本是佛教国家，我们觉得像一个笑话。以前曾听说，中国佛教界派三五僧人去东天取经，但前去的僧人回国后一个跟一个还俗，有的又回到日本，做起了快活和尚。此后派遣取经就只往戒律森严的东南亚去了。

日本佛教是中国传过去的，传入时间大约在公元 538 年，即钦明天皇七年。岛上自来有土著信仰，第一次看见百济圣明王赠送的一尊释迦佛铜像，钦明天皇问群臣，拜不拜呢？公元 6 世纪末至 7 世纪前半，都城在奈良盆地南部的飞鸟地方，推古天皇登基，圣德太子摄政，圣德太子深信并大力兴隆佛教，建立了法隆寺等寺庙。作为外来文化，佛教起初就是由国家主导的国家宗教。出家当和尚要经过国家考试，有名额规定，分配至各寺庙。和尚是国家公务员，镇护国家，不可以聚众说法。未经国家批准的，叫私度僧，就犹如私人企业的员工。都城在奈良的时代（710—784）虽然出现了所谓"南都六宗"，但尚未形成正规的宗派及教团。以平安京为都城的平安时代（794—1185）出现了两颗巨星，那就是最澄和空海。他们到唐土取来了真经，分别开创了天台宗和真言宗。平安时代末叶，私度僧多达三分之二，"山川草木国土悉皆成佛"这句话广为流传。镰仓时代（1185—1333），法然、亲鸾、道元、日莲等宗祖辈出，致力于改革，贵族置庶民于不顾的旧宗教变成救济民众的新宗教。法然开创净土宗，将整个佛教凝结到一点：只要口念"南无阿弥陀佛"，死后就能去阿弥陀佛的净土。用不着修行，谁都做得来，佛教日本化，变成大多数日本人的了。

现在日本佛教主要有六宗：天台宗、真言宗、净土宗、净土真宗、曹洞宗、临济宗、日莲宗。宗下有派，净土真宗奉亲鸾为宗祖，有十派之多。其中，净土真宗本愿寺派（西本愿寺）与真宗大谷派（东本愿寺）是两大教团。日本寺庙约七万七千座，四分之一属于这两派。净土真宗是日本最大的佛教宗派，门徒有一千三百万之众，十个日本人当中就有一个。日本经济高速度发展后，南都六宗的寺庙以观光立寺，信徒共计六十万。

京都火车站的建筑很现代，巍峨壮观，对面有两座森严的院落，庙檐飞出围墙，那就是西本愿寺和东本愿寺。1262年亲鸾入灭，火化之后土葬。十年后改葬，女儿觉信尼修建了一座六角形草堂，木雕其影像祭祀，此即大谷庙堂。1321年祠堂变成了寺庙，号本愿寺。传到第八世莲如时，本愿寺还没有独立，隶属于青莲院。僧人日莲辗转各地，布教通俗易懂，壮大了教团，打下净土真宗发展的基础，被奉为中兴之祖。亲鸾则作为宗祖，其存在及思想广布开来。1591年丰臣秀吉批给十一世法主显如一块地皮，今天说来就是在京都站前，兴建本愿寺。显如传位给长子教如，但丰臣秀吉对教如不放心，把显如三儿子准如推为十二世法主。教如投靠了德川家康，1602年家康赐地，在本愿寺东边又建了一座本愿寺，从此有东西之分，此亦免得它势力过大，啸聚造反。西本愿寺今日基本保留了原来的模样，被列为世界文化遗产。

寺有寺规：本愿寺传灯相承为世袭，顺序是住持嫡出的长子，住持嫡出的长孙，住持嫡出长子的子孙，住持的子孙，住持兄弟及其子孙，属于住持最近亲系统的人，与天皇家的皇位继承顺位大致相同。由子孙延续香火，当然得娶妻。和尚生儿育女，可真像鲁迅说的，"他们一定早已各有一大批小菩萨，而且有些小菩萨又有小菩萨了"，无穷匮也。

食肉娶妻使净土真宗有别于所有宗派，创下或闯下这规矩的亲鸾在日本佛教史上可算是另类。不过，他当年在贵族社会或佛教界默默无闻，没留下任何记录，以致明治时代史学家认为实无其人。1921年，西本愿寺宝库里发现了亲鸾妻惠信尼写给女儿觉信尼的十封信，亲鸾的存在这才得到认定。亲鸾从天竺、震旦、日本选定七高僧顶礼膜拜，他的法名即取自其中的天亲和昙鸾。描述亲鸾的生平事迹基本上依赖亲鸾曾外孙觉如的《亲鸾传绘》。他没见过老祖宗，在亲鸾死去三十三年后写此传，可能都是听奶奶惠信尼回忆。亲鸾至今也不过是虚像的存在。既然对后世的现实产生影响的是虚像，还历史以本来面目也就不大有意义吧。

亲鸾生于1173年，京都人，父祖以汉学为官。时当平安朝末世，贵族争权，武士借机跻身朝廷，凭武力掌握了政治实权。兵荒马乱，灾害频仍，一场大火把京都烧掉了三分之一。亲鸾六岁那年发生大饥荒，据《方丈记》记载，饿殍不计其数。贵族和庶民无不惊恐"末法"之世来临。可能因家境中落，九岁的亲鸾得度出家。披剃之日，因天色已晚，青莲院的慈圆和尚说且待明日。亲鸾便吟了一首和歌：赏樱待明日，夜来风雨不留情。慈圆听了当即为他剃度。这种小和尚叫作童子或稚儿，像女性一样留长发，染黑牙齿，拔掉眉毛，白天学佛供佛，晚上陪师傅睡觉。延历寺还举行稚儿灌顶，如此才有了能够陪睡的身份。翌年随慈圆上比睿山。此山是镇守京城的灵山，传教大师最澄788年在半山腰开基延历寺，不仅是天台宗的总本山，也是佛教界的最高学府。亲鸾研习《法华经》，修密教，守戒律，修行二十年。

这期间日本进入镰仓时代，比睿山已经世俗化，腐败堕落。大和尚勾结政治权力，蓄妻犯女。出身下层贵族的亲鸾没有后台，再努力也是徒劳，永无出头之日。于是1201年决然下山，先到京都的六角堂（顶法寺）笼身祈愿一百天。这是圣德太子建立的寺庙，本佛是如意轮观音。笼身第九十五天，天将破晓，亲鸾疲惫已极，似梦非梦，但见救世菩萨出现在面前，颜容端严，身披白袈裟，端坐在广大的白莲华上，对他说：倘若因过去世的宿缘非搞女人不可，我就变成玉女供你泄欲，"一生之间能庄严，临终引导生极乐"。又说：这是我的誓愿，你要宣说给一切众生听。

时年二十九，正处于性苦闷，做梦娶媳妇也实属自然，他是个和尚，就可能梦见菩萨。戒律就是跟自然及人性作对，这让他苦恼不堪。此后亲鸾入法然门下，专修念佛。关于亲鸾娶妻，也有这样的说法：某日，位居公卿的九条兼实来法然处，说：能否往生极乐净土，出家人念佛与在家的俗人念佛不会是一样的吧。法然回答：所有的善凡夫或者恶凡夫都能够往生是由于阿弥陀佛的大愿，出家和在家一样，善人和恶人一样。九条兼实说：既然都一样，那就让你的弟子跟我女儿结婚，做出个实证。于是，法然指定亲鸾，和九条家的玉日吉结婚。玉，不就是菩萨托梦的玉女吗？

民俗学家柳田国男认为，日本僧侣食肉娶妻绝不是从亲鸾这一个特定人物开始的，而是源于远古日本人的信仰。当时僧侣有家室并不是稀罕事。法脉传承，传给所谓"真弟"，其实是自己的儿子，也近乎常态。镰仓时代的宗教改革对日本人的思想及文化有重大影响，但是说穿了，所谓佛教日本化往往无非脱离乃至破坏释迦的、中国的佛教罢了。日本佛教的特色之一是戒律从未被严守。亲鸾应镰仓幕府之召校正一切经，宴席有肉，和尚们大快朵颐，但其他和尚都脱下袈裟，惟有亲鸾穿着袈裟吃，他的说辞是袈裟能解脱它们的畜牲之身而成佛。戒律俨然，娶妻犯女要偷偷摸摸地进行，而亲鸾将其公开化，这就是他的贡献，甚至是一个革命。本来真宗也不公开张扬食肉娶妻，以免遭外界非难，但莲如以后，以本愿寺为中心的真宗教团迅猛发展为巨大教团，干脆把食肉娶妻当作招牌，说这样才继承了佛教的真髓。

法然大弟子安乐是一个帅哥，嗓音也动听，女粉丝很多，竟然睡了侍候太上皇的女官，这下子惹怒朝廷。1207年安乐等处死，法然及亲鸾等被勒令还俗，流放偏荒之地。亲鸾拉家带口到日本海沿岸的越后（今新潟县），自称"愚秃释亲鸾"。遇赦后也不回京都，又往东，在笠间（今茨城县）落脚，传教二十年。当地盛行修验道（山岳信仰与神道、密教等混合而成，行走山里，修行特异功能），亲鸾布道减少了修验道信徒，头领辨圆念咒发功，要灭了亲鸾，却不见功效，于是带上武器直闯亲鸾的草庵。亲鸾处变不惊，笑脸相迎，辨圆被感动。亲鸾说你我是"同朋"，都需要被拯救。辨圆当场就念佛了。

在家信教有五戒，出家则多达二百五十戒。五戒是不杀生、不妄语、不偷盗、不邪淫、不饮酒，对于以捕鱼打鸟为业的人来说，根本做不到。谁也不能任蚊叮虫咬，吃鱼也犯杀生戒。人要活，就不能不成为恶人。亲鸾说：没关系，不必说娶妻生子、吃肉喝酒，即便是屠夫杀猪，武士杀人，只要口里念佛，就能去极乐净土。又说：并不是杀一千人的人心坏，一人也不杀的人心好，不同的只是有没有杀的因缘罢了。农民渔夫工匠以及武士纷纷信奉他的说教，各地形成了门徒集团。亲鸾说自己一个弟子也没有，厌恶被崇奉为教主。

释迦的佛教本来追求的是解脱，但传入日本的佛教是大乘佛教，以救济在家信徒为目的，不出家也能成佛，这就得肯定现实世界、烦恼世界，肯定活人所具有的七情六欲。按说应该是既然连恶人都能够往生净土，善人就更不用说了。但亲鸾反过来说："连善人都能开悟，恶人更不会不能开悟，到达彼岸。"这就是亲鸾的根本说教"恶人正机说"。日本人常说人死了成佛，以之为靖国神社辩解，根子就在这。此说还写进课本，经常拿来出考题。

阿弥陀佛成佛以前是法藏菩萨，修行时立下四十八愿，其中第十八愿是不分善恶，救济所有的人。善人试图用自己的力量（自力）做善事，以此开悟，不会全心全意信赖佛，而恶人不能靠自己的力量得悟，就只有死心塌地依赖佛的救济力量（他力）。恶人才是阿弥陀佛拯救的对象。相信阿弥陀佛的本愿，口念佛号，死了就能靠阿弥陀佛的他力去极乐净土。净土真宗及日莲宗不同于其他宗派之处，首先即在于有具体的救济手段。日莲宗唱诵题目"南无妙法莲花经"，净土真宗口称佛号"南无阿弥陀佛"，就可以成佛。真宗的教义与实践再简单不过了，凡夫俗子也乐得信奉。

然而，也有门徒把教义理解为"造恶无碍"：恶人才能被救，往生净土，所以在世上干什么坏事都可以。这就自找幕府镇压了。对此，亲鸾说：有解药也不要服毒。宗教被俗世的权力掌控，僧侣破戒，示众游街乃至处刑不是宗门所为，而是政权出面处置。除了净土真宗及修验道，其他宗派都禁止食肉娶妻，而亲鸾之教不灭，以至成气候，一方面是由于本愿寺代代法主通过婚姻与世俗权力结亲，另一方面则在于亲鸾自称"非僧非俗"，僧侣与门徒几乎没差别，彻头彻尾是俗民的信仰。而且，真宗寺庙的成立也不同于其他宗派——起初是俗人把自己的家当道场，说法念佛，后来道场变得跟寺庙似的，但仍然是私有物，这样，住持世袭也自然而然。

年过六十，亲鸾带着妻惠信尼、幺女觉信尼、长子善鸾等回到京都，此后三十年几乎埋头于著述。门徒集团之间对教义产生疑义、分歧，发生混乱，亲鸾派儿子善鸾前去处理，善鸾也不由自主地陷入争权夺利的纠纷，曲解教义。亲鸾写信，毅然断绝了父子关系，此时已年高八十四。日后撰写《叹异抄》的弟子唯圆等求教，亲鸾说：信奉还是抛弃念佛，你们自己决定吧。1262年亲鸾入灭。

六百年过去，日本维新了。明治新政府把神道立为国教，为此而废佛毁释，并于1872年（明治五年）宣布，从此以后僧侣可随意食肉娶妻蓄发。和尚消灭了上千年来的特殊身份，也可以跟庶民一样地征召，上阵杀人。福泽谕吉在《文明论概略》中写道："及至近日，政府有令，许可全国僧侣食肉娶妻。如据此令，从来僧侣不吃肉，不近妇女，非为守其宗教之旨，乃因政府不允许而勉为自禁。由此等之趣观之，僧侣不啻政府之奴隶，亦可云日本国里已无宗教。"听命于政权，大多数僧侣便破了戒律，统统向净土真宗看齐。早知现在，何必当初，日本佛教真宗化，又过去百年，食肉娶妻家早已是日常。 电视剧搬演风华正茂的和尚一边修行一边谈情说爱，男女老少都看得入迷，从不会发生疑问。

鲁迅在《我的第一个师父》里写道："寺里也有确在修行，没有女人，也不吃荤的和尚，例如我的大师兄即是其一，然而他们孤僻，冷酷，看不起人，好像总是郁郁不乐，他们的一把扇或一本书，你一动他就不高兴，令人不敢亲近他。 所以我所熟识的，都是有女人，或声明想女人，吃荤，或声明想吃荤的和尚。"这话大概是不错的，亲鸾比空海更有人情味儿。 自我与性欲是人性解放的主题，近代以来知识人拿亲鸾浇自己心中的垒块，以致他不单是净土真宗这一宗的祖师，甚而被置于代表了日本的思想家、哲学家的地位。 哲学家梅原猛说，亲鸾是日本人的精神故乡，人气在空海之上。 出版界甚至有一个说法：不景气就拿"亲鸾"卖钱。 前几年又有五木宽之的小说《亲鸾》畅销，似乎是一个证明。

大阪瑞兴寺住持受摇滚吧启发，开办和尚吧。 这瑞兴寺是真宗大谷派寺庙，庙里有酒窖。 和尚吧发展到东京、京都，如今已有好几家，慰抚人心，也顺带布教。 近来又时兴跟和尚谈心，好像没有老和尚，都是些头皮光光的帅哥，市上还出售《美和尚图鉴》。 一群年轻的女人跪坐周围，和尚启开罐装啤酒，乐呵呵开导。 当然先读经，香烟袅袅，制造了氛围。 看来都不是吃素的，至于想不想女人，未见声明。 有女人问：和尚想不想搞外遇呀？

信神信佛信耶稣，什么都信即为无

　　"在战前的我国，壁龛（原文为"床之间"）里挂着天照皇大神的画轴，侧面墙上贴着从杂志或报纸上剪下来的明治天皇或者昭和天皇的身影，壁龛柱子的右边有佛坛，斜上方有神棚，转到厨房，并列着狐仙和财神。"

　　这是谷泽永一描述的。他当了一辈子教授，自称书志学家，但人们一般认为他是文艺乃至社会评论家。谷泽永一生于 1929 年，亲历了战前的时代。"战前"这个词，日本用得有点乱，不像我们说解放前，确指 1949 年以前，那是万恶的旧社会。谷泽所说的战前不是开战之前，而是 1945 年战败前。那时候日本人家就这样自由地兼容，至今仍然被嘲笑：他们生下来进神社，向神祝祷，婚礼则或者神道式，或者基督教式，甚或两者相结合，平常过日子是儒教的，死了做佛教的法事。

　　有人说，西方思想的根底是一神教，非常不宽容，而日本土俗相信山川草木都住着神，了不起的人物死了也成神。《万叶集》里说

"天上河滩聚集八百万千万的神"，神太多，挤挤插插，磕鼻子碰脸，以和为贵。这种宽容能容纳任何宗教。日本人的宗教世界本来即由土著宗教——神道及巫术，自古以来的输入宗教——及佛教、儒教这三种性质不同的要素构成。

常听人说中国不出大作家是因为没有宗教。作家，通常指小说家。小说本来是西方的文学样式，而且以西方的标准评判，我们才写了几年，不出大作家也实属正常。将此归因于没有宗教，亦即基督教，不过是有病乱投医罢了。日本出了两个诺贝尔文学奖得主川端康成和大江健三郎，这两年的获奖赌注又接连下在了村上春树身上，但他们都不信耶稣，起码川端自绝于上帝就是个证明。

三岛由纪夫和周作人都说过日本人的抬神舆。我以为，那神灵附体一般的如痴如狂，与其说是宗教的，不如说是民俗的狂欢，甚而不过是一种表演。人们系上兜裆布，扛着神舆摇来晃去，乃至互相碰撞，所幸神道没有偶像坐在那个轿子里，经得起折腾，倘若是佛教，佛祖非晕将过去不可。这倒是表现了他们的集体精神和认真态度。抬神舆从前是乡村共同体的活动，如今基本是社区联谊以及旅游项目。

周作人再认识日本，写道："要了解日本，我想须要去理解日本人的感情，而其方法应当是从宗教信仰入门。"可是，这宗教之门不好找。啥都信，也就啥都不信。

大陆，尤其是朝鲜半岛，自古不断有人渡海而来，起码522年有个司马达等把佛教带到了日本。当朝为官，做马鞍什么的，搭了个草房，供奉"大唐之神"（佛像），并协助大臣苏我马子崇佛。苏我马子女儿第一批得度为尼，被排斥佛教的大臣物部守屋扒光了法衣鞭笞。

朝鲜半岛上高句丽、百济、新罗三国鼎立，其中百济与日本（那时候叫倭）交好。司马达等是私传佛教，6世纪中叶百济圣明王给日本钦明天皇送来金光灿灿的释迦铜像以及幡盖、经论，就算是佛教公传。拜佛不拜，朝廷上进行了一场论争，以至兵戎相见，苏我氏灭物部氏。圣德太子摄政。他笃信佛教，注释三经（法华、胜鬘、维摩），兴建佛寺，以佛教为本统一国家。此后有几代天皇归依，佛教的接受由氏族转至宫廷。到了奈良时代（710—794），以官寺为中心讲求学问，镇护国家，佛教更具有国家宗教的性质。但时间久了，官寺靡费，教团堕落，桓武天皇只好一走了之，于794年迁都到京都，刷新律令政治。此后四百年，史称平安时代。入唐求法，最澄和空海分别开创天台宗、真言宗，都离开城市，进入山林，与政治保持了一定的距离，但仍然标榜为护国佛教。佛教传入日本以后从来是世俗的，受皇家掌控，没有哪一个大寺高塔不是在政权的支持下拔地而起。

佛教传入中国后，大体上与道教相互斗争，各自独立。在日本，推古天皇下诏兴佛，十年后又下诏敬神，两头不得罪；后来干脆把神佛合一，外来的"蕃神"都成了土著"国神"的化身。这样的合一并非日本发明。印度也合一，佛教混入了婆罗门教、印度教的神。神道没有释迦牟尼那样的鼻祖，没有教义，它不是普度众生的宗教。

神也有苦恼，奈良时代开始在神社境内兴建寺院，叫神宫寺，和尚在神前念经，用佛的功力帮神解脱。神需要佛救济，佛需要神守护，寺院也建立神社，由"护法善神"护卫佛法。圣武天皇（724年—749年在位）下诏造大佛，先在东大寺境内建八幡宫，以求造大佛顺利。781年朝廷封八幡神为"八幡大菩萨"，把这个武神纳入了外来的佛教，神佛一体化。佛教的佛作为神道的神显现于日本，神其实就是佛，天照大神本来是大日如来，阿弥陀如来化身为八幡神。佛教受希腊神像的影响在犍陀罗开始造佛像，此举后来兴盛于中国，再传入日本。平安时代以前，神道的神是无形的，没有造像。神佛合一以后，神道也仿照佛像造神像。神道里有佛，佛教里有神，既礼佛，又敬神，形成了日本宗教的特色，也给日本人打下了什么都信的根基。

　　似乎算不上融合，充其量混淆而已，这种状态延续了千余年。明治维新成功，新政府最早发出的号令是神佛分离，把神社置于内务省管辖。上古神道是人的本源性宗教，植根于自然，并不像基督教那样布教，甚至强迫人信奉。推行神道国教化政策，全国掀起了一场轰轰烈烈的废佛毁释运动，佛像佛具统统从宫中扫地出门，皇家跟佛教绝缘。奈良的兴福寺本来与春日社合为一体，叫春日兴福寺，分开就有了春日大社和兴福寺。这些社寺所在的奈良公园游荡着好多鹿，腥膻难闻，原来春日社供的神是大老远骑白鹿来这里的，起初与爱护自然之类的说法并无瓜葛，倒是传说有一个孩子用镇纸误杀了鹿，被毫无人性地活埋了。东京的景点浅草寺，山号叫金龙山，是

况且况且况且

018

东京最古老的佛寺。供奉圣观音菩萨，年间来访者多达三千万，但参观也罢，参拜也罢，都看不见本尊，因为是秘佛。据说像高五点五厘米，从河里网上来的。就在浅草寺境内，略有点背静的地方还有座浅草神社，祭祀的神就是从河里捞起菩萨像的渔民兄弟和另一个看见菩萨像出家当和尚的人，他们是浅草寺的守护神。东京塔附近有一座增上寺，是德川将军的家庙，明治维新后领地被没收，开辟了芝公园。两栋王子饭店所在也曾是增上寺的地盘。芝公园里有神社，叫芝东照宫，本来是增上寺境内祭祀德川家康的，神佛分离后独立。这就是近代以前神佛合一的残影。过年时求福，离寺庙近就去寺庙，离神社近就去神社，似乎哪个都管事。拜神拍手鞠躬，礼佛双手合十。神社的礼仪是明治以后才规定的，你若不知道如何是好，那就合掌吧。

寺庙原是派出所

1549 年，耶稣会传教士圣方济各·沙勿略在鹿儿岛上陆，这是天主教踏上日本第一步。 日本正处于战国时代，织田信长敌视寺庙，在他的庇护下，天主教盛行。 倘若他不死于部下叛变，或许日本变成基督教国家也说不定。 织田放鹰捕鸟，送给传教士示好。 信徒们大嚼牛肉，以示信仰上帝。 不过，耶稣会巡察使叹息：日本的领主们不理解欧洲国王为何耗巨资布教，认为最终将掠夺土地以补偿。 丰臣秀吉顶替了织田，蓦地翻脸把天主教定为邪教。 取代丰臣的德川家康 1612 年发出禁教令，翌年驱逐传教士。 第二代幕府将军德川秀忠大量处死潜伏的传教士和窝藏他们的信徒。 第三代将军德川家光为阻止基督教传入，断行海禁。 排查天主教信徒的手段是"踏绘"，即踩踏耶稣或圣母玛丽亚的像。 在各地施行，被特许贸易的荷兰人和中国人也不例外。

1637 年岛原（今属长崎县）、天草（今属熊本县）的农民不堪苛政，揭竿而起。 这两地的旧领主信奉天主教，很多农民也入教，新领主按照幕府禁教令残酷迫害。 起义军固守一座城池，抵抗数倍之众的幕府军。 统领松平信纲采取各种方法，终于镇压住起义军。 这是一场宗教战争。 为根绝异教徒，实施"寺请"制度。 每个日本人都隶属于一个佛寺，叫作檀家，登记在册。 檀家是施主，寺庙像派出所一样管理户籍，施主结婚、旅行、外出打工之际开具介绍信，证明此人不是邪教徒。 这个制度一直延续到明治五年（1872 年）制定户籍法。 江户时代日本人生下来就有固定的宗旨、宗派和家庙，但这样的宗教恐怕只能说是行政管理，并不是信仰。 一度岌岌可危的禁止杀生食肉的戒律也复活，违反者甚至处以流放远岛的重刑，整个国家变成了一座庙。 政权与寺庙联手，根除异教，刹住了饮食生活西洋化趋势。 吃洋食要等到 1873 年明治政府废除了对基督教的禁令，文明开化，才重新开始。 战败后生活向美国看齐，终于不成功，1980 年又提倡营养上较为合理的日本式饮食了。

佛教的终极理想是解脱，从烦恼的束缚中获得自主性自由。 大乘佛教出现了救济思想。 佛教本来信仰释迦牟尼，也就是信仰创始人，但日本信徒不是信仰释迦牟尼，而是崇拜开山祖师。 他们被当作佛菩萨的化身，例如亲鸾是观音菩萨的化身。 宣说本尊之教的祖师比本尊更重要。 祖师的行状对于信徒来说就是人生的指导。 归根结底，信仰的是人，而不是神。

神道是神道，佛教是佛教，这是近代以来的意识。 近代以前，所谓宗教是宗派之教义的意思。 寺庙与神社分家，各干各的，终究清除不掉根深蒂固的信仰习俗。 神道是土著信仰，但现行神道是明治维新时代编造的，只有百余年传统。观赏皇室行事，有模有样，很有点古色古香，便认定是古来的传统，其实是近代的保留节目。北京天坛公园的祭天活动是娱乐，根本无关乎宗教。1873年，已经是明治六年，日本才屈从欧美的压力废除了"寺请"。寺庙不能强迫居民当施主，但家里死了人，还要请和尚做法事，哪里找和尚，可能又找到过去曾管过自家的那个庙。外来的思想与文化不断地冲击人们的心，难以定于一尊。虽然标榜无宗教，日本人也受到扎根于日本风土的宗教文化影响，形成了特定的宗教观。日本人的无宗教，不是无神论，也不是否定宗教，往往是不属于哪个宗教团体的意思。日本人属于宗教团体，而不是属于那个宗教，不属于信仰。这大概也与源于村落共同体的集团性有关。

奈良药师寺金堂的药师三尊像（药师如来、日光菩萨、月光菩萨）是日本佛教美术的杰作，这金堂毁于1528年。据住持高田好胤（他是药师寺历史上第一个娶媳妇的）说："战败后，药师三尊天气好的日子日光浴，下起雨来，得打着伞做法事。"今天的富丽堂皇是1976年重建的。贫困时，热的是邪教，佛教热是富起来之后的事。

吃出禅味儿

不许荤肉入民家

我们中国人向来有一个印象，那就是日本人信佛。据说日本有寺庙七万五千座，将近一亿三千万人口当中有八千多万佛教徒，怎么说也是个佛教大国，似乎我们的想当然没错。然而历史小说家司马辽太郎说："佛教也只是掠过了日本人的心头。"日本人甚至说自己"三无"：无宗教心，无哲学，无创造性。那么，我们的印象是怎么造成的呢？

虽然是国教，但很长时间里信奉不过是贵族阶级的事，向民间的普及，首先不是从精神信仰，而是吃。民以食为天，这也是治民之策。佛教有很多戒律，在家的信徒要遵守五戒：不杀生，不偷盗，不邪淫，不妄语，不饮酒。基于不杀生的戒律，676年天武天皇下诏，严禁吃牛、马、狗、猴、鸡，后来又及于鱼类。自称"三宝奴"的圣武天皇屡下禁令，745年禁止天下杀禽兽三年。 奈良时代几乎历代天皇都严禁肉食。 不吃肉先是在贵族阶层实行。 他们的生活优雅而奢华，但相形之下，吃食很简素，这种现象犹残存于今。 农民还不知道佛教是个啥，稀里糊涂就只有粗粮野菜可吃了。 非肉食者谋，立为国教，佛教戒律彻底改变了日本人自古以来的任其自然的饮食生活。 中国南北朝的梁武帝——曾任命倭王为征东大将军——以佛教为国教，本人也三番五次进庙当和尚，不吃荤，不近女色，但治国用的是儒教，吃不吃肉终归是出家人的规矩。 正是在这一点，日本虽深受中国文化的影响，却自有特色，王道乐土上七十者无须食肉矣。 有意思的是禁食的对象有牛有马，有狗鸡猴鸟乃至鱼，唯独没有猪。 那时已经有"猪饲"之职，以养猪为业，不知为何猪肉却不在禁食之列。

探访禅寺，常见门口立一根柱，刻一行字：不许荤酒（肉）入山门。 虽也不许入寻常百姓家，但禁而不止。 上有政策，下有对策，民皆然，想吃就找个借口，譬如当药吃。 吃肉有益于健康，所以贵族也罢武士也罢终不能彻底断了肉。《和汉三才图会》说：牛肉作为日用之食有严法，但不能禁。 千百年过来，日本人毕竟习惯不吃肉了。《江户繁昌记》写道："德川幕府末叶，视猪鹿猴等类为污秽之物，大加排斥。 诸侯行旅，途经肉铺前，甚至嫌其不净，把轿子举在空中通过。"没料想明治维新，独尊神道，又主张像西方人那样吃肉了，不吃牛肉就不是文明人。 天皇带头吃。 好在天皇是神道的最高神官，神从不吃素。 佛教在佛前供花、灯、香，而神道重视供神的吃食，叫"神馔"，不仅有五谷，而且有鸟兽等山珍海味。 天皇不独享，正月里吃了，开春就号召和尚吃肉娶媳妇。 全国齐开化，盛行吃"牛锅"（关西叫"锄烧"），连烤带煮，大快朵颐。 供不应求，就有店家拿马肉、猪肉以至"恶兽腐肉"来冒名顶替。

素菜成席出禅寺

8 世纪末奈良朝迁都到平安京（京都），史称平安朝，长达四百年。 12 世纪末源赖朝消灭了平家势力，在镰仓创立武士政权，执掌天下，此后约一百五十年被称作镰仓时代。 近代以后日本人从西欧拿来了"宗教改革"一词，在自己的历史中翻找，于是镰仓时代就成了宗教改革的时代，而且比欧洲 16 世纪宗教改革早得多。 改革开创的新宗教有法然的净土宗、亲鸾的净土真宗、一遍的时宗、日莲的日莲宗，这几位宗祖都不曾渡海求法，甚至可以说，他们的改革无非对来自中国的佛教加以解构，使之面目全非，也就日本化。 这些新宗教皆起自草庵，念一个经，拜一个佛，不分男女贵贱皆成佛，佛教真正成了民众的宗教。 唯有禅宗是荣西和道元先后从宋朝取回来的。与其他新宗教不同，禅宗重视戒律，尤合乎武士的秉性与口味。 现在日本佛教徒大半属于镰仓佛教。

荣西生于 1141 年，在比睿山学天台宗，修密教，二十七岁西渡取经。 四十六岁再次赴宋，钻研临济宗奥义。 回京都建立建仁寺，为避免既成宗教的迫害，以台密（日本天台宗传承的密教）的名义传布禅。 前往镰仓，有"尼将军"之称的源赖朝妻北条政子和第二代将军源赖家皈依，建立寿福寺。 著《兴禅护国论》，还著有《吃茶养生记》。 茶以前已传入日本，但贵族、僧侣们喝了一阵子就不喝了。荣西重新带回来茶树，也种植在宇治，后来宇治就成了名茶产地。他推广吃茶，尤注重茶的药效，说它是"养生之仙药也，延龄之妙术也。 山谷生之，其地神灵也；人伦采之，其人长命也"。 幕府第三代将军源实朝宿醉不适，荣西用茶给他解酒。 喝茶的习惯在禅寺及武士社会普及，又广及庶民之间。 本来荣西就是把禅茶捆绑在一起引进的，茶也带着禅味。 民间喝茶渐渐发展为游戏，越来越讲究形式，从中产生了茶道，又从精神上强调茶禅一道。 虽然端绪都是在中国，但日本俗生活中的禅文化创造更为丰富多彩。

道元比荣西晚一个甲子，生于 1200 年，二十岁入宋，历访诸寺，四年后回国开山曹洞宗。 临济是看话禅，以公案逗趣，曹洞是默照禅，只管打坐。 道元打破了中国禅标榜的不立文字，著有《正法眼藏》，为日本佛教史上最宏大的著述。 虽然严于戒律，但当时就有"临济将军，曹洞士民"之语，现今就独个教团来说，曹洞宗是日本最大的宗派。 仿照中国禅林的《百丈清规》，道元编写了《永平清规》。 中国寺庙之森严，似乎规矩未及于民间，那规矩更显得非同一般，而日本禅宗尤其被武士阶级接受，"赴粥饭法"之类清规也影响他们的日常生活。 食即法，法即食，饮食是信仰生活的组成部分，也是理念的体现。 彬彬有礼，做事中规中矩，或出自禅宗，未必是儒教的熏陶。

荣西、道元也带回来宋朝的饮食文化，使日本的食桌为之一变，代表即所谓"精进料理"（素菜）。起初大概是家里做法事，觉得禅寺的素菜很好吃，渐渐在民间形成了一个菜系。吃素总不免让我们联想到信佛。日本拿来中国的吃法，是当作文化拿来的，日久天长，形成了日本所独特的样式。"怀石"的意思是禅僧修行时拿块热乎乎的石头放在怀里抵御饥寒，后来茶道就有了"怀石料理"。腹内空空，喝茶刺激胃，也可能做驴饮状，所以先吃点东西垫一垫，这就是"怀石"。"怀石"难解，一般写作同音的"会席"，若说不同之处，前者是用来品茶的，后者是酒席。如今店家们乱叫一气，多为了显示高档。

日本另一种菜肴"普茶料理"则出自黄檗宗禅寺。江户时代的1654年禅僧隐元隆琦从福建渡海而来，带来明朝的禅，建万福寺，为黄檗宗鼻祖。"普茶料理"是素菜，多用油和淀粉。油炸食品很早从中国传入，再加上南蛮（日本曾把荷兰叫红毛，把葡萄牙、西班牙叫南蛮）做法，产生了江户三味之一的"天麸罗"，也写作"天妇罗"，成为和食的一种代表性菜肴。"普茶料理"用餐是围桌而坐，大盘上菜，小碟分食，可能传来得晚，很接近今天的中国方式。菜豆叫"隐元"，原来菜豆、西瓜、莲藕等都是隐元带给日本的。

日本日常生活中常吃的东西很多都出自禅寺。例如豆腐，传说豆腐是汉高祖的孙子刘安开发的，日本禅僧学了去，在寺庙里做，又流入民间。"纳豆"也就是中国的豉。江户时代的本草学家贝原益轩解释：寺庙的庖厨叫纳所，在纳所做此豆，故有此名。 镰仓时代初禅僧从中国带回了"金山寺豆豉"，这就是后来的"金山寺味噌"（径山寺味噌）。 有一种腌萝卜叫"泽庵渍"，据说是临济宗和尚泽庵创作的，用来下酒也不错。 游日本需要买礼物，与其买点心，不如买这脆生生的咸菜，保鲜日子长，确保日本造。

少女癖

日本有少女漫画。 本来给少女们看的，但起码从 20 世纪 80 年代以来男读者乃至大叔们也看得入迷。 电视上常见单个的或成群的少女欢歌狂舞，譬如最近走红的 AKB48，听说在中国也得了奖。 总之，少女在日本好像特别地活跃，就叫作少女文化，但不知"援助交际——女高中生危险的放学后"是否也属于这文化的一部分。

少女，通常指七岁至十八岁的未婚女性（日本十六岁可以结婚，但二十岁成年，然后才可以抽烟喝酒）。 虽然 AKB48 成员有超龄的，但人们也当作少女看。 少女一词古已有之，例如《源氏物语》有《少女》卷，写光源氏的长子夕雾和云居雁两小相恋。 不过，那鸭头不是这丫头，现在所使用的少女是社会发展到近代才产生的概念。拥有批评家等不少头衔的大冢英志在所著《少女民俗学》中写道："近代以前没有少女，存在的只是性未成熟的幼女和性成熟的女人两类。 但近代社会要把女性当作家庭之间交换的物件。 为此，社会考虑把女性在已来月经、性成熟但没有被一个男人使用之前暂且原封不动地保存，并且提高其商品价值。 为提高女人的商品价值而开办学校，在那里教育女儿们，也就是圈养。"产生少女的第一个条件是学校。 上学需要家庭的富裕。 1910 年代，得益于第一次世界大战，日本经济景气，产业结构剧变，城市中形成新的中产阶层，他们热心于子女教育，对城市文化持肯定态度。 女孩子向往当女学生。 虽然女子义务教育已经普及，但升入 1899 年开办的高等女学校（相当于中学）的女孩子，1925 年不过才百分之十四。 不升学的女孩子也就没有少女时代。 学校的教育目的在于培养贤妻良母，但比起贤良来，破除了门第观念，女人首先被追求的是美貌。 西施有更高的商品价值，随时都可能辍读出嫁，那些东施被叫作"毕业脸"，直读到毕业。

中产阶层家庭不仅供女儿上学，而且给她们购读少女杂志。 单单女学生算不上少女，少女的形象还须由少女杂志塑造。 明治三十五年（1902 年），《少女界》创刊，是为日本第一本少女杂志，随后《少女世界》《少女之友》《少女画报》《少女俱乐部》等相继问世。 少女杂志的内容以小说为主，大都是以高等女学校的学生为主人公。女学生们聚集在学校这个空间里，交流读少女杂志的心得，并且给杂志写信或投稿，寻求认同，编织少女梦。 说到底，少女是一个文化性幻影。 诺贝尔文学奖得主川端康成也曾为少女杂志写少女小说，如《浅草红团》《少女的港湾》《山茶花》。 他那些面向成人读者的作品也曾被横光利一视为少女小说，例如《伊豆舞女》以及《雪国》《千只鹤》《睡美人》，都有以十六岁为原点的美少女登场。 让他获得诺贝尔文学奖的不是《雪国》，而是《古都》，这个小说的结构与《山茶花》很相似。 三岛由纪夫评论《睡美人》："从初期不断地反复的少女嗜好也最终应归结于此。"川端的日本情趣其实主要是这种少女嗜好。《雪国》等小说写的是男人看女性，写出了男人的感觉，而少女小说则完全把对于少女的爱融化在血液中，诉诸笔端，仿佛作者本身也化作少女。 川端曾这样评论："少女杂志有很多，少女小说也有很多，那不是成人读物，不是儿童读物，无疑是少女的读物。 少女们为之激动，并装饰梦。 但是从我们的纯文艺立场来看，承认那些是艺术品不能不犹豫。""作为文艺读者的少女，很多时候比国务大臣比大学校长更优秀。 与此相反，作为文艺作者的少女，很多时候比昨天刚断奶的三岁幼儿更低劣。"他称之为少女病，"对于艺术，少女心比童心危险"。

打造少女文化的却是男人们，男作家、男画家以及男编辑。 从小说、插图到服饰，作为一种消费文化，他们按照自己的意愿与欲望塑造少女形象，基本是清纯无垢的可爱，并加以神圣化。 少女们享受这种神圣，也当作武器来反击男性社会。 1916 年，爱给报刊写读者来信的吉屋信子被编辑看中，约她写一篇小说，发表在《少女画报》上。 结果轰动四岛，以致接着写下去，连载了八年之久，就是《花物语》。 吉屋是少女小说界第一个女作家，打破了男作家写少女小说的一统天下。 太宰治的《快跑，梅洛斯》写的是男人的友情，吉屋的少女小说始终以女人的友情以及同性恋倾向为主题。 少女是女性人生的一个阶段，岁月无情，对未来的憧憬与惶惑并存。 霸气的青年，感伤的少女，吉屋小说便飘溢着淡淡的感伤，招人爱怜。

女作家田边圣子忆当年,吉屋的"任何小说都被女学生们用暴风雨般的掌声欢迎,少女们狂热地争读"。

《花物语》大获人气的另一个原因是中原淳一的插图。 可以说,吉屋的小说和中原的插画相辅相成,成就了少女形象及其文化。 少女杂志上第一个有明确意识给少女画插图的是竹久梦二。 少女喜好甜美、感伤、梦幻的情绪,竹久似乎天然懂少女心,用画笔揭示、招引、诱导。 他还在东京办小店,尝试把生活与美术结合,使少女的感动不止步于纸面,更借他设计的明信片、信封、扇子、手帕、浴衣等商品把自己打扮成少女。 与中原相比,竹久画的是日本的旧式女性,而中原继竹久之后,所画是透明的美少女,当然眼睛里带着永恒的感伤。 日本文化在平安时代女性化,大正的浪漫时代少女化,但法西斯主义得势,发动战争,长睫毛大眼睛的洋(西洋)面孔有违国策,不合时局,1940年中原淳一从《少女之友》消失,封面换上了协力战争的军国少女,英姿飒爽。 战败后中原淳一在化作焦土的东京开办出版社,1947年创刊少女杂志《向日葵》。 他笔下的少女吸引少女们,不单是因为与日本人异样的洋面孔,还在于洋气的服饰。 中原,以及私淑他的高桥真琴,都是把容貌与服饰相结合,既是画家,也是时装设计师,既是画少女,也是画时装。 高桥最先给少女的眸子画上星光闪闪,几乎定型为日本少女漫画的一个符号。

在少女小说与几代少女画(插图)画家如竹久梦二、蕗谷虹儿、高畠华宵、中原淳一的影响下,产生了故事少女漫画(或许应译作少女连环画),第一个作品是手冢治虫始于1953年在《少女俱乐部》上连载的《发带骑士》。《少女俱乐部》等少女杂志本来以小说诗歌为主，随着少女漫画勃兴，演变为少女漫画杂志。 少女漫画是男画家开辟的天地，手冢之后有横山光辉、石之森太郎等各领风骚。 1970年代出现了所谓"49年生"（1949年及其前后出生）的一群女画家，如大岛弓子、竹宫惠子、萩尾望都、山岸凉子。 如今少女小说的作者也基本是女性。 轻小说中以少女为主人公的小说是少女小说。 即便是少女写的，以少女为主人公，如果发表在纯文学杂志上，则属于文学作品，不叫作少女小说。 男性写少女小说，如岳本野蔷薇自任中原淳一、高桥真琴等的少女文化接班人，著有《下妻物语》，被搬上银幕。 1980年代经济大发展，少女文化热再度兴起，以至于今，越来越丰富多彩。 自宫崎骏的动画片《风之谷》，少女与武器相结合的美少女战士风行。 观众萌的不再是道德化弱者，而是战斗的美少女。

历经百年，少女文化让日本人养成少女癖，流弊多端。 现今亚洲青少年也喜爱日本漫画，特别是少女漫画，那就是日本少女癖了吧。

粹

东京隅田川边上建起一座自立式电波塔，高 634 米，超过广州电视塔，成为世界第一高度。 大白天望去确然有横空出世之感，四周的老街区更显得低矮陈旧，不论设计者怎么说它融入旧风景，也像是恐龙立鸡群。 日本有一句谚语：女人在笠下看，远处看，夜里看，什么人眼里都能出西施。 果然，万物被夜色尽掩，惟塔身通明，真的很好看。

灯光照明有两色，一夜映紫一夜蓝，交替演出。 紫，叫作"江户紫"，仿佛给塔身披一件和服，表现的是"雅"；蓝是隅田川一江春水的蓝，表现"粹"。

江户时代（1603—1867）可算是天下太平，士农工商，武士是领导阶级，重视形式与礼仪，而农工商为庶民，居住在市镇上的一部分工商先富起来，追求享乐，活得很现世。 也想像朝廷贵族或幕府武士那样活，执掌国柄的幕府就颁布禁止奢侈令，不许庶民穿红戴紫，只能穿不惹眼的茶、黑、灰。 当时染色业勃兴，染出来各种颜色，类别数同超过三百，简直像一场颜色大众化运动。民众所憧憬的美的典型是妓女们的服饰，当红艺人和高档妓女引领流行色。颜色命名多是用植物，也有用人名。譬如"路考茶"，取自歌舞伎男旦"路考"，浮世绘师铃木春信也常用来画美女衣裳，不仅流行于江户，也波及京阪（京都大阪）。有人嘲笑这种发黄的暗褐色像马粪。还有用地名的，如江户紫，用神田川的水染成，是江户的一个骄傲。所谓"四十八茶一百鼠"，全部颜色中三分之一属于茶色和鼠色。庶民衣裳的粹，极致是黑，次之为茶色（褐色）系，以及鼠色（灰色）系。这些颜色也产生一种"涩味"，电影里的高仓健就总是一脸的这种苦涩。

如同"物之哀"、"寂"等，粹也是日本的审美意识之一。这些词语看似明白，却早已被彻底诠释成日本文化的了，中国人有时最不解或误解日本，往往就由于望文生义。喜田川守贞的《近世风物志》记载：京阪把坊间赶时髦叫粹，其人叫粹者；江户叫意气，其人叫通人。拿花打比方，牡丹艳丽，樱花优美，粹与意气是梅花，而京阪的粹为红梅，江户的意气为白梅。就是说，意气比粹淡泊利落。粹、通、意气，三个词同义。18世纪过半，京阪文化式微，江户变成文艺中心，也叫起粹来，表示一种庶民的美感。

粹源于烟花巷。所谓通，是玩家通晓烟花巷的习俗、教养，意气则是艺妓及妓女不拘旧规，为人飒爽，譬如江户的深川艺妓，脸上淡妆，脚上不袜，艺名、说话像男人，意气风发。烟花巷和戏剧舞台培养、磨砺了美感，逛不起妓院、进不起戏院的人借助浮世绘和通俗小说赶时髦。 游乐的趣味在庶民生活中逐渐形成粹这一特殊的美的生活理念，会玩，老于世故，通晓人情的机微。 我们总觉得日本人色了吧唧，那就是他们露出了文化底色。

哲学家九鬼周造有一本《"粹"的结构》，1930 年出版，像《武士道》《茶书》一样极力发现并张扬日本美。 此书虽然是日文的，但写于巴黎。 西方各国语言里没有能完全跟日语的粹相对应的词语，引发他探究起本民族文化传统的特征，开一字论定日本的方法论先河，"甘""缩""纵"云云不绝于后。 他说："'粹'，是东方文化的，不，大和民族特殊存在样态的显著的自我表明之一。"粹的结构被解析为"对异性的媚态"，以及来自武士道的"意气"和来自佛教的"达观"。

粹是生活美。 三四十年前我这个东北人平生头一次进北京，被看大门的老头儿一声断喝：问事儿要叫您。 如今想来那就是北京的粹。 汪曾祺认识一个在国子监当过差的老人，他说"北京的熬白菜也比别处好吃。 五味神在北京"，拿到东京说，这就是粹。 太宰治喜欢吃烤串喝酒，撒上很多山椒粉，说"这就是江户子的粹"。 他不是江户子，身上流着外地"土农民"的血。 芥川龙之介是地道东京人，所谓江户子，与人聚饮，人家要 AA 制，他大摇其头：不要那样无粹啦。 荞麦面蘸调料汁吃，汁装在叫"猪口"的圆柱形杯子里，用筷子挑起长长的面条，略微蘸一蘸，使劲儿往嗓子眼里吸，滋溜滋溜作响，津津有味。 这是江户人的粹，在京阪属于没教养。 又有一句谚语：江户人没有隔夜钱；千金散尽，不管还复来不来，做派粹得很。莫非现今东京人大都来自外地，度日维艰，我从未遇上这么粹的人。

与粹相对的是"野暮"（土气）或"无粹"。 雅是贵族的，与俗相对，而粹与不粹是城里人和乡下人的差别。 江户时代在三大城市江户、京都、大阪人眼里，外地的武士也不粹，土头土脑。 粹不粹都属于俗，粹是俗中之雅。 譬如俳句，本来是俗文学，芭蕉提升了它的品质，如夏目漱石所言，"使人高尚优美"，那也是"平民的文学"。对于王朝贵族来说，短歌才是雅文学。 天皇家年年搞"歌会始"，曼吟长咏的是短歌，从不作俳句。 爱用外来语，以洋话为粹，那就是说日语太土了吧。

　　粹，或许可译作近年被大加卖弄的北京话"范儿"，终归是土俗中的精粹。

枯水枯山费苦心

一个城市建设得超过东京可能并不难，但要赶上京都就不容易了，一个至关重要的因素是京都有很多古寺，寺里有好看的庭园。奈良看佛像，京都看庭园，为什么京都寺院多名园呢？据说京都可由人游览的寺院有一千三百处，远远多过了我们的南朝，白幡洋三郎从中选取三十寺，著《游寺赏园》（淡交社 2012 年 3 月出版）解答这个谜，总之，事关日本文化。

最日本式的庭园样式叫作"枯山水"。一个枯字，枯淡幽寂，便有了禅味，这种庭园本来是出自临济宗禅师之手。

京都东北方有一座比睿山，山上有二僧，荣西和道元，时当我大宋年间，先后渡海去西天取经。禅宗时兴，1191 年荣西取回临济宗，1226 年道元取回曹洞宗。早已落地生根、占山为王的宗教势力不容后来者，两人都离开京都，道元避开政权，布教民间，而执掌镰仓幕府大权的北条氏皈依了临济宗，以致世间有"临济将军，曹洞土民"之说。南宋僧人兰溪道隆 1246 年东渡，幕府请他在镰仓开山建长寺，传布纯粹中国禅。 三十三年后，无学祖元应镰仓幕府之邀，渡日住持建长寺，又开山圆觉寺。 禅是从自然中坐出来的，或许把寺院建在靠近权力的地方，远离了自然，对庭园就尤为上心。 道隆、祖元建伽蓝、造庭园讲究"境致"，即顺应自然环境，将人工景观与自然融为一体。

　　无学祖元来日本八年后入灭，弟子不多，但有个徒孙，梦窗疎石（1275—1351），在禅宗传入百年后，日本禅盛兴起来。 他十八岁受戒，曾梦游中国的疎山和石头，遂改名疎石；生前身后有七代天皇给了他国师称号，不但是一代高僧，而且是修建庭园的高手，辗转各地，因景造园，如京都的西芳寺、天龙寺，如今都列为世界遗产。日本多火灾，大多数古迹都不是原装原样，西芳寺亦不例外，唯有几处"石组"久经风雨，岿然不动。"石组"，意思是摆布几块石头，搭配成景。 一处是"枯泷"，山坡上横卧几块大岩石，让人想象激流飞下的景致。 这就是枯山水之始，表现禅宗世界观，奠定日本独特的庭园样式，垂范后世。"日本庭园在发展过程中对岩石的关心极为强烈，形成其特色。 尤其是不用水的枯山水，岩石在庭景中具有绝对重要的作用。"（见小野健吉著《日本庭园——空间之美的历史》）不过，梦窗当初的设计也许与山涧相映成趣，后来水枯涸，形成了今日概念的枯山水也说不定。 "枯泷"被说得玄之又玄，可也有人嗤之，认为那些石头就是登山的铺路石。

　　读《梦窗疎石》（熊仓工夫等编，春秋社 2012 年 8 月出版），读到梦窗的汉诗（中国古典诗），有云：仁人自是爱山静，智者天然乐水清，莫怪愚蠢玩山水，只图藉此砺精明。 对于他来说，造园并非出于闲情逸趣，而是佛道修行，造设了一段公案。 日本禅好立文字，梦窗有《梦中问答》等著述传世。 他说：喜好山水无所谓好坏，山水无得失，得失在人心。 山水即庭园。 造园用山水之语，缘于中国山水画。 日本与元、明贸易，输入的主要是铜钱，以及书画、陶瓷等"唐物"。 山水画尤其得人气，丰臣秀吉曾经用山水画代替土地，赏赐武将。 "缩三万里于尺寸"，山水画的缩景理念及残山剩水的留白技法启迪了禅僧，庭园里出现了三维的山水画——枯山水。 犹如山水画线条，白砂上爬梳一道道纹理，象征地表现水波。 不用水，但整个庭园都是要表现水，反而使观者满眼水汪汪。 山水画的留白对日本文化艺术影响极深，茶道也好，俳句也好，无处不留白，常让我们看得不明不白。

作为旅游景点，龙安寺的石庭特有名：约二十五米长，十米宽，铺一地白砂，大小十五块石头布置其间，分作五群，砂为海，石为岛为山，好似一个大盆景。 北侧檐廊上总是坐满人，呆呆地眺望，不知在冥想，还是在歇脚。 中国人游京都也必来看看。 曾遇一男子，看了老半天，嘴里冒出了"SB"。 他看出名堂。 据说这枯山水表现"寂"，日语发音为 sabi。 "寂"与"锈"同音，铁生锈，不再光亮，生出另一种秀，那就是寂的感觉。 自然用时间来施加变化，古刹西芳寺变成了"苔寺"，布满青苔。 建筑学家童寯曾说过："藓苔蔽路，而山池天然，丹青淡剥，反觉逸趣横生。"但一般来说，我们更赏识茅檐长扫静无苔，而苔痕上阶绿，就要写陋室铭了，乃至发兴亡之叹。 日本人以为苔藓是从石头里生出来的，石灯笼顶戴青苔，他们便感受到闲寂枯淡的逸趣。 对于西方文化来说，断臂的维纳斯只是个偶然，纪念碑竖起了之后尽可能保持那个样子，一成不变，以至永远。 而日本庭师建成的庭园不过是半成品，还须借造化之工来完成。人工作品被造化渐渐抹去人工的痕迹，融入自然之中。 庭园像酒一样日复一日地熟成，臻至完美。

志贺直哉有一篇短文《龙安寺庭》，言道："我觉得桂离宫的庭若是小堀远州的长篇杰作，这就是更出色的短篇杰作。 我不知道有紧张感如此强烈的广庭，但它不是日常欣赏的宅邸之庭，就欣赏来说过于严格了。 而且，我们的精神因眺望它而感到不可思议的欢喜。"此文发表于1924年，使龙安寺石庭一下子轰动，赞美者不绝如缕，都想从石头的构图上看出哲学来。 志贺觉得庭师只摆了石头，不植草木，庭园就得以保持原形，以至于今。 其实呢，丰臣秀吉造访过此庭，那时不光有石头，也有草木。《龙安寺庭》而今也常见于课本。对于志贺的见识，1970年代立原正秋撰《日本庭》予以驳斥："志贺一文出来之前，没有把枯山水和禅纠结在一起的言说。 以前对于日本人来说，庭是'风流'的对象。 风流是寂。 志贺以后的很多论者不过是囫囵吞下志贺恣意的趣味判断，借以制造于己方便的骨架，并加以整合，展开言说。 全都是空谈。"

欣赏枯山水，或许有一种紧张感，却更像是惶惑，犹如看皇帝的新衣。 所谓文化，常常就是被后人解说出来的，且不乏强作解人。什么表现禅，威严啦，幽玄啦，立原正秋认为给单纯的造型物体加上这些空洞的言词不过是扯淡。 净土宗的庭园不也有枯山水吗？那些石头的摆法不过是工匠的审美罢了。 休管他这段公案，诗曰：

> 赏园不是悟公案
> 枯水枯山费苦心
> 剩墨踌躇留白处
> 看来遍地浪淋淋

赏花与聚饮

樱花又开了。

鲁迅是看过的，写道："东京也无非是这样。上野的樱花烂熳的时节，望去确也像绯红的轻云，但花下也缺不了成群结队的'清国留学生'的速成班，头顶上盘着大辫子，顶得学生制帽的顶上高高耸起，形成一座富士山。也有解散辫子，盘得平的，除下帽来，油光可鉴，宛如小姑娘的发髻一般，还要将脖子扭几扭。实在标致极了。"

似乎对樱花并不感兴趣，关注的是本国的国民，将他们的"标致"定格在这篇名文《藤野先生》中。八九十年过去，我大清的主子奴才都到电视上风光去了，但花下也缺不了清朝人的后裔，成群结队，还要将脖子扬几扬。他们更觉得有趣的是花下聚饮的日本人，或瞠目，或指点，也常有一脸的不屑，怕是这辈子也不会发"相逢一笑泯恩仇"之类的幽情的。

日本也有梅花，也有菊花，也为他们所喜爱。当年明治政府参加世博会，总是拿菊花参展。 不过，要是说"花见"（赏花），通常指樱花。 日本把中国的赏花文化拿了来，8世纪镰仓时代贵族们赏的是梅花。 有《万叶集》为证，这部现存最古老的和歌集汇集了7至8世纪之间的和歌，其中咏梅有118首之多，咏樱才42首（最多是咏萩，即胡枝子，141首）。 10世纪初成书的《古今和歌集》里咏樱多起来，就从这平安时代（8世纪末至12世纪末）开始转而赏樱了。 这么一置换，中国文化俨然变成了日本文化。

世界上无处不赏花，却唯有日本赏得匪夷所思，几乎是日本文化的一个符号。 日本国语辞书《广辞苑》的"花见"条附有一幅图片，可看出日本人赏花的特点：几伙人席地而坐，吃喝谈笑，那几株开成一片的樱花不过当背景，没有人赏玩。 或者说，樱花的绽开提供了聚饮的时机。 这情景有点像我们踏青。 大概踏青起初是修禊事也，后来被禊的意思没有了，蜕变为行乐的借口，春暖花开的时候去郊野游玩。 近年来踏青在中国大有复兴之势，"倾城出动逐春光"，交通为之堵。 把踏青或赏花从文化行为变成生活文化是好事，但我们中国人虽然是一盘散沙，也犹如洋大海，若群集于花下吃喝起来，不知是壮观景象还是灾难。

说来我们古人赏花很有点个人主义，"独探梅花瘦"，"竹外桃花三两枝"，日本却是一树树盛开，一群群聚饮，更像是村落共同体的狂欢。 不破不立，跟中国文化唱反调是建立日本文化的基本手法。到了18世纪前半，上野、飞鸟山等地的樱树长大成林，盛开一片，赏樱也成为江户民众的一大游乐。 樱花的一哄而起、一哄而散最符合大众的脾气。似乎江户人在世界上也是最好起哄的民众，樱花的暴开暴落像打架、着火一样打破日常，特别让他们昂奋。赏花是由头，喝酒是主题。没有酒，樱花算个屁。有花无酒不精神，有酒无女俗了人。贵贱成群，花天酒地，背对樱花吃团子，这就把赏花改造成独自的日本文化。既是牧歌的，也是哀歌的，用李白的一句诗以蔽之，那就是今朝有酒今朝醉。至于就事说到日本人审美，季节感啦纤细优雅啦，不免是生拉硬扯。充其量能扯到集团性，东一群西一伙的小团体汇集为大团体，举国若狂。用立体艺术绘制钞票以致被定罪的前卫美术家、作家赤濑川原平说赏花是一年一度的战争，曾这么描述："日本是樱之国，一到春天樱花前线从南推进过来，于是整个日本都不得了了。啊，攻来了，大家赶紧做盒饭，准备席子，如今是塑料布，酒当然也大量购入，跟朋友互相联系，确定集结地点。也有公司或团体动起来，那就让年轻的斥候先秘密去侦察集结地点，早早铺上塑料布占地方，然后大部队向那里进发。"

赏花是行乐，樱花有寓意。梅花结梅子，桃花结桃子，皆弃而不顾，偏偏选中不结果的樱花，由国家打造樱文化。排斥儒佛归古道的国学家本居宣长为樱花写过不老少和歌，属于诗多好的少之类，如"忽闻樱花开，心已入深山"。这首最有名："人问敷岛大和心，朝日飘香山樱花"（敷岛是日本的别称），在军国主义猖獗的时代"大和心"被换成"大和魂"，1944年10月第一批跟美军玩命的"特攻队"（敢死队）被命名为"敷岛队""大和队""朝日队""山樱队"。还有那句"人是武士花是樱"，本来是戏词，不值得当真。赤濑川原平说："年轻时当不惯日本人，要当美国人，当法国人，当意大利人，当这当那，可上了岁数，非变成日本人不可，那不，在盛开的樱花下喝酒了。"2011年3月发生大地震，震得没商量，花开也没商量。东京的公园揭出告示：请自觉，这种时候不要在花下聚饮。但东京都副知事说：不妨赏花，不妨喝酒，禁忌过头会冷却了消费。

作家坂口安吾说：日本人聚集在樱花下表现春天来了的欢喜，喝酒，呕吐，吵架，是江户时代以来的事，古时候没人认为樱花美，遇到樱树林都躲着走。江户时代樱花的胜地大多在寺院，而寺院有墓地。在墓地里赏花，甚而坐下来吃喝，若想起梶井基次郎的短篇小说《樱树下》开头第一句"樱树下埋着尸体"，不免要毛骨悚然吧。

到头来最能理解日本的赏花文化的，还得是中国人。1877年末清朝派出了第一个驻日使团，转年春，参赞黄遵宪就写到赏花：长堤十里看樱桃，裙屐风流此一遭，莫说少年行乐事，登楼老子兴犹高。不是在一旁看热闹，而且投身其间，饮酒作乐，难怪他主张两国是"同种同文"。

樱花被当作国花，有很多品种，其一染井吉野樱是东京都的都花，到处可见。听说韩国人又研究出它起源于韩国了。这种樱的花蕾是粉红的，绽开便像是艺妓从和服里露出小脸和后项，一片白茫茫。飘零后留下花托，满树泛红，很快又掉落，天下便是绿叶的了。

东京也无非是这样，樱花也无非是这样。

优雅的牛车

　　近几年每当晚秋去一趟深圳，参加读书月活动，以致对于我来说，深圳就是读书。 今年除了读书，还参观了 10 月刚刚开馆的望野博物馆，不消说，精彩辉煌。 听说是个人收藏，更不禁想象值多少钱。 最吸引我的，是一辆陶牛车，北齐年间的。 那头牛塑造得硕壮敦实，四条腿短得只是个意思，很有点当代艺术的趣味。 悠悠牛车，惟稳惟缓，坐上去一定很安逸，不思再变革什么。

　　四十多年前下乡在延边，常看见牛车，木轮铁箍，车架子简陋，老黄牛不畏鞭策，那样子好像永远也走不到目的地。 离开延边后再没遇见过牛车，来到日本居然又得见。 譬如京都三大祭之一的葵祭，年年五月里举行，招摇的首先是牛车。 黑牛披红挂彩，车篷垂挂紫藤花，两个穿一身红的女孩儿左右牵长缰，牛车两侧有几个浑身缟素的男人夹持。 总计五百多人游行，说是像一幅王朝画卷，如实再现了王朝贵族的优雅。 王朝指平安时代（794—1185），葵祭是洁斋三日的国家祭典。《源氏物语》描写光源氏参与这种修禊行列，皇太子遗媾六条御息所是他的恋人，偷偷去观看，而光源氏结发之妻葵上怀孕在身，也出来散心，车填牛隘，已无停车位。家仆们仗势，硬是把六条妃子的两辆车挤了出去，并且折损了上下车的木凳。现今有的地方搞什么祭，也有车游行，却是人推拉。其实本应是牛车，但近年来日本只有肉牛奶牛了，找一头能驾车的牛已经是难事。

日本在飞鸟时代（592—710）以前受六朝影响，奈良时代（710—794）以后受唐影响。即为受影响，就不会是同步，日本乘用工具的发展进程跟中国差不多，但时间上错位，好像往昔男女走在街上，不是并肩而行，女人要落后一步。8世纪后半编成的《万叶集》里出现车：恋如野草积七车，车车出自我心窝。这车是人力车，9世纪初驾上牛牵引，起先是贵族女性的专车。走起来四平八稳，男人们艳羡，也竞相享用。894年朝廷发出告示，"男女有别，礼敬殊著"，禁止不分贵贱地乘坐牛车。《延喜式》一书记载9世纪末礼仪风俗，对女性乘坐的牛车样式、服饰等规定甚详。999年朝廷又对于六位以下的卑位凡庶者乘坐牛车严加禁止，坐牛车成为五位以上的特权。器物因人而异，车形按位阶与俸禄而不同，各种各样的牛车成为车主身份的视觉指标。牛车相遇，根据身份差异，或者停车让路，或者卸牛下车，蹲踞或平伏。平安时代的绘画、文学描写中牛车很多见，譬如后白河天皇敕绘的《年中行事绘卷》、清少纳言的随笔《枕草子》。13世纪前半的小说《平家物语》写平家恶行之始：摄政藤原基房的车队与平资盛相遇，资盛不下马行礼，被基房的家仆拽下马。资盛的爷爷平清盛得知，派三百骑袭击基房，把几个随从拽下马，剪掉发髻，并撕毁牛车帘子。

北齐陶牛车的车厢后面有出入口，而日本牛车从后面上，前面下。下车时牛童先把牛卸下，轭触地，人踏木凳下来，然后将轭架在木凳上。女性乘车，把裳裙从车帘下露出来，让路人知道是女性乘车，也借以炫耀或诱惑。《源氏物语》中，六条御息所深坐在车里，只略微露出袖口、裳裙、汗衫等，颜色搭配很得当，且明显有微行之意。

天皇在位时不乘牛车，坐没有轮子的舆，由众人肩扛，前呼后拥。退位的太上皇乘坐有轮子的人力辇车或者牛车。美在细节，坐牛车才可以细致入微地观赏世界，平安贵族的雅文化乘着牛车来。但牛车在路上吱嘎作响，庶民听来是噪音。平安时代后期创作的装饰性图案有车形纹、源氏车纹。车形纹是整个车，以《源氏物语》为题材的源氏绘的车纹只表现车轮。东京国立博物馆珍藏着一个12世纪的泥金螺钿盒，是国宝，上面画了许多半浸在流水中的车轮。这叫半轮车，非常图案化，却源于生活，木制车轮需要浸在河水中保养。所以，旅游日本，若看见酒馆外面摆设一个车轮子，莫联想田园风光，那车轮象征平安时代，是一种优雅。京都市的市徽就是一个车轮子。车轮图案在和服、日常用品上很常见，买纪念品可不要以为车轮子图案很土气哟。

乘坐工具发展史如下：奈良时代用的是舆，平安时代乘牛车，镰仓时代（1185—1333）、室町时代（1338—1573）骑马，江户时代（1600—1867）坐驾笼，明治时代（1868—1912）出现人力车等。牛车是乘坐工具发达的顶点，式微后兴起的不是马车，更不是汽车，而是驾笼，类似于中国的轿子，历史开了倒车。

　　中国早在公元前 14 世纪就利用马车了，但日本人好像直到 1860 年出使美国才见识马车似的，引进来不久又让位给自动车。 为什么从中国拿来牛车，不拿来马车呢？ 许是车文化经朝鲜半岛传入，而那里始终未发展马车。 看见延边朝鲜族赶牛车，优哉游哉，对马车不感兴趣，听凭大鞭子一甩嘎嘎响，我也曾惊奇。

稻草绳文化

如今大街上捡一根稻草绳而不可得，连当年高音喇叭里嘶声叫喊的捞救命稻草一语也不大说了。当然在日本也捡不到，但街头巷尾捡不到，稻草却仍然与日本人的生活及文化密切相关，似乎他们脱离农业农村远不如中国城里人来得决绝而彻底。榻榻米是地道的日本传统，世界上独一无二，虽然睡的人趋于减少。它里面是稻草，表面看不见。也有挂在表面的，那就是"注连绳"。

佛教东渐，6世纪由朝鲜半岛传入日本，固有的信仰便混为一体，名之为神道。现有寺庙七万五千座，信众九千六百万，神社则多达八万五千座，据说有一亿零六百万人信奉。日本人口为一亿二千七百万，就是说，几乎人人既求神，又拜佛，信仰是二重的。神社最少的地方是冲绳，原因在历史。

虽然发明了方便面，日本却完全是稻作民族，吃米饭的。日本的东与西有很大区别，譬如近代化以前，东骑马，西使牛，以致历史小说家司马辽太郎感叹两地如异国。但稻作文化遍及四岛，大和民族及其文化统一在稻米上。神社的祭礼基本起源于稻作礼仪。出云大社的祈谷祭、献谷祭、古传新尝祭等，听称呼就是与稻作有关。每年11月举行献谷祭，各地进献新稻米，堆积如山。神社是日本传统生活方式的一部分，大和民族也因之而显然有别于稻作文化圈的其他民族。

神道原本是一种自然信仰，自然界森罗万象，什么都崇拜，特别是巨石、乔木。神无所不在，有八百万之多，日本人焉能不敬畏自然。神道没有教义，没有偶像，没有屋宇，不像佛教那样，佛在庙堂里，神是召之即来的，祭神如神在。请神时，把一个地方圈起来，圈内就成了圣域，是干净的地方，圈外是俗世，不干净，表示这个界线的，就是注连绳，有如警察在案发现场拉起绳子，禁止进入，虽然终不如齐天大圣用金箍棒画的圈儿。看不见摸不着，神到底在哪儿呢？于是立一根柱，神就像鸟一样飞来，落在柱上。柱是神的依托和标记，所以，计数神的数量词是柱。

佛教有本尊，神道有神体。神体不是神本身，而是它依托的东西，同样供奉天照大神，各神社的神体却不尽相同，多数是镜子。日本还叫倭的时候大概很觉得镜子不可思议，特别好尚，魏王赐铜镜百枚，天皇继承大统的三件神器之一是八咫镜。

天照大神是太阳神，也织布种稻，被奉为天皇家的祖神。因弟弟素戈鸣尊胡闹，惹恼了她，躲进岩洞里，天上天下便一片黑暗，灾祸频仍。八百万（极言其多）的神聚议，怎么把大神请出来。有的神抓来几只鸡长鸣不已，有的神造镜子，有个女神大跳脱衣舞。大神听见外面很热闹，好像并不把黑暗当回事，心下疑惑，把门打开一道缝窥视，被守在洞口的神抓住手腕拉出来。又一神赶紧在洞口拉起一道绳，不让她退回。神光复明，这绳就是注连绳之始。以注连绳为防线，既保护神圣不被不净污染，也防止灵性不小心流出。

　　佛教有漂亮的伽蓝，令神道羡煞，也要给神建立常住的殿堂。不好一味地仿造寺院，于是乎仿古，古有两种，一种是高架谷仓，一种是宫殿。伊势神宫是仿谷仓建筑，出云大社是仿宫殿建筑。据史书记载，出云大社始建于 659 年。有这么一段神话：大国主神让国，宣布把眼睛看得见的世界"显世"让给天照大神一族，自己隐居在眼睛看不见的世界"幽世"（不是阴间地府，而是精神世界），但要求给他建造的神殿要比得上天上的宫阙。所以，出云大社是按照皇宫的规格建造的，本殿（正殿，供奉神体，相当于住持的官司也不得随便进入，参拜或神事活动在拜殿，但也有的神社没有正殿，小神社大都没有拜殿）高二十四米，据说平安时代高达四十八米，高过了东大寺大佛殿、平安京大极殿。供奉的神体是一个谜，有人说见过，是一个九孔鲍，看着看着变成了巨蛇。海蛇是出云大社的神使，叫作龙蛇神。

　　出云大社的注连绳以粗大出名，挂在神乐殿檐下，长十三米，重四点五吨，为日本第一。绳与殿看上去不成比例，大有经不住之虞，谁说日本人的本性是一个劲儿把事物往小里缩呢。注连绳乃是把两股稻草绳拧成一股，或许它象征蛇交尾。阴历十月，日本叫神无月，这个月全国各地的八百万神都赶到出云，开七天大会，对于出云来说就是神在月。 这几天当地人肃静度日，以免搅扰了神代会。 众神开会不协商政治，与国家大事无关，商议的是男女结缘。

走近檐下，不由地瞻仰粗大的注连绳。 往功德箱里投钱，投五元硬币的人居多，因为它谐音御缘。 有的神社干脆标明价码：十五元是十分御缘，二十五元是二重御缘，四十五元是始终御缘。 古时候本来用白纸包上稻穗或白米供奉，到了货币时代，连上天也随人改用了货币。 钱应该是奉献，但元旦那天参拜的人尤其多，劈里啪啦往里扔，不免有一点"嗟"的感觉。

注连绳成年累月在神社里挂着，每逢过年，千家万户也悬挂于门户、神棚（类似佛龛），以防不净的东西侵入。 一般过了年，初七或十五摘掉，但也有地域装饰一年，像我们贴对联，一贴就一年，此乃新桃换旧符的习俗，说不上做事虎头蛇尾。 听说寻常人家的注连绳也有用塑料绳的了，稻草也终将脱离日本人的日常生活吧。

极乐的庭园

京都是千年古都，游京都少不了逛庙，而庙里最可看的是庭园，也就是我们常说的园林。似乎中国园林主要是文人的，世俗的，这一点与西方相近，而日本庭园大都在寺院里，进了门，便置身于宗教。尤其所谓枯山水。那是把从南宋拿来的水墨画加以立体化，好像用笔墨在纸上画不来才想出的法子，也显得简单。水墨画跟禅前后脚传入，禅敷衍在枯山水上，这种庭园更独具了日本特色。面对一片枯山水，即使冥想不出来什么，也仿佛被禅过了一水，莫名其妙，又似有所悟。

说来日本庭园一开始就带有宗教色彩。凡事追本溯源，概念越宽泛，越不着边际，那事物越源远流长，乃至追溯到混沌未开之中。庭园亦如是。若据以史料，不妨抄一段《日本书纪》，本来是汉文：公元612年，"是岁，自百济国有化来者。其面身皆斑白，若有白癞者乎。恶其异于人，欲弃海中岛。然其人曰：若恶臣之斑皮者，白斑牛马不可畜于国中。亦臣有小才，能构山岳之形。其留臣而用，则为国有利，何空之弃海岛耶。于是，听其辞以不弃，仍令构须弥山及吴桥于南庭。"这就是造园之始。 既有中国南方的桥，又有佛教的须弥山，兼收并蓄是日本人的天性。 甚至可以说，宗教意识更先于审美意识。 这种宗教意识基本是佛教的。 神道为日本所固有，本来是一种自然信仰，没有偶像，没有殿堂，也就没有庭园。 即便崇拜的是山林，用稻草绳之类圈起来当作圣地，也扯不上庭园的概念。受佛教刺激，神道这才有样学样，建神社，塑神像，也有修园子的。神社庭园不可能比寺院庭园更久远。 或许也因其缺乏可附会的思想，神社的庭园几乎没什么看头儿。

枯山水庭园独领风骚之前，兴盛的是净土庭园。 中国自隋代开始阿弥陀信仰勃兴，唐初发展为净土宗。 7世纪的佛像，阿弥陀远远多过释迦和弥勒。 这种信仰传到日本，盛行于8世纪末至12世纪末的平安时代。 11世纪末王朝秩序衰败，朝廷政争演进为武力争斗，武士势力进入了政权中心。 中央权力分裂，地方闹独立，世道混乱，呈末世之相。 佛祖灭于公元前949年，从此正法衰微，分为正法、像法、末法三个时代。 正法一千年，像法二千年，日本人掐指一算，1052年正好是末法伊始。 推波助澜的是源信，此和尚编撰《往生要集》，教说"欣求净土、厌离秽土"，劝人念佛。 口诵阿弥陀，心想佛尊容，临终之际阿弥陀来接引，去他所居的极乐净土，否则下地狱。净土思想对平安王朝的文学、美术等影响甚巨。 人是急于行乐的，等不到死后，动手修建世上净土。 汉诗文家庆滋保胤与源信有交往，所撰《池亭记》称，他在自家地界"高处构小山，洼处掘小池，池西置小堂，供奉阿弥陀"；"此外，青松岛、白砂汀、红鲤白鹰，小桥小船，平生所好，尽在其中"。 这个有阿弥陀堂的庭园是净土式庭园的雏形。 平安时代中叶有个叫藤原道长的，先后把三个女儿嫁入天皇家，一时间太皇太后、皇太后、皇后都是他女儿。 像当时的贵族一样，他也皈依佛教，把《往生要集》常置座右，晚年修建法成寺。记述道长生涯的史话《荣花物语》中描写那庭园，"七宝桥横于金玉之池，杂宝船游于植木之荫"。 道长就死在法成寺的阿弥陀堂，但有否往生西方的极乐净土就不为人知了。 京都府宇治市的平等院有一座凤凰堂，它就是阿弥陀堂，11世纪初藤原道长之子赖通用家传别墅改建的，"水石幽奇，风流胜绝"。 阿弥陀堂和园池大致完好地保存下来，被刻画在十日元硬币的表面，也列为世界遗产。 藤原赖通的次子橘俊纲（给橘姓人家作养子）写了一本《作庭记》，是日本营造庭园的最古老著作。

远离京都的东北地方有一处净土庭园的遗迹。 平安时代那里是陆奥国，盛产黄金，繁荣了一百年，可能马可·波罗向往的黄金之国就是这陆奥。 平泉是它的中心，在岩手县，2011年3月经受东日本大震灾，6月以"表现净土的建筑、庭园及考古学遗迹群"列为世界遗产。 这里的中尊寺有一座金色堂，金碧辉煌，是阿弥陀堂。 凤凰堂与金色堂并为平安时代净土建筑的双璧。 附近又有毛越寺，伽蓝已烧毁无存，但苑池、庭石历经八百余年，依稀可见平安时代净土式庭园的样态。 从山林间引水入池，蛇行逶迤，每年5月里新绿怡人，在水边举行仿古活动，曲水流觞。 水边列坐古装男女，一觞一咏，咏的是和歌。

天皇家的祖坟

　　好像被数着年头，日本今年是平成二十四年，就是说，天皇在位已经有这么长时间了。 平成的天皇年届八十，日前告诉国民，他死后火葬，不要像以往天皇那样营造大陵寝，以减轻国民的负担。 据说乃父昭和天皇死后营造武藏野陵，耗资一百亿日元。 传媒称赞皇上，说这是他最后的"革命"。

　　史上第一个火葬的天皇是702年驾崩的持统天皇，此后皇家多数都效法这位女帝。 皇权旁落，江户幕府第四代将军德川家纲执掌国柄的1654年，第一百一十代的后光明天皇死于天花，循例火葬，但有个卖鱼的，叫奥八兵卫，代代为皇家御用，便有了头脸，他深信火葬不仁，况且烧起来大费柴火，四下里游说，精诚所至，朝议改为土葬，就此结束了火葬天皇的历史，一直到昭和天皇。 明治年间奥八兵卫的后代还受到追封。 明治政府以神道立国，废佛毁寺，一度也禁止火葬。 历史学家宫崎市定曾论说，中国自唐代受佛教荼毗的影响也施行火葬，但儒家抵死反对，到了清乾隆年间几乎绝迹，可见

"历史的发展未必光是按世界上合理的方向发展"，这话也可以拿来说日本，事实上明治维新以后日本人所思所为常常是倒行逆施。后光明天皇等江户时代的历代天皇都葬在京都泉涌寺，叫月轮陵。那寺里还供奉了一尊从南宋请来的杨贵妃观音，却画着春蚓秋蛇似的胡髭，好像是恶搞。

这些皇陵埋的是天皇无疑，但远古的天皇陵可就难说了，像日本几处有杨贵妃墓一样，传说而近乎胡说。3世纪中叶至8世纪初头，除了北方的北海道和南方的冲绳，列岛各地堆造了为数众多的巨大坟丘，尤集中于奈良、大阪、京都一带，史称古坟时代。这是国家形成的历史阶段，但最古老的史书《古事记》《日本书纪》（合称"记纪"）编纂于8世纪，此前的历史只是在中国史书中略有记述，因而对古坟进行考古学研究至关重要。不知何故，不像中国及朝鲜半岛，日本古坟都没有墓志铭，墓主难以确定，看来日本人自古做事就暧昧。有一些坟丘异常巨大，大都被认作皇家陵墓（天皇、皇后、皇太后、太皇太后称陵，皇子等皇族称墓），归宫内厅管辖。这个政府部门管陵墓，也掌管玉玺。它认定四十座古坟为天皇陵，但考古学家们不以为然，说八九不离十的，顶多有五座。

平成天皇是第一百二十五代天皇，这是据记纪排下来的。第一代神武天皇到第九代开化天皇，历史学、考古学完全否定历史上实有这九位，但他们的皇陵都巍然存在，仿佛证明着天皇家万世一系。宁可信其有，记纪说神武天皇即位于公元前660年2月11日，这一天就定为国庆节。记纪的记载不尽相同，结果出现三个神武天皇陵。

1853 年美国舰队叩日本国门，十年后，在尊王攘夷的热潮中，幕府修整百余座皇陵。今日所见天皇陵都是这次修整的，并非本来的古坟遗容。陵前如神社入口竖起了牌坊，外围石栅，铭刻了名称。水濠环绕，树木葱茏，周围是低矮的民居，好一片田园风光。陵墓前立有官内厅告示：不得擅入域内，不得捕鱼鸟，不得伐竹木。

不管真假，既然是皇家的祖坟，就圈作圣域禁区，不许参观，也不许入内进行学术考察。1972 年发掘高松冢古坟，石室里惊现彩色壁画，由此人们把眼光转向那些巨大无比的天皇陵，例如仁德天皇陵，面积超过埃及胡夫金字塔，与秦始皇陵差不多。要求把陵墓向世人公开的呼声一年比一年高，当然主要是媒体兴风作浪，也不无左翼运动借以反体制。若说掘墓是为了学术，文艺评论家江藤淳反驳：我不认为学问是那么不得了的东西。学者当中人格恶劣的人多如牛毛。国家有远远超越学问的、更为重要的、价值很高的东西。作家竹田恒泰是明治天皇的玄外孙，他的意思是真也罢、假也罢，祭祖如祖在，发掘天皇陵是破坏安静与尊严的行为，绝不能认可。其实，百分之九十多的古坟都曾被盗掘，盗墓贼光顾过所有的天皇陵，他们的供词留下了"考古学的功绩"。陵墓隐藏着历史，发掘陵墓或许能破解日本之谜，但出乎一般人意外，几乎没有考古学家主张挖天皇陵主体部分。他们深知发掘之难，现在尚不具备条件，不仅要投入庞大资金，花费时间和劳力，而且发掘就难免破坏，却未必有收获。学者争名利，媒体争眼球，鼓动行政主导型发掘，对于真正的学术研究只能是有害无益。

几年前日本把仁德天皇陵和应神天皇陵所在的两个古坟群列入申报世界遗产名单，一旦获准，皇家祭祖的地方成为人类共同的历史遗产，就不能游人免进吧。　中国总有人跃跃于挖秦陵，恐怕也只能怨秦始皇自己，谁叫他二世而亡了呢。

平清盛

日本古典小说《平家物语》以平清盛为中心，描写平家四代的兴亡，在文学史上堪比我们的《三国演义》。《三国演义》开篇道，"是非成败转头空"，《平家物语》也说"祇园精舍之钟声，有诸行无常之响"，但《三国》偏重于天下大势，分久必合、合久必分的历史进程，而《平家》宣扬因果报应，把平清盛塑造成奸雄，自不免灭亡。平清盛，史有其人，日本"央视"NHK 2012 年播放一年的历史剧就演他。历史总是被与时俱进地重写，日本也有其时代主旋律，于是平清盛旧貌换新颜。

平清盛生于 1118 年。就是这一年，泱泱大宋与金国订海上之盟，联手灭亡了辽国，惹火烧身。当平清盛十岁时，北宋被金国灭亡。794 年恒武天皇迁都平安京（京都），此后约四百年，史称平安时代。日本全盘中国化，但学习、模仿之事被贵族垄断，知识蓄积在朝廷，政治及文化的继承人在贵族家庭内培养。以天皇为顶点的政治体制虽建构起来，但不是基于科举的官僚制，而是贵族的世袭政治，原则上龙生龙凤生凤，等级身份不能变。 平清盛的家庭出身是武士，也就是贵族的看门狗。《平家物语》讲他爹平忠盛护驾，白河法皇（第七十二代天皇，让位出家称法皇）很赏识，把已有身孕的宠妃赐给他，产下一子，即平清盛。 卫府（都城的军事组织"近卫府"、"卫门府"、"兵卫府"）任用武士从三等的"尉"起步，但"我爸是白河"，平清盛一当官就是二等的"佐"。

《平家》演义不可信，可信的是平清盛飞黄腾达着实还靠了几个女人。 第一个是妻的异母妹妹，这位小姨子受到后白河上皇（第七十七代天皇，上皇为操纵权柄的太上皇帝）宠爱，产下皇子，日后登基为高仓天皇。 平清盛之女和高仓天皇生下安德天皇。 皇家及权臣争斗，继母命平清盛站在后白河上皇一边，结果站对了。 又发生政变，平清盛卫护后白河上皇再立新功。 朝廷的权力抗争引进了武力，武士们认识到自己的实力，从此积极用武器左右政治及政局。（所谓刀是武士之魂，乃江户时代产生的概念，与这年月的武士无关，他们常用的是长杆大刀）僧慈元目睹政变之乱，在《愚管抄》中慨叹日本国变成了武士之世。 作为一介武士，平清盛破天荒晋升公卿（位阶三级以上的贵族），更位极人臣，独霸朝廷。 但小姨子死，不愿当儿皇帝的高仓天皇及其后盾平家与后白河上皇冲突加剧，上皇步步紧逼，平清盛兴师将其幽禁。 高仓天皇让位给安德天皇，平清盛当上天皇姥爷。

成也女人，败也女人。 当年另一位拥有重兵的源义朝死于政变，平清盛相中人家的美妾，纳为己用，条件是放过她的儿子源义经。

继母听说源义朝之子源赖朝长得像自己死去的儿子，以绝食相挟，非留他一命不可，平清盛只好收回斩草除根之念，将源赖朝流放东国（京畿以东诸国）的伊豆，埋下了二十年后源氏灭平家的伏笔。后白河上皇的三子以解救上皇为号召，源赖朝起兵响应。平清盛猝死。平家逃离京都，企图在西国（主要指九州一带）重整旗鼓，但被源义经打得落花流水，平清盛之妻抱着六岁的安德天皇投海。平家覆灭，时当 1185 年，我中原百姓南望王师六十年。

838 年日本最后一次派出遣唐使，其中有圆仁，滞留八年，撰写了《入唐求法巡礼行记》。半个世纪后，唐朝探询，893 年日本又研究派遣，但这时，茫茫大海上商船已往来频繁，对于日本来说，国家主导的文化交流已没有必要，不必再耗资且玩命，便终止遣使。983 年奝然入宋就是乘宋人的商船，太宗皇帝接见并款待，跟他笔谈。对于与宋朝贸易，日本分成两派，平清盛不仅创始了武家政权，而且大力从事并垄断海上贸易。早在平忠盛一代，平家就平定海盗，掌控濑户内海，靠日宋贸易奠定了在西国的基业。造船技术提高，在平清盛推动下，1176 年日本商船驶往大陆。他家有"扬州金、荆州珠、吴郡绫、蜀江锦，七珍万宝，一样不少"。日本输出沙金、硫磺、珍珠、刀剑、漆器、木材等，输入织物、典籍、陶器、香料、铜钱等。输入铜钱之多，使日本跨入"中国钱的时代"，也就是日本人使用中国货币的时代，改变了以物易物的古代经济，转型为商业国家。

平家被源氏打败，源赖朝受命为征夷大将军，在镰仓另立中央，执掌天下，结束了平安时代。镰仓幕府（江户时代称武家政权为幕府）背向中国，禁止使用中国钱，经济又退回以物易物。 有史学家把源氏政权定义为"反全球化"政权。 如果平清盛取胜，说不定照搬宋朝模式，也毅然拿来科举，不必等六百年后明治时代才绕道西方拿来官僚考试制度。

倘若发思古之幽情，那么，游览京都的三十三间堂，那是平清盛建的，广岛的严岛神社也是他建的。 以合掌式房屋闻名的白村乡，传说那里的人是平家活下来的武士后代。

真名实地的麻烦

最近日本发生了两件事，一件是文学的，一件是漫画的，好像都算不上国家大事。先说文学。

文学家村上春树 2013 年末在《文艺春秋》月刊上发表了一篇短篇小说，主人公是舞台演员，给他开车的年轻女司机来自中顿别町，她把燃着的烟从车窗丢出去，主人公心想：大概在中顿别町一般都这么做吧。中顿别町是真实的存在，真实存在的町议员上网想看看本町在日本的名气发现了这篇小说，大为恼火：中顿别町百分之九十是森林，防火意识非常高，从车上往外丢烟头儿不可能"一般"，这是对家乡的侮辱。

村上春树的小说常写到北海道，对于以东京为中心的日本人来说，那里是遥远的地方，什么事情都可能发生。《围绕羊的冒险》里有个十二泷町，原型是北海道的美深町，有一条公路从这里通往中顿别町，长七十公里。即便说十二泷町大家随便丢烟头儿是常事，美深町也无法抗议，因为可以说写的不是你。村上发表了简短声明：

"我喜爱北海道这块土地，迄今访问好多次，也作为小说的舞台使用了几次，还跑过佐吕间湖长距离马拉松。所以，自以为完全是怀着亲近感写了这次的小说，结果却是让住在那里的人心里不快，我实在很难过，遗憾。我打以前就喜欢中顿别町这个名字的音响，就在小说中使用了，但打算出单行本时改成别的名字，以免添更大麻烦。"村上在《文艺春秋》上连载的六篇短篇小说已结集出版，叫《没有女人的男人们》，初印三十万册，町名改为"上十二泷町"。

日本人写小说很爱用真名实地，这可能是所谓私小说的实话实说的遗传，仿佛地名是真的，那人物就有了真实感。但用了真名，就会被要求真有其事，结果小说家作茧自缚。不仅文学，漫画也自有这种倾向。村上事件平息了，而漫画事件闹得可不小，仿佛摆明了文学的影响力远不如漫画。

是这么回事：日本有家出版社叫小学馆，出版一个漫画杂志，以青年为读者对象，周刊，号称印数三十万；1980 年创刊，自 1983 年连载《吃货》，雁屋哲的脚本，花崎昭的漫画。提及此漫画，脚本家比漫画家更有名。雁屋哲出生在北京，战败后回国，毕业于东京大学，学量子力学的，改行写脚本，政治思想被划为左派。《吃货》以吃为主题，每期讲一个故事，时有间歇。单行本出了一百多集，印数合计一亿多册。有时从吃涉笔社会及政治问题，指名道姓，不时惹起事端。2014 年 4 月 28 日发行的这一期，画到《福岛的真实》。主人公去核电站参观，然后就出鼻血了。双叶町的原町长诉说，福岛有很多人得这种病。5 月 12 日又发行一期，原町长说：很多人流鼻血，疲惫不堪，原因是受到核辐射。 他号召双叶町民不要住在福岛县内。 最后主人公们说：复兴福岛很困难，这就是事实。

双叶町属于福岛县，2011 年 3 月地震及海啸引发核泄漏事故的核电站有一部分在它的地界。 雁屋哲说漫画内容是他到当地调查两年，照实编写的。 但福岛县政府很生气，说：加剧本县的"风评受害"，断不能容忍。 阁僚也相继发言，环境部长说：没听说核污染和出鼻血有什么因果关系，这不是医学界的定说，绝不可引起"风评被害"。 震灾后新设复兴厅，长官说：虽说是漫画，描画这种很可能招致当地人不安和"风评被害"的内容也真令人遗憾。 大阪市长也出来说话：那个漫画我也爱看，但不管怎么说它是漫画世界，画到那个程度，也过头了。 原来还画了大阪帮灾区焚烧震灾垃圾，周围居民说出鼻血，眼睛也难受，大阪府和大阪市向小学馆提出抗议。

都提到"风评被害"，看来怕的是它。 这个词是媒体创造的，2000 年前后变成了日常用语，就是说，这件事跟人们的生活关联密切了。 按说有人群就有风评，也算是一种交流。 日本有个词，叫"井边会议"，意思是女人们在井边一边干活儿一边说张家长李家短，大概是风评的原型。 加上"被害"二字，有人给"风评被害"定义为：由于某社会问题（事件、事故、环境污染、灾害、不景气）被报道，人们把本来认为"安全"的东西（食品、商品、土地、企业）视为危险，不再消费、观光、交易，由此引起的经济损害。 这就不同于"井边会议"或谣传了。 记得"文革"时造反派之间以谣言为武器互相攻击，高音喇叭里常叫嚷"造谣可耻，传谣可恶，信谣可悲"。 谣传是口口相传（当今又多了网络、手机代替口）的交流现象，往往是不安和缺少正确而详细的信息造成的，而"风评被害"是一种经济损害，原因在于要求绝对安全的心理和洪水般的媒体报道。

山本七平在《日本人与犹太人》一书中说，日本人活着的前提是"安全"，犹太人是"风险"。似乎中国人处于两者之间，既想安全，又想冒风险。日本人听说中国有雾霾，就不去旅游，而中国人虽然害怕核污染，但价钱便宜，就敢到福岛县所在的日本东北地区逛一逛。听说中国人到哪里进门伊始就是找 Wi-Fi，现在整个东北地区都免费提供了。旅游日本，第一多韩国人，第二中国台湾人，第三中国大陆人，而二加三就大大地超过韩国，况且还有位居第五的中国香港人。中国人对日本的认识基本是风评。中国虽尚未跨越财富分配是重要课题的产业社会阶段，但是由科学技术造成的危险分配也已经是重要课题。不管是好评坏评，问题在于风，风传开来，便形成一股力量，众口铄金或者众星捧月。譬如遭遇大地震，大海啸，从电视上看日本人安之若素，井然有序。这是所谓"灾害乌托邦"，更加上他们自古不大有人定胜天的观念，"被"来之，则安之，况且又没有父母官的观念，当权者不当爹不当妈，没有把国民惯坏。不过，平静也终究是表面，实际上谣言四起，默默地抢购，一时间都愿不去东北。风传有时是民众近乎本能的自卫。与"风评被害"相对，还应该有"风评受益"。风传什么东西有毒，大家都不买，商家被害，或许真有毒，消费者得以避免，不过，对于政府来说，比人们的健康被害更可怕的是引起恐慌。好在大众是健忘的。

中顿别町从旭川还要往北一百多公里。 人口曾将近八千，现在不到两千了。 或许怕乱丢烟头儿会坏了形象，招不来游客，然而若换位思考，也可能"风评受益"，起码中国要抢着翻译《没有女人的男人们》，就跟着村上走向世界啦。

行脚与旅行

我们时常把日本叫小日本，古有蕞尔小国之说，但其实，从陆地总面积来看，日本在世界二百三十多个国家中位居六十二，比德国、英国大，比韩国和朝鲜合起来还大。若算上海洋面积，那就更大了，何小之有。日本主要由四个岛构成，最小的叫四国。四国岛上有四个县（相当于中国的省），其一是高知县，曾获得日本大众文学最高奖赏直木奖的女作家坂东真砂子出生在那里。她写过一部恐怖小说，叫《死国》，日语里死国与四国谐音。

这个小说改编成同名电影，演的是四国高知县有一个矢狗村，村里传说，反方向行脚，巡礼四国的八十八座寺庙，死者享年多少就要走多少圈，能够使死者复活。巫女家的莎代里十六岁死了，母亲照子执着地逆行，让她活过来继承家业。走完十六圈，莎代里活了，先就把母亲搂死在怀里……看得人毛骨悚然。

行脚四国八十八寺，叫四国遍路。获得诺贝尔文学奖的莫言说自己是讲故事的，未获诺贝尔文学奖的村上春树说，小说家是专门制造谎言的，总之，读小说不等于看历史。 我们所目睹的现实将成为历史，即便是过眼云烟，譬如几年前菅直人行脚四国。 那时他当着民主党的党首，在街头演说，攻击小泉内阁成员未缴纳养老金，唇枪舌剑，让自民党狼狈不堪，可是他本人担任厚生大臣的时候也有两个月没缴，舆论大哗，讪讪地辞掉党首。 虽然政府部门随后承认了行政有误，但他说要重新审视自己，剃了光头去行脚。

于是在电视上看见菅直人一副四国遍路打扮：头戴草笠，全身缟素，左手持念珠，右手拄金刚杖。 现今行脚大都不再穿白布胶底的"足袋"，代之以轻便的白运动鞋。 这一身白，似表示为人洁白，其实是赴死的装束。 分明一个人踽踽独行，草笠上却写着"同行二人"，那个人是谁？原来是弘法大师空海。

天不生仲尼，万古如长夜，这句话拿到日本说，就是天不生真鱼，万古如长夜。 空海生于公元774年，唐代宗大历九年，俗名佐伯真鱼。 自十九岁，长达十一年在四国等地进行山林修行。 三十岁得度受戒，大概从此号空海。 804年随遣唐使渡海留学，师事长安青龙寺惠果，接受灌顶，取名遍照金刚。 806年回国，所谓虚往实归，也就是两手空空地前往，满载而归。 816年嵯峨天皇敕许在高野山创立金刚峰寺。 823年赐东寺，作为真言密教的根本道场。 835年入灭，921年醍醐天皇又追谥弘法大师。 历代天皇总共给他追加了二十七个谥号，但一般说大师，都是指弘法大师号。 死后更变为传说，敬大师为佛，形成大师信仰。 有关水的传说尤其多，说哪里缺水，大师把金刚杵往地上一戳，汩汩涌清水，成井成池。 不过，民间流传一句能遇难成祥的咒语"生麦大豆二升五合"，居然是谐谑"南无大师遍照金刚"。

同行二人，意思就是跟弘法大师一起修行。行脚的白袍子背后还写着"南无大师遍照金刚"，口中也念念。金刚杖最为重要，它是弘法大师的分身，与汝同行。但是在桥上杖不点地，因为有传说，弘法大师修行时曾在桥下过夜，而今犹在，不能弄出响动惊扰。草笠上还写了偈颂：迷故三界城　悟故十方空　本来无东西　何处有南北。这四句偈本来是真言宗葬仪写在棺材盖上的，四国等地现今也写在骨灰罐上，所以那草笠即是棺材盖。遍路简直在实践"死"，难怪四国是"死国"。或许除了死，也唯有行脚能让人暂时脱离日常的生活秩序。这种"装死"习俗也引人联想武士道对死的诠释。

行脚的日语读法是唐宋音。僧侣渡海到大唐留学、取经，自然也知道了行脚。平安时代（794—1192）贵族中流行熊野诣，朝拜和歌山县南部的熊野三山，缕缕如蚁，逐渐成信仰。平安时代末叶，以京都及其周边的近畿地方为中心，兴起西国巡礼，朝拜三十三个观音灵地，行程约一千多公里。这种行脚晚至 15 世纪中叶普及于一般民众，"巡礼之人溢村盈里，背后贴尺布，书曰，三十三所巡礼某国某里"。三十三这个数，源于《法华经》的观音菩萨三十三面相。

后白河法皇（1127—1192，太上皇出家为僧，叫法皇）编纂的流行歌集《梁尘秘抄》中已见肩披袈裟、衣衫褴褛、常踏四国边地云云。看来这边地行脚是山林修行者的修行。沿海边绕行四国岛，且不止一周，这样行脚是梦想到达大海彼岸的常世之国（附会佛教，即观音菩萨在南海上居住的普陀山），僧侣们驻足向海遥拜常世之国的地方日后建起了一座座寺庙。 12世纪出现"高野圣"（也略为圣），他们是下层僧侣，从高野山游走四方，像推销员一样广布大师信仰，鼓动人们死后把骨灰葬到高野山。 日本寺庙热衷办丧事就是从这儿开始的。 泉镜花的小说《高野圣》即是写高野山旅僧的行脚故事。空海并不曾云游，但流传各地的传说有五千多，可能大都是高野圣们编造的广告。

弘法大师出生在赞岐国（今四国香川县），四国有好多他修行之处，大师传说也多，很早就产生了大师信仰。 至迟在16世纪前叶，观音信仰被大师信仰取代，边地行脚出现了在家信徒的身影，行脚修行不单是和尚的干活了。 边地，变写为"遍路"。 江户时代（1603—1867）大体上天下泰平，交通整备，行旅安全，在这种环境中，百姓把愿望付诸行动，一路走下去，与"遍"照金刚相遇于旅"路"，四国遍路的宗教习俗勃然而兴。 西国巡礼与四国遍路是日本两大定型化行脚。

四国遍路也可以逆行。 例如日本女性史学开创者高群逸枝，二十四岁的时候为三角恋爱而烦恼，以撰写行脚手记为条件，报社给她十元钱，从九州渡海到四国，从第四十三寺开始逆行，行脚约半年，这期间在报纸上连载《姑娘巡礼记》，感人一时，也使她一举成名。她写道：从早到晚脚不停步，从第四十八寺到第一寺一泻千里，其间有名的烧山寺山路也安然无事地穿过。 日本有一句谚语：让宝贝孩子去旅行。 四国地方有习俗，长大成人的条件是出门走一遭，姑娘行脚之后才具有嫁人的资格。 学生的修学旅行是这类传统习俗的变种。

菅直人行脚是顺行。 1690 年成书的《四国偏礼功德记》（宥辨真念著）有言：不知谁人何时把偏礼（遍路）处定为八十八处。 此书主要讲巡礼修行的功德，有病治病，无病免灾。 据一处石刻推测，1567 年已定规八十八寺。 至于为何八十八，日本虽然也把八当作好数字，却终归不明。 参照后阳成天皇的弟弟 1638 年所著《空性法亲王四国灵场巡行记》，这些寺庙及巡行顺序基本上迄今无变化。 1687 年，被称作四国遍路中兴之祖的宥辨真念出版《四国边路道指南》，第一寺是灵山寺，在德岛县鸣门市。 该县有二十四寺，兜一圈便进入高知县。 从第二十三的药王寺到第二十四的最御崎寺，大约八十公里，寂寂无聊，想象菅直人在酷暑中默默行进，也真是苦行。 遍历爱媛县二十六座寺庙，第六十六寺云边寺又坐落在德岛境内，云海可观。 第六十七寺到八十八寺在香川县，古刹密集，路途曲折。 第七十五寺叫善通寺，据说此寺就建在弘法大师诞生的故居遗址上，与高野山、东寺并称大师三大灵迹。 按说这善通寺应该是遍路第一寺，却为何从德岛起始呢？ 可能是因为过去从京都那边乘船到四国，停靠鸣门港，灵山寺近在咫尺。 第八十四寺屋岛寺据说是鉴真和尚于公元 754 年创立，供奉的木造千手观音坐像是 10 世纪的作品。 德岛为发心道场，高知为修行道场，爱媛为菩提道场，香川为涅槃道场，一路跋涉，修行之心逐步提高。 从头到尾徒步走下来，行程约一千四百公里，健步也得四十天。

倘若是行脚僧，手里还要托"铁钵"，沿途化缘。众生为路过的僧侣喜舍是功德，让行脚僧有如行云流水一般。四国人出于供养弘法大师，感谢来四国遍路，有接待传统。或在家门口，或定期在寺庙，供应茶点，乃至金钱、物品，免费提供住处。据说香川县人储蓄率在日本名列前茅，富裕人家多，对行脚尤为热情。总的来说，当地人对于四国遍路者的心情是敬意与蔑视并存。有人藉人家的好意，以遍路为生，被呼为乞食遍路，待以白眼。经济景气时行脚增多，虽然更多的是旅游，而经济不景气，四国遍路也有增无减。电视等媒体的宣扬鼓动起很大作用。某警察看电视，发现一个在四国行脚的人是十二年前杀人未遂嫌疑犯，逮捕归案。几十年前，患肺病、麻风病之类不治之症，被赶出故乡，来四国巡礼，指望弘法大师救治，对这种疾病遍路，人们也避之唯恐不及。《沙器》是松本清张最著名的推理小说之一，也大为成功地搬上银幕，又多次改编为电视剧，描写一个人的犯罪过程：父亲是麻风病患者，母亲离去，被赶出村子，小小年纪跟随父亲行脚，也就是流浪，凄凄惨惨。

俳人种田山头火行吟大半生，说人生即行脚。菅直人的行脚当然不会是观光，多少有一点政治作秀。虽然没携带家属和秘书，但报道的镜头前呼后拥，好不热闹。他断续走五回，走到第五十三寺为止，寺叫圆明寺，在爱媛县松山市。第五十四寺在爱媛县今治市，叫延命寺，如今民主党政权岌岌可危，倘若这位前首相接着走下去，或许能"延命今治"。

除了西国巡礼、四国遍路，江户时代民间还盛行各种行脚，譬如朝拜伊势神宫。19世纪头三十年的旅行热堪比经济大发展的20世纪后三十年。虽然是庶民的活动，但目的大都是含有宗教性。十返舍一九的小说《东海道徒步旅行》描写弥次郎兵卫和喜多八一路上滑稽可笑，却也不单纯是游山玩水，他们即前往伊势神宫朝拜。旅行以及旅游往往给人以文学的印象，譬如立马就想起芭蕉的《奥之细道》，其实，旅行与宗教更密切相关，旅行因宗教而发达，民众的宗教在旅行的历史中成型。事关时间、金钱、安全等，老百姓旅行并非易事，大概宗教的热情与意志最能让他们毅然出行。旅行产生于漂泊，而农民被束缚在土地上，对于他们来说，巡礼、朝山等行脚是出门远行的唯一机会。说到日本人的精神文化，其一是集团性，最明显的表现是集团旅行。日本人集团旅行的传统能上溯到江户时代。尤其是江户时代中叶，民众旅行一般都不是孑然独行，而是成群结队，其组织形式主要是"讲"。所谓讲，是几个村落为了一个共同的目的，志愿组成的互助性地缘集团。譬如伊势讲，就是为朝拜伊势神宫而组织，成员们凑钱，轮番前往，实现一生要朝拜一次伊势神宫的心愿。一旦成百姓活动，也就从虔诚的信仰行为演变为兼带观光游乐的消费性旅行。现今旅行社操办的旅行团几乎是讲旅行的延续，可以说，日本旅行业比欧洲早一个多世纪。放眼世界，当今已大有被中国人取代之势，但两国的旅行传统及其文化大不相同，甚至可以说，如今中国人的旅游方式完全是日本式。

交通手段使行脚习俗发生变化。自1970年前后私家车普及，以车代步；更多的是旅行社组织的巴士行脚，原始的徒步遍路者日见其少。 后来甚至出现了直升机行脚，但不知机上有没有设置净财箱。庙所的最大改观是设置停车场。 行脚简略化，旅游的元素和趣味越来越多。 我也旅游过四国，不是步行，而是乘车。 也曾登上第十寺（切幡寺）的三百三十级石阶，纵目四国山脉。

头头皆是道

日本凡事爱称"道"，例如茶道、花道、剑道、入木道。 入木，出典是王羲之笔力入木三分，孙过庭《书谱》有"入木之术"一语，传到日本变成入木道，即书道。

日本自古引进中国的技艺、艺能，与本国的风土环境、生活方式相结合，渐渐就变成他们固有的了。 1600 年德川家康在江户开设幕府，另立中央，掌控三百诸侯，并且把"朱子学"（南宋朱熹重新建构的儒学）定为国家的学问与教育，借以改造从激情燃烧的岁月杀过来的野蛮武士，修身养性，为民表率，以维持社会秩序。 日本人由此打下了国民教养的基础，彬彬有礼，令世界赞叹。 就从这时候，大事小情用"道"字，附会道德，强调精神，丰富其内涵，形而下提升为形而上。

明治过半（元年为 1868 年），引进西方文明的进程中物象更新，世风却日益浇薄，1890 年天皇的"教育敕语"颁布，重振德育。 虽然推翻了德川幕府，独尊神道，但足以充当道德思想之规范的，仍然是儒教以及佛教。江户时代已有之的"茶道"、"花道"、"柔道"叫开来。"武艺"改称"武道"。技艺、艺能，万般皆载道，又造了个"艺道"以统称。1926 年改元昭和以后"剑道"取代"剑术"、"击剑"之类称呼，"弓术"、"射艺"也叫作"弓道"。

茶道、花道、香道是三大艺道。女性考一个点茶或插花的资格，谈婚论嫁时显得有日本女人味儿。实际上茶道常叫作"茶汤"，花道叫"生花"也是国际通行的叫法，似乎唯独中国人，非称之为"道"不可，往往把日本文化想得玄之又玄。倘若把"茶道"译作茶艺，"花道"就叫它插花，或许就能用平常心对待。"书道"跟禅并没有直接关系，我们还是坚持叫书法吧。"柔术"本来是杀人之术，作为强身健体的运动，改口叫"柔道"倒也减少些杀伐之气。"道"具有神秘性，由术入道就变成一种家业，父传子，师授徒，一脉相承，这种习俗或制度至今被当作传统残留于世。

剑道有"剑禅一如"之说，可能人们多是从武士小说里读来的。伊藤一刀斋的一刀流也罢，宫本武藏的二刀流也罢，终归是修炼杀人，而不是放下屠刀，从根本上违背佛教，何"道"之有。花道插花，花枝招展，香道闻香，香气氤氲，即便有"道"心，也基本是追求美的境界，而茶道喝喝茶而已，玄乎其玄就需要附加些东西如瓷器、字画、点心，思想依据也较为复杂，有道教思想，也有净土思想，最具意识性的思想就是禅，所谓"茶禅一味"。如今中国茶叶店也多有搞茶艺的，用美女在那里摆弄，看上去确乎只能称"艺"，游艺或艺术，不足为"道"。茶禅一味的说法似有点高深，但回顾历史，原来茶和禅是一条道渡海而来的，也就不难理解了。

　　6世纪后半佛教传入日本，百年后就有人从唐朝学来禅，但7世纪至12世纪先后流行法华信仰、密教、净土信仰，不具备接受禅思想的条件。 1185年前后源赖朝在镰仓开设幕府，自此至1867年德川庆喜奉还大政，天皇靠边站，武士掌权，日本史就依据幕府所在地划分为镰仓时代、室町时代、江户时代。 武士不仅政治上统治，经济上获益，而且对抗以京都为据点的贵族传统，极力创建自己的宗教及文化。 镰仓时代（1185—1333）兴起宗教改革运动，出现新佛教，从奈良、平安时代的仪式性佛教转向内省性佛教。 新佛教当中有四宗脱胎于旧佛教，而临济、曹洞这两个禅宗是荣西和道元先后从宋朝引进的。 镰仓佛教对日本的思想、文化影响甚大，当今人口约五分之三是佛教徒，大半属于镰仓佛教。 中国禅宗史专家柳田圣山说："日本的禅是从镰仓时代之始的13世纪到江户时代中叶的18世纪，前后五百年，这么长时间里日本民族在这块国土上培育断断续续传来的近世中国文明之果，加以改良而开放的全新的花。"

　　荣西两度赴宋留学，1191年获得临济宗印可，回国开创日本临济宗，但三年后被朝廷禁止。 旧佛教盘踞奈良、京都，禅宗难以抬头，荣西去镰仓，幕府第二代将军源赖家欣然皈依。 他无视朝廷禁令，不仅在镰仓，公然在京都也捐了一块地给荣西建禅寺。 荣西晚年，道元曾求教：既然一切众生皆有佛性，又何苦修行。 1223年道元赴宋，学禅五年，其后也曾应幕府第五代执政北条时赖之邀，到镰仓教化半年。 1244年，道元在远离京都的福井县创立永平寺，开山日本曹洞宗。 1654年，中国明朝也到了末年，临济宗高僧隐元来日本，开山曹洞宗，也得到德川幕府的支持。 在中国，禅是高度发达的思想，而在日本，禅是文化。 对于武士来说，禅是用来修养精神、陶冶性情的，并没有多么大的宗教性。

净土真宗和禅宗的修行都简单易行。 净土宣扬他力，完全靠阿弥陀佛的力量获救，而禅主张自力，所以民众容易信奉净土真宗，凭自力解决问题的武士则更需要禅宗。 曹洞宗只管打坐，坐禅不是为得悟，而是要活得像佛一样，日常生活即修行。 当时有一句谚语：临济将军，曹洞土民，意思是武士阶层多信奉临济宗，民众信奉曹洞宗为多。 明治维新后武士没落，教团势力以曹洞宗为大。 现今曹洞宗拥有一万四千余座寺院，七百多万信徒，超过净土真宗本愿寺派，居日本之首。

日本和尚去西天取经，眼光及手脚从不局限于佛法，总是把中国文化捆绑带回来。 荣西不单拿来黄龙派的公案禅，还带回来抹茶吃法和茶种（也许是苗木），以及黄庭坚书法等。 道元携陶工归。 佛教学家铃木大拙指出："在镰仓、室町时代，禅院至少是学问艺术的仓库；禅僧始终有机会跟外国文化接触，一般人尤其贵族把禅僧敬重为教养倡导者；禅僧本身是艺术家、学者、神秘思想家；他们被当权者奖励而从事当时的商业，把外国的艺术品、工艺品带到日本；贵族阶级和政治统治阶级是禅门的支持者，很高兴修禅"。 平安时代初期已经有僧侣带回来唐朝的团茶，但自废止遣唐使，文人趣味的吃茶也逐渐衰歇。 京都高山寺得到荣西馈赠的宋朝茶种，栽培成功，传播各地。 第三代将军源实朝宿醉不适，荣西给他吃茶，豁然气爽，问是何物，荣西呈上著作《吃茶养生记》。 受他宣传鼓动，各处禅寺吃起了抹茶。 抹茶是把茶叶捣成齑粉，用热水沏，现今茶道仍然是宋代的吃法。 中国人试饮却难以下咽，算不算数典忘祖呢。 茶醒脑提神，或许有助于开悟。 "山僧活计茶三亩，渔夫生涯竹一竿"，茶在中国就已经与禅密切相关。 僧侣不绝于途，叫"煎点"的茶礼自然也传入日本。 赵州和尚"吃茶去"开启了茶禅一味。

茶产量增加，吃茶之风从寺院、上层社会普及民间。 吃得兴起，搞出赌博性游戏"斗茶"。 奈良称名寺和尚珠光玩得忘乎所以，被逐出庙门。 为洗心革面，跟大德寺一休和尚参禅。 某日，用珍藏的茶碗点茶，递到一休面前，一休大喝一声，操起身边的铁如意打碎了茶碗。 珠光纹丝不动，说：柳绿花红真面目。 一休欣然：佛法也在茶汤中。 满意之余，发给他开悟的印可，居然是北宋著有禅门第一书《碧岩录》的圆悟克勤大师墨迹，大概有抵偿茶碗的意思吧。 珠光还俗，以村田为姓，这个村田珠光（1423—1502）就是茶道之祖。 大约14世纪成书的《吃茶往来》已见"茶会"一词，在叫作"会所"的正式场所招待客人，器物、装饰以舶来品"唐物"为主。 珠光对抗这种华屋珍器的奢侈之风，简素形式，填充精神，创立以简素静寂为本的草庵茶（闲寂茶）。

润喉解渴的茶被形式化，称作茶汤，进一步追求精神性，就成为茶道。 好比把跑路变成体育运动的赛跑，那就需要训练了。 吃茶有方式是为吃，而茶道为方式而吃。 时见举办插花大赛，表明花道以及香道等犹有赛以至赌的性质，而茶道基本以"完善人格"为目标，讲求礼法。 譬如"一期一会"（不是指望回头客，而是以一生就见这一次的念头竭诚招待），这种茶道之心是社交礼仪，听来有禅意。 日本申奥成功，演讲里的"接待"一词成为流行语，这种接人待物的精神正是由茶道历练而成。 茶道具有修养、礼仪、艺术、游艺等性质，尤其游艺性与修养性随世风消长。 社会颓废时游艺性一面突出，就有人应时而出，强调修养性。 19 世纪初，以江户为中心的庶民文化烂熟，人心不古，《茶禅录》一书便教说：茶意即禅意，不知禅味则不知茶味。

16 世纪茶文化波及与明朝通商而繁荣的堺（位于大阪湾东岸），有个富商之子叫武野绍鸥的，向珠光弟子学茶，跟大林和尚参禅，这位禅师为他题写：料知茶味同禅味，汲尽松风意未尘。 绍鸥为珠光的草庵茶建构了审美。 茶室由奢变简，采光昏暗，也不用色彩鲜艳的茶具。 草庵茶的根底在于贫乏，但绍鸥是富人，四十出头就拥有六十多件贵重茶具，他说"茅屋系名马"，大概意思是在草庵里使用贵如"名马"的器具，那就在精神上欠缺真诚性，不过是玩玩草庵文化罢了。

绍鸥的弟子千利休使草庵茶大成。 他是"三十年饱参（禅）之徒"，倡导"和敬清寂"；和与敬是儒教的，清与寂是宗教的。 日本的宗教或文化向来是御用的，利休这个号乃天皇所赐，他先后为织田信长、丰臣秀吉当"茶头"，逐利不休，最终触怒了秀吉，剖腹自裁。 弟子撰述《南方录》记录了千利休的茶道思想，即茶汤第一是佛法修行。

信长、秀吉这些嗜杀成性的武士为什么对"平和"以至于"无"的禅及茶道感兴趣，甚至酷爱呢？皇家及贵族失去了财力和军力，剩下的只有经年累月培育、积淀的文化，中心理念是雅。武士们想雅却雅不起来，于是速成地自创，主要是茶道。无须连篇累牍或拗口赘牙的教养，仍然以饮食为基本，动用全身的感觉器官，身体力行即可。再搭配从中国输入的字画陶瓷等艺术品，不就雅起来了么？茶道当初很有点土豪文化的味道，秀吉真就用黄金建了一座茶室，恐怕是千利休负责制作的吧，虽然他标榜对崇尚珍器的既成价值观予以否定。MOA美术馆有黄金茶室的复制品展示。

武士为主子尽忠效力叫"奉公"，主子保障武士的领地或赐予土地叫"御恩"，以此互利，构成武士阶层的上下关系。论功行赏，没有那么多土地，便赏赐茶具。未必都爱好茶道，但茶具是舶来品，价值不菲。武将松永久秀是一位"茶人"，师事绍鸥，他有个茶釜，茶道用来烧水的，名为"平蜘蛛茶釜"，织田信长看上了，再三索要都不给。后来松永反叛，兵败，信长命他献出茶釜，饶他不死，但松永把釜中装满了火药同归于尽，据说是日本史上首例自爆。

茶出于禅寺，自来有禅味。插花源于用花供佛。据文献记载，1462年顶法寺住持池坊专庆把几十枝花草插在金瓶中，供奉如意轮观音，惊艳京都人，由此诞生了插花艺术。世代相传，五百多年来顶法寺住持始终是池坊这个插花流派的最高指导者。僧侣往来，镰仓时代随禅宗传入的宋式建筑、书法被称作"禅宗样"。书法之道在日本大成，乃至有超越本家之势，而且书道的发达也促成了假名的发明。研墨挥毫要静气凝神，这到底是坐禅，抑或朱子学的居敬静坐，其实也难以说清。

室町时代（1392—1573），镰仓、京都各有五座临济宗寺院被定为最高规格，由幕府管制，镰仓是建长寺、圆觉寺、寿福寺、净智寺、净妙寺，京都是天龙寺、相国寺、建仁寺、东福寺、万寿寺，而南禅寺更在这十山之上。在五山官寺制度下，禅僧们积极介绍中国文化，兴隆文艺。他们的汉诗文称作五山文学，奠定了江户时代儒学发展的基础。禅艺术也绚丽多彩。平安时代的审美基本是抄袭中国，而镰仓时代以来的禅逐渐创辟了日本的独特审美。譬如枯山水庭园，由实用变为象征，从华丽转向素朴，表现超现实的禅世界。

对于上层社会来说，佛教是一种智，而对于民众来说，佛教是一种情，作为感情，不学无知也都会明白。即便在佛教中，禅也属于智能型，合乎知识人胃口。禅对于现世利益有一点淡漠，不大容易扩散到庶民当中。宋元的禅已经从山中转向市井，平常心是道。日本的多灾环境和简素生活仿佛更天然地具备接受禅的条件，与其说禅造就日本人，不如说恰好很适合他们。长年在榻榻米上起居，惯于坐，坐禅似乎也不是难事。樱花蓦地开放，蓦地凋零，看着就不免感悟世事无常。江户时代临济宗愚堂禅师有偈：原来佛法无多子，吃饭吃茶又着衣。不单单文化，日本的日常生活也多与禅寺有关。茶是荣西带来日本的，江户时代初叶来日本的明僧隐元带来了明朝吃茶法，从此日本人普遍喝起了绿茶。他还带来芸豆，日语就叫它"隐元"。 盐渍萝卜"泽庵"据说是一度被德川幕府流放的临济宗和尚泽庵的创作。"纳豆"从寺院流传民间,"卷纤汤"也本来是镰仓建长寺的伙食。 正因为多出自寺院,所以日本饭菜很清淡,淡出了禅味。禅宗有清规戒律,威仪即佛法,作法即宗旨。 道元撰写的《典座教训》规定了筷子用法,一日三餐照着做就是修禅,这也是日本人饮食规矩的教科书。 莫非太日常,川端康成被评论"禅与文学",却不会像给远藤周作贴上天主教作家的标签那样,称他禅作家。

中国禅传到日本,生成日本禅,由于铃木大拙的英语写作而走向世界,几乎是日本文化在国际上的象征。 外国人看小津安二郎的电影也觉得看到禅。 日本"头头皆是道",唯独没有味道,民以食为天,我国就最讲味道,试试用禅来诠释并张扬我们的味道如何呢?

禅宗不立文字,但道元著述甚丰,其《正法眼藏》有云:"学佛道乃学自己,学自己乃忘自己。"吃茶去。

古典四大戏

"艺能"本来是中国词，传到日本后含义多起来，近年被我们拿回来，例如"艺能人"，好像专门指日本的以及韩国的演艺圈人士。"传统艺能"，指的是古已有之的艺术和技能，从诗歌到工艺，物质的、非物质的，包罗万象，大都来自中国及朝鲜半岛，加以改造，就成了日本的。传统艺能不大有明治维新以后受西方文化影响的现代性，年轻人不那么亲近，常用来向外国人说明何谓日本文化。其当中的"演剧"：能、狂言、歌舞伎、人形净琉璃，被称作四大古典戏剧，各具特色，均列为联合国教科文组织的非物质文化遗产。

"能"与"狂言"合称"能乐"，是日本代表性艺术，甚至说日本菜就是生鱼片，说日本戏就是能乐。本来叫"猿乐"，源头是奈良时代（710—794）从中国传来的散乐。这是民间文艺，包括曲艺、杂耍、歌舞等，还摹仿猴子的动作，夸张而滑稽。逗人发笑的摹仿逐渐地一枝独大，平安时代（794—1192）干脆叫"猿乐"。有人说"猿"与"散"发音相近而替代，也有人说像猴子一样在神前献舞叫

"神乐"，去掉示字旁，变为"申乐"，申猴酉鸡，再变为猿乐。明治维新后大搞文明开化，嫌猴子不好听，改口叫能乐，却到底闹不清"能"为何叫它"能"。

镰仓时代（1185—1333）中期猿乐在佛寺神社的庇护下形成"座"，即剧团及剧场。从这时起，猿乐分成能和狂言，相辅相成地发展，现今已经是完全不同的剧种，如果说能是用面具装扮的典雅的正剧，狂言就是以素面的庶民为主人公的滑稽戏，但仍然同台演出。室町时代（1392—1573；自1467年的后期亦称战国时代）各座竞艺，"大和猿乐四座"之一结崎座班主观世弥技艺超群，大得人气，带着十二岁的儿子世阿弥向明朝封之为日本国王的幕府将军足利义满献艺，从此与武士阶层结缘。世阿弥（约1363—约1443）把以模仿为主的猿乐改造为以幽玄为理想、以歌舞为主体的艺术，后世基本上因袭他确立的样式，几无变化。世阿弥有二十多部著作传世，其中《风姿花传》奠定能艺术论。此书本来是家业宝典，秘不外传，1927年被岩波书店刊行于世。传统艺能大都是口传身授，子承父业或师徒相传，其价值在于保守，不在于创新。

战国时代幕府失势，四座流散各地，得到诸侯的保护和扶植，能文化普及全国。将领在阵前也要演几下，以示威严而冷静。16世纪末叶统一了日本的丰臣秀吉更好能，举办"演出节"，三天里亲自演出了十六齣。他还把散在各地的猿乐座编入大和四座，即观世（结崎）、宝生、金春、金刚，加以掌控，政权就有了附属文化。能舞台成型，服装愈发华丽，迄今使用的面具样式也大致出齐。江户幕府

（1600—1867）将四座从大阪迁移到脚下，主要为幕府典礼服务，表演越来越庄重。 江户时代的社会是武士社会，艺人被赐予武士身份，就好像国营单位拿工资。 剧目按主题及角色类型分作神、男、女、狂、鬼五种，规定一天从早到晚按顺序演五齣，颇费气力和体力。四座之外又许可多喜流，这四座一流就是当今能乐协会的前身。 武士本来是武装的农民，德川幕府引进朱子学，规定为武士必修课，并借助能乐、汉诗等文学艺术修养他们的审美。

能的主角戴面具，脸符号化，喜怒哀乐全是它。 不戴面具的角色也不做任何表情。 能面基本有六十来种，现在多到二百几十种。面具较脸小一圈，扣在脸上露出下巴颏，长在了脸上一般，下巴的蠕动令人紧张。 若看不出幽玄之美，那就够幽森的。 舞台动作几乎是几何学的，迟缓得近乎懒梳妆。 身体像僵尸一样挺然，脚下滑步，万般无奈地伸伸胳膊，基本与台面平行则止，舞而不踊（日本艺能的舞是横向动作，强调静，表现肃穆，而踊是纵向动作，富有生气），看出门道的便说是造型柔和、宁静、典丽。 仿佛死在眼前也不动摇，这种形式美令武士着迷，从中看出武士之魂。 中国人被招待，大咧咧坐在前排，过一会儿那里就一片白地。

江户年间大约有二百多个剧目定型，多取材于《源氏物语》《平家物语》《雨月物语》等古典文学，现今也常演不衰。 明治（元年为1868 年）以后创作的剧目叫"新作能"，据专家调查，1904 年至 2004年的一百年间演出过三百多齣。 有取材于近现代诗歌、小说、戏剧等文学作品，乃至漫画的，例如 2006 年上演的《红天女》，但多数取材于时事或事件，例如2005年上演的《原子弹爆炸祭》。三岛由纪夫曾改编八个能"谣曲"（脚本），对于能走向世界颇有贡献，但这些作品只能算作"现代戏"。濑户内寂听的短篇小说《黑发》是取自《源氏物语》的故事新编，据之改编的《梦浮桥》2000年以来已上演十几场，有待于舞台上反复打磨，庶几能成为保留剧目。

能乐在形成过程中有否受13世纪后半成型的元杂剧影响，研究者说法不一。日本跟宋朝及明朝贸易兴盛，商贾、僧侣不绝于途，按说元杂剧应流入日本。不过，类似也可能纯属偶然，未必有直接的影响。

据说能这种舞台艺术很难用影像再现，因为"不动为能"，它要表现的不是动，而是静，把静发挥到极限。传统艺能自然会影响新兴的综合艺术电影，例如成濑巳喜男执导的《歌行灯》、沟口健二的《雨月物语》、新藤兼人的《铁轮》等。黑泽明的所有电影几乎都或明或暗地利用能元素，例如《蜘蛛巢城》《乱》这两部影片采取能的结构和表现将莎士比亚戏剧完全日本化。他还曾开拍《能之美》，不知何故夭折了。

狂言是笑剧。猿乐，指滑稽的技艺，就此来说狂言才继承了猿乐本来的艺脉。能取材于历史或古典文学，载歌载舞，而狂言是插科打诨似的台词剧，以庶民的日常生活及民间传说为素材，具有反映世相的讽刺性。能是象征的，而狂言写实，有点像小品，基本用人脸演喜怒哀乐。狂言面具不发达，只有二十来种，表情很夸张。同台交替演出，能的理想性审美与狂言的现实性幽默相乘，淋漓尽致地表现人性的本质。狂言跟着能，也属于德川幕府的御用艺能，鹭流、大藏流、和泉流三大流派鼎立。

明治年间全盘西化，弃传统艺能如敝屣，后来又学习西方的保护艺术，政府、财阀对能乐施以援手。野台子搬进广厦，这种专用剧场叫"能乐堂"。舞台正方形，立四柱，支起个屋顶。戴上面具，眼孔小小的，全靠这四根柱子确认位置。舞台唯后方有一面壁，画了一株苍松，松下列坐演奏者，笛、小鼓、大鼓、太鼓，叫"囃子方"，正襟危坐，虽毫无表情，却也有表演的意思。夏天里祭神，有神社在露天舞台上演出，燃薪照明，就叫作"薪能"。

能乐是演给权贵的，像仪式一样，有一种威严，歌舞伎则娱乐庶民，华丽得夸张。歌舞伎勾脸谱，有亮相，有武打，类似于京剧。而且像京剧一样，观众的观赏不限于舞台，比起演员所扮演的角色来，更重要的是角儿，那不是演员本人，而是被艺名异化的人。

江户时代之初，一个名叫国的女人来到京都，自称是出云（今岛根县东部）的巫女，女扮男装跳"歌舞伎踊"。她就是歌舞伎始祖，被叫作"出云阿国"。"歌舞伎"这个词来自动词"倾"，意思是超出常规，奇装异服的街溜子叫"歌舞伎者"。走乡卖艺，摹仿歌舞伎者的前卫装扮，歌舞也流里流气。歌舞伎踊流行江户等地，竞相结成"女歌舞伎"艺团。什么东西一流行就难免流弊，女歌舞伎们兼营卖春，败坏世风，幕府下令禁止。不许女性登台了，"若众歌舞伎"乘势而起，这是些梳着刘海儿的少年，好似当今的少年演唱队，成群地又唱又跳。少年歌舞伎也出卖色相，下了台满足看客的淫欲。男色是战国时代的遗风，江户时代也不算禁忌。幕府又加以禁止，于是成年男人的"野郎歌舞伎"登场。不靠色相，技艺被重视，从歌舞向戏剧发展。元禄年间（1688—1704），满城武士的江户出了个市川团十郎，台风豪迈，而上方（过去称京都及其附近）传承雅文化，坂田藤十郎演技柔美。女性被禁，男性就当仁不让，自然出现了专门扮演女性的角色，叫"女方"。用服饰化妆来表现女性，而且溜肩膀、内八字，把女性形象样式化，观众觉得比女人更有女人味。芳泽菖蒲被誉为男旦的鼻祖，举世无双。

剧情复杂化，角色类型化，表演程式化。男女老少，好人坏人，化妆、服饰各有一套。夸张得过火是歌舞伎的表演特色。日本文化的特质是简素，但歌舞伎追求华丽，很有点土豪。歌舞伎世家不能称姓，于是起"屋号"，例如市川团十郎叫"成田屋"，据说这就是歌舞伎屋号之始。演出时观众大呼小叫，呼叫的是屋号。成田如今有国际机场，市川团十郎的父亲出生在那里。像其他艺能一样，歌舞伎也是一种家业，代代"袭名"，现今市川团十郎是十二代。各家有各家的专长。第七代市川团十郎定下的"歌舞伎十八番"是代代市川团十郎最拿手的十八个剧目。

文化在文政年间（1804—1830）以江户为中心，小说、戏曲、俳谐、浮世绘等市人（城市居民）文化发展到极致。庶民耽于游乐，风俗颓废，1841年幕府推行改革，把歌舞伎等民间演艺统统迁往郊外，甚至以服装道具奢侈之罪，将第七代市川团十郎逐出江户，歌舞伎行当惨遭打击。

明治新政府试图把歌舞伎改良为文化层次更高的舞台艺术，足以供外国人鉴赏，兴起"演剧改良运动"。第九代市川团十郎改变以前荒诞无稽的虚构，创作出忠实于历史的作品群。1887 年明治天皇观赏了演出，大大地提高了歌舞伎地位。战败后占领军一度禁演《假名手本忠臣藏》等主要剧目，因为内容是封建的，反民主主义。1951 年毁于战火的剧场"歌舞伎座"重建，上演《源氏物语》，轰动一时，歌舞伎复兴。

歌舞伎上演的剧目有四百来齣，多数从"人形净瑠璃"移植。人形净瑠璃和歌舞伎是江户时代产生并完善的两大戏剧。作为庶民的最大娱乐，人形净瑠璃没有特定的后援，靠票房土生土长。歌舞伎由活人表演，而人形净瑠璃是傀儡戏。宋人吴自牧著《梦粱录》记述了多种傀儡戏，有诗：村头齐观耍傀儡，搬演故事又一回，载歌载舞赖提举，博得欢笑落夕晖。人形净瑠璃应算作城市艺术，不是悬丝提之，也不是杖头举之，而是由三人共同操作一具人形（木偶），一演就是一天。中国好些地方有传统的木偶戏（傀儡戏），各具特色，却没有像日本这般发展为大戏的，反而多趋于衰歇。

现在人形净瑠璃的正式名称是"文乐"。19 世纪初，有个叫植村文乐轩的人开办小剧场，名为文乐座，演出人形净瑠璃，明治末年变成指称这种艺能本身的名称了。

人形净瑠璃由人形与净瑠璃构成，与歌舞伎不同，这两样技艺很

观且观且观

094

早就各自发达了。 日本古传的声乐可分为两类，"谣"和"语"。 谣侧重旋律、节奏、速度，语主要是抑扬顿挫地讲说故事。 净瑠璃是语的一个流派。 这个名称让人想起佛教的"东方净瑠璃世界"，但据说是来自净瑠璃姬和牛若丸的恋爱故事《净瑠璃姬十二段草子》。 这个流派创作了不少作品，无非《梦粱录》所言，"敷演烟粉、灵怪、铁骑、公案、史书历代君臣将相故事"。 16 世纪末弦乐器"三线"（三弦）从琉球传到大阪一带，改良为"三味线"。 盲人泽住检校用猫皮或狗皮取代蛇皮，别有音色，给净瑠璃伴奏。 平安时代后期已有叫"傀儡师"的团伙卖艺，用傀儡戏营生。 江户时代不知怎么一来净瑠璃和傀儡戏这两种艺团凑到一块儿，搭配成人形净瑠璃。 京都、大阪、江户各地流派纷呈，出现很多"座"。 1684 年竹本义太夫在大阪开办竹本座，创出"义太夫节"；净瑠璃的语者叫"太夫"，讲说的调子叫"节"。 竹本座发展为人形净瑠璃主流，迄今是八流派之首。

歌舞伎魅力在于角儿，人形净瑠璃更注重编剧及文辞。 太夫们说：作者最了不起，我们的任务是如何把作者的意图讲说好。 歌舞伎没有优秀的作者，1716 年移植人形净瑠璃作者近松门左卫门创作的《国性爷合战》，大获好评。 此后半世纪人形净瑠璃盛行，成功的作品都搬上歌舞伎舞台。《菅原传授手习鉴》《义经千本樱》《假名手本忠臣藏》反复演出，被称作移植三大名作，今天在歌舞伎剧目中仍占有很大比重。

自从 1734 年，一具人形由三个人操作，人形也大了一倍，大的体长一米半，小的也有一米三。 一个人"主操"，左手把持整个人形，右手操作人形的右手；另一人"左操"，用右手操作人形的左手；第三人"足操"，用双手操作人形的双腿。 三个人配合默契，把人形摆弄活，如吴自牧所言，"变化夺真，功艺如神"，据说这功夫需要"足十年，左十年"。 傀儡戏看的是傀儡，操作者尽量不现身，或者身裹黑衣，面蒙黑纱，观众就当他不存在。 但操作也是一个技艺，有欣赏的价值，所以人形净瑠璃"主操"多露脸，甚至穿上影视剧中常见的武士礼服"肩衣"，好像斗鸡支楞着翅膀。

战败后传统艺能曾一度荒废，随着经济发展而重新振兴，并走向世界。 能动作的顺拐，歌舞伎亮相的对眼，望之有趣，也有点好笑。经时间淘洗，俗渐变为雅，也就保守起来。 眼下歌舞伎似乎还没有能乐那么保守。 第三代市川猿之助以革新出名，多年前看过他的"超歌舞伎"《新三国志》，从剧情到舞台都恣意现代化，刘备变成女性，似乎这下子就破解了关羽为何那样地死忠。

浮世绘的纠结

　　大英博物馆定于 2013 年 10 月举办《日本的春画——江户美术中的性与幽默》展，将展出葛饰北斋、喜多川歌麻吕等浮世绘师的一百五十余件作品（传闻该馆收藏春画二百五十件），却让日本很纠结。

　　浮世绘，像艺伎、相扑、人形净琉璃一样，这些词儿我们中国人一听就知道是日本的传统玩意儿。而这是它第二次让日本纠结了。

　　1603 年德川家康被封为征夷大将军，在江户开设幕府，掌控天下，直至 1867 年第十五代将军把大政奉还明治天皇，史称江户时代或德川时代。这二百六十年可算日本历史上的太平盛世。盛世的文化是世俗的，享乐的。浮世绘是这盛世文化的产物，为大众所喜闻乐见。主要有四种题材，起初是女性风俗画，继之画歌舞伎演员以及相扑力士，19 世纪开始画风景，还有一种是春画。1853 年日本被美国炮舰敲开了国门，便拿来西方的眼光，看哪里哪里蒙昧，看什么什么野蛮，于是搞文明开化，"破旧来之陋习"。浮世绘也成了敝屣，出口瓷器就用它包裹填塞。却不料废旧浮世绘震惊欧洲，据说凡高收藏了五百来件。 毕加索也收藏，2009 年底在巴塞罗那举办展览，题目是《毕加索与日本春画》，展示他所藏十九件春画，以及他描绘的色情作品，两相对照，影响自见。 不过，把他画的章鱼与女人跟葛饰北斋的《蛸与海女》比较，就难怪陶艺家北大路鲁山人见了毕加索之后说：我才是艺术家。 敝屣或敝帚被欧洲人看好，日本人纠结之余，赶紧把浮世绘捡回来骄人，但迄今竟没有一件被指定为国宝。

评论家加藤周一说："德川时代的绘画，重要部分是浮世绘版画，浮世绘版画的重要部分是春画。"春画可说是浮世绘师的特技。 不同的文明对身体有不同的态度。 身体发肤，受之父母，这人体就不再是自然的了。 中华文明圈重视的是人的社会性，基本上没有把裸体理想化的愿望。 西方自希腊以来美术的重大主题之一是人体，特别是裸女。 而东亚美术，除了从印度传来的佛教美术，几乎看不到裸体的表现。 即便是春画，也不大看重人体，多是露出下半身，很少有全裸。 16 世纪末从明朝传来春宫秘戏图，日本也大画春画，且别开生面，尤其是夸张，足以击破韩国人李御宁对日本文化的定性：把一切东西往小里缩。 男根超现实主义地巨大，或许是基于生殖器崇拜，却怎么看怎么滑稽。 好似荤段子，春画也叫作"笑绘"，对于性不是否定而是肯定。 只画想画的，为之而违反自然法则，姿势与尺寸大加变形，突出男女目的之所在。 17 世纪至 18 世纪末，春画最彻底地表现男女平等的原则，19 世纪以后越来越着意于男人的攻击性，画面更刺激、倒错，常带有残忍性。

爱因斯坦的理论与毕加索的绘画是人类史上最难解的双璧，毕加索有三百四十七幅被认为色情的铜版画，有人说看着不淫，或许那是看不出淫在哪里也说不定。春画是大众艺术，也可以用来纸上谈兵，抵得上后世的 AV。所有的男女都在心底描绘着春画，而画家把它画到了明面。康熙大帝正人心，厚风俗，1714 年发出一道上谕："近见坊间多卖小说淫词，荒唐俚鄙，殊非正理。不但诱惑愚民，即缙绅士子，未免游目而蛊心焉。所关于风俗者非细，应即通行严禁。"几年后，德川幕府也发布"好色本禁止令"。我们好以为日本是儒教的，其实，有禁欲一面的儒教伦理主要在江户时代前半被推行，也只停留于上层，基本未深入民间。禁而不止，各色人等乐此不疲，江户年间乡下所谓浮世绘基本是春画。艺术家探究人性，也探究人的性，被道德化的大众看他们很下流，但时代有变，大众露出了本性，往往更下流。

全盘西化，不仅衣食住行改观，而且被洗脑，西方人说美就是美，他们看着丑，兜裆布、混浴什么的，日本人就害羞了。但是化，谈何容易，结果只是造成了审美混乱。跟大清打仗，士兵把春画当作护身符带在身上，刀枪不入，真就打了胜仗。未几，1895 年 4 月黑田清辉在京都博览会展出裸体画，被攻击为伤风败俗，第一个遭禁。后来展览裸女画需要用布遮掩下半身。裸体画美，春宫画淫，当初也是西方文明教给日本的，却不料他们如今又看出"江户美术中的性与幽默"了，这可教最善于脑筋急转弯的日本人也仓皇无措，大英博物馆打算把《日本的春画》展巡回日本，还没有哪个美术馆应承。纠结啊，日本人自古就这么被外来思想折腾。

二十五年前（1988 年）加藤周一写道："日本人在日本不能看日本人的独创性工作，从歌麻吕的春画到大岛渚的电影，只得在外国看，这种状况是滑稽的，悲惨而愚蠢。 不消说，这显示今天日本的极端的后进性和非国际性。"至于我们，当下还是记取鲁迅的语录吧："我所希望的不过愿其有一点常识，例如知道裸体画和春画的区别。"

蛛丝能承受之重

蜘蛛不招人喜爱，它结的网被当作荒凉、颓败、幽灵出没的象征。小时候也曾好奇，蛛网能承受多大的飞虫及其挣扎？《西游记》里读到盘丝岭下盘丝洞，七个蜘蛛精"作出法来：脐孔中骨都都冒出丝绳，瞒天搭了个大丝篷，把八戒罩在当中"，这也太大太强了。似乎在日本人的印象中，蛛丝是结实的，印象来自芥川龙之介的小说《蛛丝》。

小说的"叙事视角"是释迦，当然就"全知全能"：他老人家活得悠闲，一大早在极乐的莲池边信步。从莲池底下窥见地狱，便看见犍陀多跟其他罪人一起在干活。犍陀多干尽坏事，却也曾在深林里可怜一只小蜘蛛，虽小也是生命，没踩死它。为证明善有善报，释迦决定拯救犍陀多，把一根银色的蛛丝笔直地垂到他头上。犍陀多不失时机，赶紧用双手抓住蛛丝往上爬。地狱与极乐相隔几万里，途中往下一看，无数的罪人也乘机爬上来。他大喊：这蛛丝是我的，你们究竟问过谁就上来了，下去，下去。当然没有人主动退出，越上越多，蛛丝嘭一声断了，犍陀多像陀螺一样从众坠回了地狱。伟大的释迦看罢全过程，满脸悲哀，又信起步来。只垂下一根蛛丝，这时却叹息犍陀多无慈悲心，才受到相应的惩罚。极乐也快到中午了。

《蛛丝》是写给孩子们的，好像有教化慈悲心的意思。铃木三重吉是夏目漱石的门徒，要算作芥川龙之介的师兄，有感于明治以来给孩子们读的东西俗恶，锐意革新，创办《赤鸟》杂志，发动一流作家为孩子们创作，把传统的讲故事提升为近代儿童文学。芥川也写了多篇，第一篇就是《蛛丝》。本是极端的怀疑主义者，但这些童话展现了灵魂最纯净的部分，笔下也不用拿手的机智与嘲讽，不那么暗淡，表现得天真无邪，在读者心中朦胧点燃一盏灯，使作家的形象也带有温馨，不然，恐怕世人只觉得芥川是一个理智的冷血怪物。人这东西本来是悲哀的存在，《蛛丝》底里弥漫着他特有的悲观主义。不过，这个释迦似乎也有点拿人开心，明明看见血池针山的地狱里有那么多罪人，却只要救一个犍陀多，垂下来一根经不住成百上千体重的蛛丝，可怜的倒像是犍陀多。莫非他应该脑筋急转弯：我不下地狱谁下地狱，让领导先走！

蜘蛛在中国古代是吉利的，葛洪《西京杂记》中记有"蜘蛛集则百事喜"，此类迷信传到了日本，他们更用来说爱情。8世纪初出使唐朝的山上忆良有一首《贫穷问答歌》流传千古，说灶不升烟甑结网，穷得烧饭都不会了，但这样用蛛网写甑尘釜鱼的穷相是个别的，从905年到1025年敕撰的八部和歌集（统称八代集）中咏蜘蛛二十九首，其中二十三首写恋情，多表现像蛛丝一般虚幻的期待。

日本第一部史书《古事记》里记述了一个爱情传说：允恭天皇的皇女轻大娘姿容绝妙，美都透出了衣裳，所以叫衣通姬。他跟哥哥木梨轻皇子相爱成奸。天皇死后，木梨轻虽为长子，但群臣拥立他弟弟穴穗皇子继位。木梨轻谋反被捕，流放到四国。衣通姬随后追来，二人情死。三岛由纪夫年轻时写过短篇小说《轻王子与衣通姬》，不过，二人的关系采用了《日本书纪》的说法，不是兄妹，而是外甥和舅妈。《日本书纪》中有一首歌，说是衣通姬作，意思是今晚那个人儿一定来，蜘蛛在小竹根上结网了。

12 世纪编辑的说话集《今昔物语集》当初几无影响，只因为芥川龙之介从中取材，创作了《罗生门》等短篇小说，其文学价值才为人注目。有一则蜘蛛的故事，说很久很久以前，法成寺阿弥陀堂檐下结了一张蛛网，遥遥拉到东池的荷叶。飞来一只巨蜂，被挂在网上。这时蜘蛛不知从哪里爬出来，把蜂卷裹。僧人看见了，生怜悯心，用木棍挑到地上，再拨开缠身的蛛丝，蜂振翅而去。过了一两天，飞来二三百只巨蜂，在蛛网周围嗡嗡嗡搜寻，却找不到蜘蛛。顺着蛛丝飞到东池，荷叶上也不见蛛影，悻悻然飞走。僧人顿悟蜂是来复仇的，而蜘蛛预感灾难将临，早已躲起来。他也到处找，发现荷叶底下垂一根丝，蜘蛛悬身于水面的草丛中。

古典文学未触及蛛丝的强度问题。据说，同样粗细，蛛丝的强度是钢铁的五倍，伸缩率是尼龙的两倍。有一个叫大崎茂芳的，专业是分子生物学，对蛛丝感兴趣，实验了三十来年。蜘蛛能吐出几种丝，他用三个月的时间从一百来只蜘蛛采集了十九万根"牵引丝"（一根丝能牵引蜘蛛体重二倍之重），拧成四毫米粗、十厘米长的绳子，吊起他六十五公斤体重。 蜘蛛确实很有趣，原来它织的网，螺旋状的丝黏黏的，而放射状的丝不粘，任它来去自如。 蛛网旧了坏了，就吃掉回收，重新吐丝织网，真是够环保。

我毁坏过蛛网，就在不久前，还啪地把书本一合，一只不识字的蜘蛛变成了标本。 来日入地狱是不能指望释迦垂下一根蛛丝了，但也不打算抢他人蛛丝往上爬。

AV 女优

甚矣吾衰也，久矣吾不复观赏 AV。

"AV"（adult video）是日本造的词儿，全称成人录像，为满足性欲的影像作品，好似活动春宫图。所谓成人，是暗喻猥亵；二十岁长大成人，但十八岁以上就可以看成人录像。AV 通常指日本所产，欧美的叫作色情（porno）。若翻译过来，统统的黄色录像。专门拍 AV 的女演员即"AV 女优"。

AV 这两个字母，前者站着时挺拔如模特，系了一条兜裆布，后者脱下便两腿朝天。AV 有合法的，有非法的，性器官裸露而不加遮掩即属于不合法，因为日本刑法有一条"猥亵品颁布罪"，触之为非。什么是猥亵呢？法官裁决：单是兴奋或刺激性欲，损害普通人正常的性羞耻心，违反善良的性道义观念。若照此衡量，哪怕是雾里看花，AV 也大有风月宝鉴之用，压根儿不合法。况且马赛克遮掩，无限地接近透明。这就是法律的虚伪。事关刑法，扫黄是警察的职责。开办 AV 经纪公司的人多数曾干过飙车族、暴力团、骗子小偷之类勾当。 这桩生意，只要诱得来女人，带给摄制厂家，就可以拿钱，近乎人贩子。 AV 是灰色行业，其存在靠的是警察方面的"宽容"。侨居日本二十余年，眼见警察越来越不作为，或许是不愿给时代揩屁股了——他这边认作猥亵品没收、罚款乃至逮人，舆论却大哗为艺术。 猥亵乎艺术乎，确乎不好判断。 三岛由纪夫年轻时看一幅西洋名画，看着看着就人生第一遭自泻了。

AV 历史并不久。 1970 年美国对色情解禁，日本 1981 年 AV 起步。 后随着录像机普及而兴盛，出现以出演 AV 为生的 AV 女优，1990 年以后演进为假戏真做。 日本文化被美国人定型为耻文化，知耻而后勇，便勇于看 AV 录像。 讨厌 AV 也大有人在，1984 年兴起的录像带出租店需要隔出个"密室"专营，以免辱道貌岸然之目。

AV 基本是男人的消费品，其内幕鲜为人知。 2012 年幻冬舍出版了一本《当工作干的 AV 女优》，将 AV 列为三百六十行之一，述之甚详。 作者中村淳彦是四十岁的自由撰稿人，自 1998 年采访 AV 女优以及红灯区女郎、流莺，每周一人，付诸报端。 十年间采访七百来人，出版了《没有名字的女人们》系列，2010 年改编成电影。

据说，AV 业兴衰三十年，先后有二十万人从业，每月有将近两千部 AV 新作上市。 女人为什么干 AV 这一行？ 或者，为什么裸了自己？ 一个年轻女性走在街上，被打扮得怪模怪样的"星探"拦住：喂，你过得快活吗？想不想变作另一个人，那可有意思。 停下脚步听他聒噪，十有八九是"地方人"。 过去也好，现在也好，涉足 AV 业的，大多是地方进城讨生活的女性。 对于她们，大城市就是一个陷阱。

背井离乡，下了车两眼一抹黑。本来想升学或就业，却是大不易。当然也有人出于好奇，或寻求刺激，但多数是苦于生活，一咬牙投身AV。拍AV是过酷的肉体劳动，而且被用了就扔。录像带变成DVD、光盘，容量增大，表演的劳动量随之增加。经济不景气，AV行业也萧条，半数以上的女优得不到出镜的机会。据中村淳彦调查，现有AV女优六千至八千人，其中四千至六千每年被替换。也有过日进斗金的好年月，但如今百分之八十以上的AV女优拍一部片，酬劳不过几万日元，远远低于世间的想象。当AV女优是女性谋生的最后手段，就业竞争率为二十五倍。供过于求，经纪公司就挑挑拣拣，已不是什么人想脱就脱、脱了就赚的时代了。对于她们，甚至对于整个AV业，或许最好的出路是"雄飞"大陆，不是已经有一个两个成功的范例么？国男们对日本女人感兴趣，未必是她的从良，而是有前科，但大国毕竟是宽容的，咯吱咯吱，哈哈……

AV经纪公司大约有一百五十家，招募广告差不多：当场付钱；快乐的工作；简单，谁都能干；不会暴露。女人舍身当AV女优，最担心的是曝光，一旦败露就不好做人。地方，尤其田舍，向来是保守的，被家乡亲人发现那可就死定了。人却有侥幸心理：每年有那么多AV上市，看的人很少，自己怎么会那么倒霉，偏偏被熟人看见。摄制公司也采取措施，譬如不在发行量大的报刊做广告，原籍作假（日本有标示年龄、原籍的习惯）。不过，与时俱进，随着社会伦理的衰败，现而今谁当AV女优，在镜头前脱光、做爱，制作DVD或上网，流传日本乃至世界，似乎都不足为奇了。甚至90后也有得到家长或恋人慨允而堂堂当 AV 女优的，丝毫不觉得羞耻或亏心。 IT 发达，女性们自己上网查询、应征，"星探"失业。 尽管人心不古，社会越来越宽容，但皮肉工作者仍然会落入不被人信赖、难以恋爱、遭周围蔑视的境地，凄然孤独。 金盆洗手之后，这一段阅人无数的经历也不能写进履历。

女孩儿叫啥名

看过一部日本动画片，叫《狼孩雨和雪》（细田守导演，2012 年上映）。主人公叫"花"，喜欢上的人是狼男，生下姐弟俩。生女儿时下雪，就叫她"雪"；生儿子时下雨，起名雨。狼男死了，花从城市搬到山村，避人而居，抚养姐弟。雪喜欢做人，生来孤独的雨在风雨之夜恢复了狼形，回归山林。

姐弟在大自然中嬉戏，人渐渐奔跑为狼，画面很感人，过后想的是她们的名字。"花"出生时屋后的秋樱开了，父亲给女儿起了这个名，希望她像花一样笑口常开。单名一个"花"字，近年颇流行，若是在过去，男"太郎"、女"花子"是典型的日本人名字。某日本学者说，中国人一听"花子"就想到叫花子，这说法未免牵强，实际上读音不一样。虽然全球化，日本人起名也无须顾忌中国人感觉。对于日本人的名字，生于猪年叫"豚年"，或者女孩叫"泡姬"，望文生义，我们会忍俊不禁，但更多的是莫名其妙。例如有一位美女，既做模特，又搞拳击，名叫"高野人母美"，姓高野的父母给她起如此大名，是希望她比别人更美，比母亲更美，我们就只有望洋兴叹了。

又例如"麻衣"。我们用麻字，麻子、麻疹、麻痹、麻烦、肉麻、一团乱麻、麻秆打狼、瘦得像麻秆、披麻戴孝，只有麻姑搔背麻辣烫好些吧，而日本人对"麻"自古有很好的印象。直至战败前，大麻和稻米这两种农作物是鼓励种植的。日莲宗开山宗祖日莲所著《立正安国论》有云："交兰室之友，成麻亩之性。"麻长得笔直而且结实，取名就为了这种形象。若浮想联翩，想到往昔用麻做衣服，"米"也读若"麻衣"，衣食足而知荣辱，含义更丰富。

日语的"名字"是指姓。名，或者连名带姓，他们叫"名前"。姓是国家的制度，而名是社会风俗。上古人名都很长，其中有尊称、美称等。818年3月，出使过大唐的菅原清公建议朝廷把仪式、官服等统统改为唐式，大约从那时起，嵯峨天皇的皇子皇女们起始用二字命名，降为臣子就只用一个字。取名常带有时代的印记，看一个人的名字能估摸出他出生在什么年代，人名可以排列出一个历史年表。江户时代男人大约有一半名叫"右卫门""左卫门""兵卫"。本来是护卫朝廷的官名，时代宽松，农民起名也好用百官名，好像祖上也阔过，他也是武士。用得人多了，也就没了个性。有意思的是，为什么不用更大些的官名呢？明治维新，政府颁布改名令，不许自称官名，男人们赶紧把名字乱改一气。后来这法令不了了之，但也再没人叫，如今只有歌舞伎演员叫吉右卫门、仁左卫门什么的。自古男名用汉字，女名多是用假名（平假名）。倘若把她们的两个假名换成汉字，颇有些鹤、龟、虎、熊，不像女人家。 女性起名爱带"子"，是大正年间兴始的，1970 年这种名字甚至超过百分之八十。 难怪她们的子女问老师：孔子怎么是男的呀。 后来就出现脱"子"化现象，"花子"变成"花"。

当今命名基本用汉字。 女名常用与衣服有关的字，如绢代、绫子、香织。 文学里薄命红颜常常叫"忍""雪""佳代""夕子"，而富有理智、敢于行动的女子则名为"薰""秀""贵子""真理子"。 近年给女孩起名用字排位是"爱""菜""美""奈""结""花""莉""心""乃""音"。 同样是汉字，我们注重字义，他们讲究字音。 音相同，换了字就会有不同的意思，例如"麻衣"，也让人联想同音的"舞"。 近年起名的倾向是音响优先，父母头脑里先浮现音，觉得悦耳，然后找汉字搭配。 名叫"结衣"，可不是结百衲衣，和"麻衣"一样，这个"衣"一般不取其义，而是配音的，叫起来上口，也免得一字名孤单。 主要取其音的字还有"奈""亚""乃""沙"等。

2013 年出生，女孩叫得最多的是"结菜"，后面依次为"葵""结衣""阳菜""结爱""凛""凛""爱菜""美结""阳葵"。 "结"的意思是联结、系结，据说反映了 2011 年东日本大地震发生以后人们更加珍视人与人的关系，当然也含有女性人生最基本的愿望——结良缘。 "菜"是油菜花，春光明媚，遍地菜花黄，自古为日本人钟爱。"结菜"的意思是希望孩子像菜花一样可爱，能联结人与人。

男孩叫得最多的是"悠真"。"空（苍空）"也是近年男孩起名常见的。 像苍井空的"空"一样，不是空海的空，与色即是空空即是色无关，它就是天空的空。 还流行"翔"、"大翔"等，大概他们的理想不是像苍老师那样"雄飞大陆"（日本 20 世纪前半流行语），而是翱翔世界吧。

日本人起名很在意汉字笔画数，"衣"六画，广受欢迎。 笔画数不好，有的就干脆用假名，闻其声而不见其字。 不过，假名只有表音的功能，远不如汉字，音义形三用，而且日本人心底，假名总有点临时性感觉，汉字才地久天长。 起异性惯用名以求健康的习俗似乎还残存，贱名辟邪已成为历史。 譬如"丸"，是马桶的意思。"牛若丸"就是源义经，帮哥哥源赖朝打天下，功成后反目成仇。 从"丸"的读音又写作"麻吕"，我们也知道有个叫阿倍仲麻吕的，还有个柿本人麻吕。 平安时代给贵族人家牵牛车的仆人都叫作什么"丸"，这是主人给他们附加的蔑称，却也像大人叫孩子的爱称。

日本使用汉字以康熙字典为准，康熙以后的中国就是他们有点瞧不起的了。 战败后，归罪于汉字，对汉字的使用大加限制。 2010 年修正颁布《常用汉字表》和《人名用汉字表》，共 2 136 字（每个字都有音读和训读两种读法）。 还允许使用一些异体字，所以有人叫"凛"，有人叫"澟"，不求统一，我们就觉得乱。 很有名的作词家阿久悠（这三个字谐音"恶友"）写过一首诗："自由、坚强而温柔的孩子，就叫作凛然。 要当个凛然的女孩子。"女孩子起名只用一个"凛"字，男孩子就要叫"凛太郎"。 听说运动员们特别信算命，把"艺名"改来改去，例如棒球名人长岛茂雄的"山"忽而挪到左边去，若是到中国，非给他垫到屁股底下不可。

取名用字有限制，姓不在此限。据说日本有三十多万个姓，姓"苫"无妨，但不能名"苫"。日本人和英国人生子，想起名"暎"，规范字汇里查无此字，上户口只好不要这个"日"。人名用字是限字，不限音，同样的字随你怎么读，"结菜"至少有三种读法。有的字看似常见，却只有爹妈知道叫什么，例如"葵"，居然有读作"哈密瓜"的。所以，日本人接过同胞的名片不敢贸然叫尊姓大名。原因在历史：中国发明了汉字，读音不断地变化，各种读音相继传到日本，全堆积在日语里，一字多读。当今是个性的时代，父母更恣意给孩子起怪名，读法和用字匪夷所思。二十年前，初到日本赶上了一个事件，某人给孩子起名，叫"恶魔"，户籍部门不予登记，告上法庭也败诉。这种名字有损孩子的人格，父母等于犯侮辱罪。此人不甘心，改名"亚驱"，与"恶"谐音，而且拆开来，"亚区马"的发音仍然是"恶魔"，也可谓用心良苦。

不曾听说过日本人改个名字，比如把"彬彬"改为"要武"，天下大乱，但一旦报了户口，再想更名就必须经家庭裁判所审批。某女叫虎（假名），申请改名，裁判所不准，理由是"虽然这名字难以感觉是女性，但也不至于认为不民主。命名之际，因为是柔弱的女性，所以取了强有力的名字；且往往与属相有关，不能认为虎这个名字含有轻蔑、谩骂的意思，不应有侮辱之感"。名字是父母赠给孩子的第一份礼物，饱含着他们的心愿，但对于孩子来说，名字是父母强加给他（她）的。孩子出生在电视播映《铁臂阿童木》那年，起名"亚斗梦"，父母可能是一时兴起，孩子却背负一生。战败以前给孩子命名一般是爷爷辈的权力，现在大都父母说了算，有的父母就滥用命名权。 把自己的梦想或情结加到孩子身上，孩子长大了，人生跟那个名字判若两人，被人一叫就是个嘲笑。 反过来，那名字把父母的浅薄也留在世上。

　　有人说，起怪名是对平凡的报复。 日本三大随笔之一的《徒然草》里有这样的话：“起名用不常见的字没什么好处。 凡事追求珍奇，喜好另类，大都是没有教养的人所为。”

混浴与儒教

中国有一句俗话，叫七岁男女不同席。说是俗话，其实语出《礼记》，但早已深入人心，英雄不问出处了。既然是《礼记》，五经之一，这规矩就属于儒家儒学儒教无疑。本来礼不下庶人，大概宋以后，儒教之礼渐渐流入并遍及民间。倘若圣人或帝王规定了八条又八条，万民却并不践行以成习惯，恐怕就算不上礼。礼，必须普天下一律，也必然随时代变化，席是早就同了，那么，七岁女儿可否赤条条跟奶爸进男池塘混浴呢？中国好像是不行的，日本行。

西方文明开化了日本，明治伊始就下令禁止混浴，免得被西方人瞧不起；百年之后的 1964 年，东京要举办奥运会，又明令"禁止十岁以上男女混浴"。地方自治，对混浴限定不一，京都为六岁以下，北海道等地到十一岁，而法律规定女性十六岁就可以结婚了。虽然中国游客都挺想见识甚或体验混浴，但嘴上不免骂一声成何体统。这不合礼数。不是说日本很儒教，好些人还要礼失求诸那里吗？

儒教是中国人的生活之教。日本的日常生活中到处有寺庙，有神社，似乎哪里也没有儒教。虽然中学的汉文课讲一点《论语》《孟子》，但众多生活在东京的人不知道东京有一座孔庙，叫汤岛圣堂。看来真就像司马辽太郎说的："日本甚至在律令时代也没有采纳完全的中国体制，按照自己的想法，总之是按照现实的政治体制过来的，所以一次也不曾彻底沉浸在真正意义上的儒教里。真正意义的儒教是普及百姓们的交往方式、严格的亲属序列。这种活生生的东西不曾进到日本来。全都是书本上的，只是读孔子、孟子，并没有成为生活规范、常规或者葬礼的做法、结婚的方式。所以，大大避免了成为完全的儒教，和南蛮人接触就特别有好处。"

司马是历史小说家，虽然有司马史观之谓，毕竟是小说家言，不过，他的这个说法却是有出处的。津田左右吉是史学家，探究日本文化的特质，独创了体系。他主张，儒教始终未进入日本。这岂不是把江户时代那么多儒者的存在、那么多儒籍的刊行一笔抹消了吗？他当然有他的论据，认为日本儒教不过是游离于日本人精神生活的观念性东西，现实生活中从不曾采用儒教思想。

5世纪前后，孔子已死上千年，应神天皇在位，从朝鲜半岛渡海而来的人献上《论语》。6世纪末、7世纪初，靠"海龟"们从唐朝拿回来的儒教知识，圣德太子制定"十七条宪法""官位十二阶"等，导入律令制度。用司马辽太郎的话来说，律令体制也只是在形式上输入了国家秩序似的东西，未输入内容。唐律规定同姓不婚，但天皇们照样乱伦，儿子娶妈妈嫁哥。例如圣德太子是用明天皇的次子，父母是同父异母的兄妹，用明天皇死后母亲又嫁给圣德太子同父异母的长兄。儒教重视血统，一般不会收养子，收也要收外甥，毕竟有血缘。手艺人常说传男不传女，宁肯断绝也不传给外姓人。但是在日本，过继、招婿很正常，他们更在意家业的存废，技艺的传承。讲谈社是日本最大的出版社，创始人野间清治死后，病弱的儿子当了二十多天社长也故去，清治妻就任第三代社长；后来儿媳妇再婚，上门女婿改姓野间，任第四代社长；他俩的女儿又招赘，任第五代社长，讲谈社早已没有了野间血脉，但招牌犹在，仍然是野间家。

儒教讲究孝。我们在影视剧中常看见古代的官宦"丁忧"，停职守丧三年，此规矩千年不变。传到日本就改了，奈良时代的"养老令"规定服丧一年，江户时代规定父母之丧，"忌五十日，服十三月"。至于理由，或说是地气使然，或说是因为日本人的肠胃弱，服三年丧可受不了。土佐藩的家宰野中兼山是儒学家，治水、垦荒、殖产都卓有功绩，儒教式葬母，居然被疑为非法宗教组织天主教的信徒，不得不嗷嗷申辩。日本人家里一般都设有"佛坛"，供奉的不是佛，而是死者牌位，或许应译作"祖龛"，但中国的祖宗牌位祭祀父母及祖先，日本的"佛坛"谁都祭，子孙夭折也供在那里，似乎也不好用"祖"字。牌位本来是儒教的东西，宋代被禅宗借用，大约在江户时代中叶完全当佛教之物传入日本。家有丧事不寄贺年片，但事先寄一张明信片通知，不给你拜年了。日本人惯于拿来，却并不教条，很有点随意，这么一变通，中国儒教就变成日本儒教。

日籍美国人唐纳德·金对日本文学深有研究，怕是我们中国人尚无人可比，他认为：如果说日本有道德，那显然是儒教的道德。犯罪率低，是儒教的影响。 司马辽太郎反驳，你这是通过江户文学来考虑（例如近松的戏曲是儒教的），就觉得儒教在日本也达到了庶民世界。 司马定义儒教，不是书本的，而是社会体制，儒教这东西真的进来了么？儒教作为原理养熟过我们么？作为社会体制的儒教一次也没有，作为伦理纲领的儒教曾有过，但是没当作生活习惯，儒教只是给日本带来了一点点影响。

倘若跟韩国人的生活比照一下，日本确实不大有儒教的样子。

踏绘与火眼金睛

义和团搜杀教民，怎么知道人家就是教民呢？或者说，何以即知其为教民而杀之？

关于甄别法，没查阅过专门的资料，只是从闲读中略知一二。

张鸣在《大历史的边角料》中写道：据说有义和团的大师兄火眼金睛，搭眼一看，就能看出教民额头上有十字印记，所以，拖出去砍了就是。也有谨慎一点的，抓住了嫌疑教民，升坛（义和团的拳坛），焚黄表，让义和团供的关老爷、猪八戒之类的神来判定真伪，只是这些神仙老爷好像一点都不慈悲为怀，但凡焚表的，几乎没几个饶过的，结果还是杀。

止庵的《神奇的现实》引据史料，写得更详细。明试真伪的方法之一即焚表：或在路遇，或自家中，将良民指为"二毛子"揪扭至坛上，强令烧香焚表，如纸灰飞扬或可幸免。倘连焚三次，纸灰不起，即诬为教民，不容哀诉，登时枪刀并下，众刃交加，杀毙后弃尸于野。方法之二是辨认十字：各城门屯扎义和团，近日行人出入盘诘甚严。 时值炎暑，行至城瓮遇团民，必须脱帽查验顶门有无十字，恐教民假扮私逃。 又遇人必摩其顶，视有洋教中十字否，右手挥刀如风，旋转而舞，左手摩视，与匪相遇，性命呼吸，彼云教民则教民矣，彼云奸细则奸细矣。

常说日本人做事跟中国不一样，有时候确然如此，譬如他们测试基督徒，是让人当着衙役的面，践踏耶稣或圣母玛利亚的像，名为"踏绘"，若不肯踏上一只脚，即判为教民无疑。 这法子可能准确率很高，不会有负屈误死者。 认定之后也不是立马就拔刀砍脑袋，而是强迫改宗，拒不悔改才大刑伺候，乃至吊上十字架。 踏绘似简便易行，但若让我们阿Q回到未庄说起来，不大好比划——扬起右手，照着伸长脖子听得出神的王胡的后项窝上直劈下去，嚓! 听的人都凛然了，从此王胡瘟头瘟脑的许多日。

日本历史分作五个时期，即古代（含原始）、中世、近世、近代、现代。 把日本史置于世界史当中缕述，近世起始于大航海时代，洋枪和基督教传入日本。 对于这两样东西，日本战国时代名将织田信长都大为欢迎，用作他对付旧权力和旧佛教势力的两手。 1549年弗朗西斯科·萨维耶尔第一个到日本传教，觉得日本人是素质最好的异教徒，但对于公然同性恋很有点惊诧。 1569年织田信长准可路易斯·弗洛伊斯在京都传教。 织田信长死后，丰臣秀吉起初沿袭其政策，容许基督教布教，但1587年转而禁止。 德川家康掌控天下，1612年向全国发布禁教令，翌年驱逐传教士。 第二代将军德川秀忠强化禁教，与积极布教的西班牙断交，禁止基督徒出国，欧洲船舶只许停靠两个口岸（长崎和平户）。 事出有因，这不仅是疑虑信徒不服管，也借以阻止西日本一带的诸侯进行海外贸易获利，有资本反抗幕府。 禁而不绝，已经让位的德川秀忠 1628 年命令长崎镇巡，用践踏纸画或铁铸圣像的方法对信仰严加甄别。 第三代将军德川家光镇压了以基督徒为主的暴乱（当今历史教科书称之为起义，实质是一场宗教战争），与葡萄牙断交，只是和非天主教国家荷兰、中国在长崎交易，史称"锁国"，其实相当于明朝的海禁。

天主教，江户时代日本搬用葡萄牙语，用汉字写作吉利支丹，避第五代将军德川纲吉讳，写作切支丹，禁教后写作切死丹。 最严厉实施踏绘的是长崎。 每年正月初四到初九，衙役们拿着踏绘板走街串巷，挨家挨户验证。 各家打扫出一个房间，盛装以待，有点过年的气氛。 衙役们来了，从箱子里拿出踏绘板，放在榻榻米上，手持踏绘簿，从户主到女仆叫到谁谁就向衙役一礼，站起来赤脚踏绘板，归坐再一礼。 检验完毕，户主在踏绘簿上捺印。 正月初八在烟花巷进行，妓女们打扮得花枝招展，观者如堵。 所谓踏绘，起初是画在纸上，但容易破损，随着踏绘制度化，制成踏绘板。 长崎衙门有三十块踏绘板，整块铜铸的，或者木板上嵌一块铜像，如今二十九块收藏在东京国立博物馆。

踏绘是一个炼狱，人人过关。 口头上表示叛教，甚至写悔过书，都可能暗喜能蒙混过关，但是踏圣像一脚，心理折磨就酷烈了。《大历史的边角料》没写到被嫌疑教民的心理，可能因为拖出去砍了就是，他们来不及问一个为什么。 信仰面临了考验，那会有怎样的心理呢？不妨读一读远藤周作的小说《沉默》。 这位天主教作家初访长崎，包租了一辆出租车观光各处，来到大浦天主堂，避开熙攘的游客，在背静处闲逛，走进一座叫十六番馆的洋楼——"在昏暗的馆内凝神伫立了片刻，不是为踏绘本身，而是看见镶嵌它的木板上有黑趾痕似的东西。 那趾痕恐怕不是一个男人印上的，一定是很多踏的脚留下的。"踏的是什么人呢？怀着什么样心情踏的呢？要是我就不踏吗？不，要踏吧？浮想联翩，写出了名著《沉默》。"踏绘此刻在他脚下。 木纹像细浪一样的有点脏兮兮的灰色木板上镶嵌了一块粗糙的铜牌，那是张开细胳膊、头带荆冠的基督模糊的脸。"作家让潜入日本传教的葡萄牙人司祭踏了耶稣像，因为比起教会，比起布教，更要紧的是解救眼前被倒悬的三个信徒，就是耶稣在此，也会为他们而叛教吧。 放弃基督改信佛，江户时代叫"倒下"，到了昭和年间，小林多喜二被警察拷打致死，他的同志便纷纷放弃了自己的主义，叫作"转向"。 轻言放弃，不固执一种主义或文明，似乎也不是大和民族所独具的品格。 长篇小说《沉默》作为纯文学罕见地畅销，但是被一些教会列为禁书。

明治维新成功后，新政府独尊神道，禁毁其他宗教。 欧洲列强施压，1873年（明治六年）被迫撤除了不许信基督的告示牌。 1889年颁布帝国宪法，信教自由才有了保障。 长崎是殉教之城。 1945年8月9日美军在那里投下原子弹，很多基督徒被炸死，这不算殉教吧。

"踏绘"是一个成语。 譬如问侨居日本的中国人，两国打起来，你帮哪一头儿，这就像逼人踏绘。

恩仇何曾一笑泯

日本人喜好复仇故事。

井上厦（小说家、剧作家、日本笔会会长，卒于 2010 年）说：复仇，这种故事类型在世界上普遍存在，但日本人尤为偏爱。他写过复仇的戏剧，长篇小说《吉里吉里人》也是写复仇幻想。更早些的菊池宽（小说家、出版人）迎合大众的喜闻乐见，擅长写复仇小说，如《复仇禁令》《恩仇彼方》《复仇三态》。当代小说也常以复仇为题材，例如垣根凉介的长篇小说《野魂》。复仇，一听就诱人，更是武士小说的传统主题，远胜过爱情。

喜好源自生活。

复仇，日语通常叫"仇讨"或"敌讨"，这是要杀人的，一命抵一命。不杀人，以牙还牙、以眼还眼，充其量是报复吧。

日本历史上复仇事迹多，报恩故事少。民间传说有龟报恩、鹤报恩，然而人总是不守信，总是要窥见隐私（虽然人类或许正是靠这种心理而不断进步），结果就不欢而散。民主党的小泽一郎竞选党代表，前总理鸠山由纪夫予以支持，说这是报恩，因为借小泽之力，他当了九个月总理，但民众对他的话不感兴趣。 人不能像其他动物那样独自活，便蒙受太多的恩惠，父母养育之恩，师恩友恩，以及莫须有的比山高比海深的恩，从小被教育感恩报恩。 中国讲报恩多于复仇，司马迁《刺客列传》的主旨是报恩而不是复仇，譬如荆轲刺秦王，乃是受燕太子之托，士为知己者死，并不是出于本人的深仇大恨。 中国总觉着自古有恩于日本，日本却不以为然，这两个民族恐怕就难以想到一块儿去。

大唐年间，张审素受贿事发，杨万顷处理，审素受死，家属徙边。 开元二十二年（734 年），审素之子张琇遇赦回京，尚未成年，和弟弟张瑝一起刺杀杨万顷。 皇帝李隆基嘉其孝心，不予法办，但司法部门不同意，坚持执法。 张琇被处死，有人诔之曰："冒法复仇，信难逃于刑典；忘身徇孝，诚有契于礼经。"就是这一年，一个叫井真成的日本留学生死在长安，皇上哀之。 前一年（733 年），日本第十次遣使来唐，留唐十八年的玄昉和吉备真备随船回国，说不定张氏兄弟复仇的故事也传到日本。 复仇冒法与徇孝忘身是复仇的千古矛盾。 复仇带有一个情字，很容易打动人心，况且人们也借以发泄对恶势力及当权者的怨恨，这正是武士小说有读者市场的根由。

复仇或许是人类具有了血族意识以后所形成的本能，而作为伦理思想，日本也溯源于中国，即《礼记》有云：父仇不共戴天。 江户时代更崇尚朱子学，何止于父，君父之仇不共戴天。

日本最早的复仇事件，有案可查，却未必可信，发生在公元 456

年。 第二十代天皇安康天皇杀害叔父大日下王，夺其妻长田大郎女，立为皇后。 目弱王（眉轮王）随母给安康天皇当儿子，七岁时偷听到本事，乘其熟睡行刺。 被捕，慨然道：不求天位，唯报父仇而已。《日本书纪》是汉文编年体史书。 奇文共欣赏，关于眉轮王复仇，写道：穴穗天皇（即安康天皇）意将沐浴，幸于山宫。 遂登楼兮游目，因命酒兮肆宴。 尔乃情盘栾极，间以言谈。 顾谓皇后：汝虽亲昵朕，畏眉轮王。 眉轮王幼年，游戏楼下，悉闻所谈。 既而穴穗天皇枕皇后膝，昼醉眠卧。 于是眉轮王伺其熟睡而刺杀之。

12世纪前半成书的《今昔物语》也讲了一个复仇故事：平兼忠的随侍小时候父亲被人杀了，某日，兼忠之子维茂从外地来祝贺老子荣升，兼忠悄悄告诉随侍，跟随维茂的太郎介就是他的仇人。 随侍乘太郎介醉卧杀之，得偿夙愿。 维茂要求父亲处置随侍，兼忠大怒：难道我被人杀了，你不报仇吗！

日本流传有三大复仇故事，其一是曾我兄弟复仇，发生在1193年。 因争夺领地，工藤祐经被同族河津祐泰杀死，妻满江改嫁曾我祐信。 祐经的两个儿子祐成和时致长大，听说镰仓幕府第一代将军源赖朝到富士山麓围猎，料想祐泰必随行，便潜入营地，找到祐泰的寝处刺杀他。 惊动了卫士，兄弟高呼"替父报仇"，但雷雨淹没了呼声，祐成被砍死，时致被捕，也当即斩首。

1603年德川家康在江户（今东京）开设幕府，至1867年第十五代将军把大政奉还天皇家，此间长达二百六十年的时期，史称江户时代。 所谓"时代小说"，大都以这一时代为舞台，且译作武士小说。

江户时代人分四等，士农工商，士（武士）是领导阶级，即便写市井，也少不了武士登场。 武士有一个特权，他们才可以腰间插两把刀，一大一小，就叫作"大小"。 有特权也有义务，那就是用刀警备。 天下太平，武士不再是诸侯争天下岁月的战士，平常日子里行使武力，无非三样：斗殴、滥杀、复仇。 打架斗殴是勇敢的象征，遇事不敢上前是懦夫。 着火和打架就成了江户两朵花。 庶民（农工商）言行无礼，有所冒犯，武士可拔刀砍杀，以示领导阶级的地位及名誉是不容侵犯的，并借以保持身为武士的胆气。 家康百条遗训有这样的训诫：登记在案，可如愿为父母复仇，但不许冤冤相报，没完没了。 只许子报父仇、弟报兄仇，不许反过来。 因受辱而自杀，不可为之雪恨。 复仇成风，幕府认可复仇，大概也意在把复仇限制在最小范围内。 幕府派在京都管理朝廷事务的官员板仓重宗曾指令：可以在京都内外为父报仇，但宫廷禁地附近及神社、寺院之内不可。 所谓家康遗训出现于江户时代初期，真假莫辨，而板仓重宗的这条指令是唯一现存的有关复仇的制度化条文。

日本历史上有两个统治者成功地利用汉文改造了日本人的思想，即圣德太子和德川家康。 德川家康并不爱学习，但他知道马上得天下，不能马上治天下，执掌国柄后重用藤原惺窝、林罗山等儒学家，把注重大义名分的朱子学独尊为官学。 武士本来是杀人越货的强盗，鼓励他们学习、修养，把自己改造成"士大夫阶级"，渐渐产生了武士的伦理道德"武士道"。 说话、着装、发型乃至酒的喝法都有一定之规，必须经常保持武士的矜持。 谚语有云，武士饿着肚子叼牙签，此之谓也。 战争年代的问题是如何活下来，而和平时代，人生的问题不是生，而是死。 因和平难得一死，而维护名誉提供了机会。 名誉，面子也，要面子的事随时随地都会有，武士以此找死，杀人或自杀。 对名誉的维护甚至达到了变态的程度，如新渡户稻造在《武士道》里举例：某城里人好意提醒一个武士，跳蚤在他背上跳，当即被劈为两半，理由简单而奇怪：畜牲身上才爬满跳蚤，把高贵的武士看作了畜牲，对这种侮辱岂能容忍。 以名誉的名义，复仇由情谊上升为道德。

新发田藩（今新潟县东北），1817年，久米幸太郎七岁，父亲在酒宴上跟泷泽久右卫门口角，被杀。 幸太郎十八岁，藩主赐他一把刀、二十两黄金，踏上复仇路。 幸太郎不认识仇人，由叔父陪同，做苦工浪迹全国，最终在石卷（宫城县）附近发现了泷泽，出家为僧，但手杖里还藏着刀。 泷泽被孝太郎砍倒，残喘道：找一位有大名的学者把我们的事写成诗。 孝太郎登门请求汉学家大槻磐溪：您若不写，泷泽就不能瞑目。 大槻写了，但他的诗集中不见此诗，一说是孝太郎不满意，给撕了。 泷泽年高八十二，幸太郎复了四十一年前的仇，菊池宽、长谷川伸都曾把此事写成小说。 石卷市海滨立有一根方柱，写着"久米幸太郎复仇之地"，恐怕被2011年3月11日地震所引起的大海啸冲走了吧。

日本历史古以土器划分，有绳文时代、弥生时代，皇家大权旁落后，历史各阶段以幕府为名，有镰仓时代、室町时代、江户时代。京都的天皇靠边站，德川幕府是霸主，大大小小的藩（诸侯）俯首听命，这叫作幕藩体制。 江户时代历十五代将军，其中第五代德川纲吉（1646—1709）最好儒，推行文治。 召集藩主办学习班，亲自讲儒学。 在各藩立忠孝牌，弘扬忠孝。 为扫荡战国时代遗留的杀伐之气，下令怜生，却搞得过头，打了对人狂吠的狗就要在左臂刺犬字，打死一只叮脸的蚊子也会被流放，人命为贱，结果被叫作狗将军，遗臭至今。 偏偏有四十七个人公然向他叫号，给幕府出了一道难题，这就是赤穗事件，日本历史上最大的复仇事件。

大致是这么回事：元禄十四年（1701 年），幕府派浅野长矩负责接待天皇派来的敕使。 浅野是赤穗藩主，担任幕府的内匠头（管辖府内工匠）。 在江户城（将军的城池，今皇居）里的走廊上，浅野从背后给了吉良义央一刀。 吉良职司幕府礼仪，浅野向他请教，但他嫌礼轻，不仅不指导，而且恶言恶语，令浅野怀恨。 复仇故事从杀人开始，以杀人解决问题，把仇家树立为坏人，人神共愤，便有了基本价值观，惩恶扬善。 三大复仇的仇家工藤祐经、河合又五郎、吉良义央在舞台上都被塑造为坏人。 也有人肯定吉良，如菊池宽的《吉良的立场》、森村诚一的《吉良忠臣藏》。 将军所居，公事活动之际，即便怒从心头起，也不可拔刀行凶，所以浅野的举动很有点匪夷所思。 这或许表明了当时武士多么看重名誉，以及动辄拔刀行凶的风气之严重。 纲吉大怒，令浅野即日切腹，籍没其家，家臣都成了浪士，即丧家犬。 武士带刀，斗殴很可能发展为武斗，所以幕府有一个规定：吵嘴打架，不问青红皂白，双方各打五十大板。 纲吉罢黜贪官，改革弊政，整肃纲纪，而政治原理之一是赏罚分明，一碗水端平，但是令浅野自裁，吉良却像个没事人似的，这样的处理就不免偏袒一方。 赤穗浪士的复仇理由书咬定当时发生了口角，浅野冲动拔刀，幕府不惩处吉良，是为不公。 元禄十五年十二月十五日，未明，大石良雄（通称内藏助，"忠臣藏"的藏也可能指他）率四十六名浪士杀进吉良宅邸。 汉学家山鹿素行批判朱子学，被流放到赤穗（今兵库县西南部），这个大石曾跟他学习孙子兵法之类的兵学。 杀了吉良，割下头颅祭奠浅野，墓在东京泉岳寺。 然后这些人并不痛痛快快地切腹，却是把状子递到府衙，要讨一个说法。 忠是封建制的精神基础，纲吉更格外倡导对主人忠、对父母孝，浪士们敢于为主子复仇，是"万山不重君恩重"（大石的诗句）的具体表现，若处以极刑，岂不就公然否定忠。 可聚众闹事，夜闯民宅，实属于破坏秩序的违法行为，听之任之，国将不国。 承认赤穗事件的正当性就等于幕府犯了错，需要给浅野平反。 行事果断的纲吉也举棋不定，儒学家们展开一场大论战。 议题无非唐朝论争过的："冒法复仇，信难逃于刑典"，与"忘身徇孝，诚有契于礼经"。 大儒荻生徂徕主张：其事虽义，于法不容，最好的办法就是按照武士之礼处罚，让他们切腹。一个多月后，将军下令，四十六名武士切腹；其中一人不知去向，这也为文艺创作提供了想象的余地。 其实，赤穗浪士并非单纯为主人报仇，也出于名誉意识，扬名并荣耀门第。 果不其然，社会上一片叫好声，把他们捧为义士，而纲吉被定型为昏君，臭名昭著。

赤穗事件过后不久就搬上舞台，叫《假名手本忠臣藏》。"假名"是日本字母，"手本"是样板，"藏"就是仓库，所谓宝藏，这里是忠臣之藏，所以曾有人译作忠臣库，一仓库忠臣，足见其多。 仿效竞起，以致形成了一个忠臣藏类型，甚而成为表现日本文化的一个关键词。《假名手本忠臣藏》充满了义理人情，为庶民所好，似乎也导致《菊与刀》之类著述对日本观察有误，把舞台当作世间，虽然世间乃大舞台。 现今忠臣藏故事也常见于书店，长演于电视，但出题考学生，半数答不上浅野内匠头长矩怎么念。

杀奸夫淫妇的价值判断就简单多了。 据幕府档案记载，自 18 世纪初，一般的复仇减少，而女人出轨，申报杀奸夫淫妇者增多。 名誉关天，妻偷情暴露在光天化日之下，找奸夫算账是武士的义务。纵然一庶民，这种复仇也名正言顺，不构成杀人罪。 不过，哪怕是女人上当受骗，男人复了仇也不是滋味，所以在藤泽周平的小说《武士的底线》里，瞎了双眼的武士挥刀砍杀了骗奸的坏上司，夫妻和好如初，但一切都悄悄地进行。

江户时代各地藩主定期到江户参觐幕府将军，驻在江户，近乎人质，以此明确主从关系，集权于中央。 藩主进京（江户），一路招摇，像巡游一般，以致日本人迄今犹喜爱沿街观望长跑之类的活动。这样耗靡，割据一方的藩就没本钱造反。 藩主们带来大批武士，使江户满街单身汉，兴隆了吉原等处的烟花巷。 留守在家乡的婆娘或许一时把持不住，给丈夫戴上绿帽子，便惹来杀身之祸。 不仅杀淫妇，还必须杀奸夫，倘若逃走，那就要追杀。 这大概是日本独特而愚昧的通奸处理法。 我们的武松打虎是英雄，杀奸夫淫妇为哥哥复仇却触犯法网。 而在日本，不追杀就丢了面子，被人笑话，对于武士来说,首先不是伦理问题,而是名誉问题。 近松门左卫门的净琉璃《堀川波鼓》演的是彦九郎到江户驻在,妻阿种好酒,因酒乱心,和鼓师苟合。 彦九郎跟着藩主的浩荡队伍回乡,有人向他暗讽其妻通奸怀孕。 阿种的妹妹阿腾为了救姐姐,让彦九郎休妻,自己续弦。彦九郎的妹妹由良受牵连,被休回娘家,拿出嫂子通奸的证据,阿种自杀。 彦九郎带着儿子和由良、阿腾追到京都,诛杀了鼓师。

容许寻仇私了,恐怕也是与警力不足有关。 江户是人口百万的大都市,分为北町、南町,町奉行掌控行政、司法、警察,手下各有捕快皂隶百余人,显然不敷用,只好由个人执法。 而且各藩割据,藩里出了凶手,捕役不能越界追到别的藩,而个人以复仇的大义能通行无阻,走遍全国。 武士是上班族,立志复仇,须事先向所在藩府请假:父或兄被谁杀死,若置之不理,就丢尽了武士的面子,所以,追到天涯海角也要干掉仇家,云云。 藩府把材料呈报幕府有司备案,然后停薪留职,藩府还可能给一笔费用,带上介绍信外出寻仇。 一旦杀死了仇家,有案可查,在江户也好,在哪个藩也好,不会被当作寻常杀人事件。 但申请不是义务,若没有登记在案,就需要事后审查,属于复仇则无罪。 复仇成功,回乡复职,还可能得到表彰,增几石禄米。 父亲被杀,嫡子若不复仇,则不能世袭其职,继承家业。复仇之前,仇人一命呜呼,这可不是恶人有恶报,天助我也,而是复仇之志未酬,回藩也不能复职,不得不另谋出路。

复仇是正当的,但不是一件容易的事,成功率很低。 《日本书纪》成书于720年,由此算起,到明治政府下令禁止,千年复仇史,总计约一百四十余件。 这些记录在案的事件是如愿以偿的，按成功率为百分之一计算，实际上复仇行为不可谓少，大都发生在江户年间。 武士社会的复仇还讲究一定的规矩与形式，比小说更离奇，乃至本来古已有之的复仇及剖腹竟像是江户时代所特有的两大风习。复仇有如民俗，给人以日本是复仇民族的印象。 一些美国人认为，1941 年日军偷袭珍珠港不就是报复 1853 年美国用炮舰敲开了日本锁国的大门吗？1945 年日本战败，占领军担心被复仇，收缴日本刀，禁演复仇剧目，吉川英治的《宫本武藏》等武士小说一度也列为禁书。

与人结仇，一旦被杀了，也是丢面子，山鹿素行的《武教全书》便教人千方百计地逃匿，哪怕被视为卑怯之徒也无所谓。 仇家逃之夭夭，不能像当今在网络上人肉搜索，寻仇非常难。 曾有人统计，复仇所需时间平均约十年零三个月，真所谓君子报仇十年不晚。 最长的纪录是东北地方有一女，七岁时母亲被同村的源八郎杀死，嫁为人妇，知情后决心复仇。 由认识仇人的表兄陪伴，四处寻找，意外地发现源八郎竟然就在附近的寺庙当住持，便从背后把正在喝茶的源八郎刺杀，这时她已经六十岁。 藩主予以嘉奖，赏银十枚，问她：终遂本愿，今之所感？答曰：唯感谢仇恨。

两条腿跋涉，上穷碧落下黄泉，寻仇生活之艰辛，单凭感情恐怕是难以持久的。 民俗学家折口信夫就说过："只是为所爱的人雪恨，不可能这么坚持复仇。"错在父亲，也必须复仇，这是一个义务。 复仇本来是个人的事情，但一旦得到藩府认可，并呈报江户幕府，性质就变了，由私变公，此仇非报不可。 武士是侍，是家臣，名誉不光是武士个人的事，也事关他所属的"家"——藩的名誉与秩序。复仇是美德，却也是责任，复仇者的命运为之一变。早日凯旋，风光无限，不然，这辈子为复仇而生，颠沛流离。时间能消磨一切，当初的激情也日益淡薄，反倒被复仇的义务所折磨，承受孤独与苦楚。没有非凡的意志，难免半途而废。

1833 年，酒井家的家臣山本三右卫门执勤时被盗贼龟藏杀害，女儿丽瑶决心复仇。叔父山本九郎右卫门愿意协助，但劝阻丽瑶同行，约定由弟弟宇兵卫和他，还有家臣文吉，三人外出寻仇，发现了仇家再叫上她。经年累月，走了很多地方，最后却听说龟藏又回到江户。九郎右卫门在神田桥外的护持院原抓住了龟藏。叫来丽瑶，九郎右卫门给龟藏松了绑，丽瑶大喝一声"替父报仇"，连砍三刀。龟藏血染夏草。酒井家派来轿子迎接，对女性的义举大加赞誉。又鉴于宇兵卫中途脱退，沉溺于青楼，未参加复仇行动，决定由丽瑶继承山本家。九郎右卫门也增加禄米百石。森鸥外把这个事件写成了小说《护持院原的复仇》，他让弟弟在寻仇的艰难中发生疑问：这么消磨自己的人生有什么意义呢？靠什么来支撑自己历尽磨难？神佛真的会帮助自己吗？

复仇路上故事多。很爱写复仇故事的武士小说家池波正太郎说：复仇者和仇家都不断地濒临人生的悬崖边，逃走，追赶，展开必死的生活情景，那种状态也多种多样。不仅是他们二人，还有他们的家属，以及环绕他们的社会、经济状况。有时甚至在政治方面产生大问题，这样就不是单纯地描写复仇，而是当作种种环境中发生的人的戏剧所共有的主题。

武士小说里常写到"奉命讨贼"，执行主子的命令，或者杀奸夫淫妇，对方就不可以复仇。凶手要溜之大吉，当场杀了他，算作代权力处罚，亲属不可以复仇。复了仇，对方不能再反过来复仇。江户前期，山形有一个叫阿部弥市左卫门的，为人轻浮，被松井三七给杀了。弥市左卫门的弟弟与右卫门替兄报仇，杀了三七。本应到此为止，但三七的弟弟权三郎又杀了与右卫门。与右卫门的外甥重太郎又为舅舅复仇，杀了权三郎。权三郎的堂弟源八再追杀重太郎，下文不得而知。山形的藩主被幕府训斥：纵容这么杀下去，山形的男人不都得死光吗！

为父兄复仇是孝行，这种行为并不是武士的特权，影响所致，农民、商人、工匠的复仇事件也日见其多。幕府非但不禁，而且鼓励。复仇是武士的侠客梦，也是各色人等的千古侠客梦。从江户复仇事件来看，越是身份低的人越爱搞这种事，身份高的人比较少。这是因为一旦复仇成功，就成为英雄，能多少改变低贱或贫苦的境遇。法国的基督山伯爵不是因复仇而富，而是富了之后才得以复仇，用复仇来打发富裕的日子。日本穷人梦想发复仇财，大都是空耗一辈子而已。

见人复仇，即便请求，衙役也不许出手相助，只能维护现场，处理后事。复仇者和仇家都可以找帮手，叫作"助太刀"。特别是女人或孩子复仇，大都要请人帮忙，当然是和死者关系比较深的人，同仇敌忾。因为是助拳，不到万不得已的关头不出手。津本阳有一则短篇小说，写的是史上有名的高田马场决斗：元禄七年（1694 年），村上庄左卫门吊儿郎当，被六十多岁的菅野六郎左卫门训斥，怀恨在心，逼菅野决斗。作为武士，菅野不能不应战。第二天早上，去高田马场决斗之前，派仆人市助给堀部安兵卫送去一封信，托付后事。两人是同一武馆的好友。安兵卫当即向主人告假，赶去助拳。虽然刀法已小有名气，真动刀却是头一遭，路上喝了几杯水酒壮胆。到场时决斗已经开始了。村上一侧有弟弟三郎右卫门和枪术师傅中津川祐见协助。村上和中津川夹斗菅野，三郎右卫门对付市助。菅野已多处受伤。安兵卫愤然上前，接连把对方三人砍倒。菅野被抬回去，不治身亡。后来安兵卫参加赤穗事件，四十七士当中唯有他事前实际砍过人，切腹而死时年仅三十四岁。

仇家慨然应战，使复仇者了却心愿与义务，也算是仁义。藤泽周平是武士小说家，文艺评论家丸谷才一称赞他：每有新作问世，对于为数众多的日本人来说，是比政变、比股票涨跌都大得多的事件。藤泽四度入围，终于以《暗杀的年轮》获得直木奖，但自认《又藏之火》写得更好些。这一属于他早期阴暗色调的短篇小说取材于史实：庄内藩的藩士（武士）土屋久右卫门丧子，过继了同僚的三儿子才藏夫妇，继承家业。不当户主了，妾给他生下万次郎、虎松两兄弟。才藏打算把女儿嫁给万次郎，续上土屋家血脉，但万次郎拒绝，竟从此放荡。才藏与同族聚议，把万次郎关在房间里。万次郎逃走，脱离庄内藩。两年后返回藩里，旋即被捕，押送途中乘隙拔刀，被才藏的女婿丑藏斩杀。虎松去江户拜师学艺，苦练了刀法，改名又藏，回庄内复仇。 1811年阴历九月二十二日，佑摸丑藏给父亲扫墓，又藏在总稳寺附近待机。 丑藏果然前来，他劝说这位父辈善罢甘休，但又藏不听。 你来我往，都身负重伤。 丑藏说：这事儿必须有个了断，既不伤土屋家的体面，你也得以雪恨。 二人对刺而死。 寺内立有石碑，上书：土屋两义士相讨之地。 还塑了像。 1933年为打仗献铜献铁，塑像也献了出去，现在的是重新打造的。 总稳寺在鹤岗市，这里是藤泽周平的故乡，他的小说使不起眼的历史故事出了名，市府在寺门前竖起"看板"，抄录了一段《又藏之火》：说时迟，那时快……

因喝酒下棋而闹翻，为偷情夺爱而结仇，事情一开始就是愚蠢的，整个复仇也不过是一场愚蠢的行动。 支撑行动的是个人的面子和孝心，无从上升为国仇民族恨，给私仇一个台阶下，所以无化解可言。 有时会说到正义，那其实是要求公平，即杀人偿命。 赤穗事件归根结底也是为公平而诉诸行动。 五味康佑获得芥川奖的短篇小说《丧神》写父亲与幻云斋比武被杀，哲郎太投到幻云斋门下，练成了本事，下山时回手杀死了送行的幻云斋，丝毫不像中国的武侠总要为情或义动摇、痛苦，用冤家宜解不宜结来升华思想性。

福尾某的两个儿子和家臣找森胁新右卫门报仇。 家臣先混进森胁家，当上了持枪侍从，深得信赖。 某日，两个儿子扮作刀商，被家臣领进门。 但森胁虎背熊腰，两个儿子难以上前下手，败兴而去。 家臣便坦白：你是我原先主君的仇敌，那两个刀商就是主君之子，多年来一直要复仇，昨日总算得到了机会，却不敢动手。 请杀了我吧。

森胁说：你是个忠臣，我照样用你，你可以伺机杀我。 虽然有机会，家臣却始终鼓不起复仇的情绪。 过了三年，森胁说：从今往后要死了心，给我当忠臣。 家臣说：可我还是想去照看旧主君的孩子们。 请辞而去。 下文如何，未见流传，看来是不了了之，仿佛奴仆替主子化解了恩仇。

小说也有写握手言和的，例如菊池宽的《恩仇的彼方》。 1732年，一个叫禅海的僧人云游，来到耶马溪。 这一带巨岩险阻，无路可行，常有人坠崖。 他在岩下盖了茅屋，决心开出一条路。 村人都认为他是一个疯僧。 除了托钵求一点吃食，禅海默默用一锤一凿敲打岩石，不舍昼夜。 二十多年过去，来了一个武士，对形如骷髅的禅海喊了一声：福原市九郎！ 锤声停止了。 武士拔出刀。 原来这个市九郎跟主人的爱妾通奸，主人要杀他，反被他杀。 市九郎逃出江户，出家为僧。 主人之子实之助修炼了刀法，踏遍青山寻仇家。 禅海说：我一直等着这一天，不再逃匿，请动手吧。 村人们替禅海求情，说：不可饶恕的话，那就让他完成大业吧，我们帮他干。 翌日全村人都来了，实之助也一起干。 三年后岩洞贯通。 至此禅海整整挥凿三十年。 实之助想：同样的岁月，禅海开出一条路，自己却一味在寻仇。 他认为市九郎已经赎了罪，返回江户。 禅海确有其人，托钵化缘，雇石工开凿三十多年，凿开了"青之洞门"，在大分县本耶马溪町，长三百余米。 而今隧洞被扩大，可以走汽车，犹如菊池宽给史实添加了复仇及化解。

江户幕府日薄西山之际，儒学家坂井虎山作诗感慨复仇之两难：

若使无兹事，臣节何由力；若常有此事，终将无王法。 王法不可废，臣节不可已，茫茫天地古今间，兹事独许赤城士。

1873 年 2 月，明治政府司法卿发布"敌讨禁止令"，严禁复仇。令曰：杀人是国家的大禁，处罚杀人者是政府的公权。 自古有旧习，把为父兄复仇当作子弟的义务。 虽然出于至情而不得已，但毕竟以私愤破大禁，以私事犯公权，因而擅杀之罪不可免。

启蒙思想家福泽谕吉 1872 年至 1876 年撰写《学问之劝》，断然否定复仇行为，就国法之贵谆谆开启民智：破国法复仇的赤穗浪人"其形似美，但其实无益于世"，算不上义士。 当时日本的政府是德川幕府，浅野和吉良以及浅野家的家臣都是日本国民，依契约遵从政府的法律，受其保护。 家臣们认为裁判不公，为何不向政府提诉？ 即便是暴政，起初不受理，或者抓人杀人，但四十七个人拼命说理，什么样的坏政府也终将服理，处罚吉良，纠正裁判。 这才称得上真正的义士。 过去不知此理，身为国民，却不顾国法之重，滥杀吉良，这是弄错了国民的本分，触犯了政府的权力，犯下私下裁决他人之罪。所幸当时德川政府惩处了这些暴徒，圆满收场。 若予以赦免，吉良家族必然又报仇，杀赤穗家臣。 而家臣的家族又报仇，攻击吉良家族。 冤冤相报无已，直至双方家族朋友死绝乃止。 无政无法的社会就是这样的。 私自裁决之害国者如是，不可不慎。

积习难改，1880 年 7 月颁布刑法及治罪法，但复仇讨敌仍然被当作美谈。 这一年 11 月一个叫川上行义的，二十七岁当兵，得知父亲被杀，便擅自离营，割下了仇人的头颅，仿赤穗故事，供在亡父墓前，翌日自首。 报纸大加报道，很快被写成小说，搬上舞台。 国法不容，川上被判终身监禁，十五年后遇赦出狱，参加自由民权运动，五十四岁时刺杀政友，以报宿怨，用的是武州名匠锻造的短刀，长九寸五分。 被判刑十五年，出狱后又活了六年，寿终正寝。

长谷川伸卒于 1963 年，是小说家、剧作家，还开办作家学习班"新鹰会"，培养了村上元三、山手树一郎、山冈庄八、平岩弓枝、池波正太郎等一流武士小说家。 晚年所作《日本复仇异相》，描述了一些特殊的复仇事例。 有人说，复仇好似正义原野上生长的杂草，越是在人心中蔓延越需要法律努力拔掉它的根。 武士小说本来以抗拒日本现代化为基调，更像是与法律作对，用所谓正义或人情扶植这杂草。

江户文化东京人

日本"江户热"持续已久。1600 年至 1867 年这二百六十年，东京不是京，而是叫江户，德川家康在此开幕府执政，世袭十五代，掐头去尾，基本未发生内乱，也不曾出兵，被称作太平之世。对现实不满，总是要怀恋逝去的时代，甚至会恣意美化，尽情幻想。近来从环境与生态的时尚视点对江户的赞美更锦上添花，说它是当时世界最先进的生态城市，近乎完全的循环型社会，简直退回去为好。

现在的日本文化，其原型在江户时代。譬如，日本人常说自己是吃稻米的民族，但稻作早就从大陆传来，普遍吃上白米饭却是在江户时代。而且主要是城市居民吃上了，江户人早上做米饭，中午吃冷饭，晚上茶泡饭。至于种稻的农民，把稻米缴租、换钱，吃的是麦饭和蔬菜，很少吃米饭，所以他们也不大得生活习惯病"脚气"（维生素 B1 缺乏症）。1950 年大藏大臣池田勇人告诉国民：经济的原则是收入少的人多吃麦，收入多的人吃米。1960 年他当上总理大臣，提出收入翻番计划，直到这个年代日本人终于实现了以稻米为主食的

"瑞穗国梦想"，不过，受美国生活方式的影响，同时吃起了面包。说到和食，我们立马想到生鱼片，虽然 14 世纪末已见记载，但江户年间普及了酱油以后才有了如今走向世界的吃法。吊高汤，江户好用柴鱼、关西多用海带，就是那时候蔚然兴盛的，叫"煮出"，后来叫"出汁"。江户年间按中药的方子配制出"七味唐辛子"（辣椒、山椒等），让江户人把荞面条吃得不亦乐乎，以至于今。你若爱喝清酒，爱看歌舞伎、浮世绘，那真该穿越到江户时代。迎春看樱花，消暑看烟花，也都是这个时代使平民百姓狂热的。

用矶田道史的话说："江户时代是不可思议的时代，现代社会有的东西全都有，只没有用石油煤炭作能源的动力机车。所以，如果给江户人蒸汽机、引擎，转眼之间就能造成跟西洋近代同样的社会。明治以后日本快速近代化的秘密其实在这里。"此说来自速水融，这位老师把西方的历史人口学引进日本，用人口动态解读江户时代的经济，说过"从近代这一视点来看，江户时代没有的东西也就是蒸汽机"。

江户时代的 18、19 世纪，西欧发生工业化革命，用机器提高生产率，而日本走的是相反的进程：减少资本，渐渐不使用畜力，农民自己当牛做马，大大增加劳动时间，精耕细作，靠勤勉提高生产率，生活也幸福起来。速水融名之为"勤勉革命"。这样勤勉二百年，就养成了吃苦耐劳，以及节俭、谦让等国民性，人见人夸。通俗道德让你不能不信：自己穷，就因为不勤勉。于是乎幻想一切困难靠自我变革、自我修炼来解决，不至于成天惦记打土豪分田地。"勤勉革

141

命"以前日本人不那么勤勉，而后则随着小家庭化、个人化，家庭观念越来越淡漠，人也惰性化，日常规范大不如前了。

19世纪曾有西方人请亚洲人上他们的帆船，试探一下所好，各异：朝鲜人想要书，琉球人要地球仪，阿伊努人什么都不要，而日本人对武器像猴子一样大感兴趣。日本人尚武乃至黩武的习性是战国时代杀伐的余绪，江户时代用武士道的儒貌岸然保留了下来。

日本人对江户时代的认识多得自武士小说（日语原文为"时代小说"），这种类型文学的传统主题是赞美武士，惩恶扬善，以慰藉读者那颗不平不满的心。在江户热当中更出现"江户幻想"，把江户时代歌颂得像共产主义社会一样，和平而幸福，一片玫瑰色。专攻江户时代社会经济史的学者矶田道史就提醒读者，市上流行的庸俗江户论很多是戏说。例如他指出，至少江户时代的前一百年，也就是17世纪，是破坏环境的世纪。15世纪末至16世纪末的战国时代是所谓下克上的时代，人们对自然也从敬畏顺从转向人定胜天，改变河道，向大海要地。江户时代更加妄为，战天斗地，各地围海造田，到了18世纪初，耕地面积比17世纪初增加一倍半。粮食增产，城市人天天吃米饭了。人口自1600年前后剧增，1700年前后达到三千万人。建设城市需要木材，乱砍滥伐，严重破坏了森林，造成下游洪水频发。1707年发生大地震，新开发的低地被海啸袭击，死亡不少于二万人。这下子老实了，开垦减缓，人口也停止增长，19世纪还是三千万。

似乎世界对日本有一个共识，那就是识字率之高，认为江户时代的这份遗产是日本能迅速近代化的主要原因。 即便史学家，也不厌其烦地引用外国人记述，以示不自画自赞。 如俄国船长戈洛夫宁被日本关押了两年，1816 年刊行《日本幽囚记》，便写道：日本没有一个人不能读写，没有一个人不知道国法。 又一美国人叫麦克唐纳的，偷渡上岛，被关押七个月，仅此经历也写道：日本所有的人，从最上层到最下层所有阶级的男女老少都携带纸笔墨，以书传意比美国普遍。 矶田道史却告诉我们：江户时代没留下识字调查，据明治十四年(1881 年) 调查统计，长野县常盘村八百八十二名满十五岁以上的男人，能写名字为百分之七十六，能写信为百分之四，能读懂告示为百分之一。 就是说，大城市与地方、男与女，识字率差距相当大，加以平均，全国识字率可能四成都不到。 普通日本人阅读文字，能理解政治、社会，不过是最近一百年的事。

江户时代也好，明治维新也好，我们中国人常跟着瞎说，起哄，或许有一点打鬼借助钟馗的意思。 还是读一读《江户时代那些人和那些事》吧，这是矶田道史的读史札记。 史不难读，难的是记什么，且记得有趣。

和纸的末路

　　和纸，也就是我们中国的宣纸，日本人学了做，就叫作和纸。不过，这个叫法并不古，是百余年前明治年间洋纸从西欧传入日本之后才有的。 和纸之称似乎有点跟西方叫劲儿的意思，可是在历史进程中忽喇喇一败涂地，以致当他们说纸时他们是在说洋纸。

　　和纸犹残存。 八十年前周作人说过："古时或者难说，现今北平纸店的信笺无论怎样有人恭维，总不能说可以赶得上他们。"所谓他们，指的是日本人。 闲来逛北京城里琉璃厂一带，觉得现今好像还是不能说可以赶得上他们，虽然国人很好学，已经改进了许多。

　　当中国使用纸的时候，日本还处于弥生时代，大概开始种稻了。据《日本书纪》记载，610 年，推古天皇在位"十八年春三月，高丽王贡上僧昙征、法定，昙征知五经，且能作彩色及纸墨"。 造纸术这么晚传入日本，在世界上也堪为第一了。 至于日本人看见书本，当然早得多，起码大陆人漂洋过海总会有带上几本书遣闷的吧。 又据《正仓院文书》，一百多年之后的 737 年，美作、出云、播磨、美浓、越等地始造纸，从此日本就有了国货。 官营纸作坊的工匠大多数姓秦，似乎也表明造纸术的来处。 纸和附载其上的精神文明对日本文化的影响恐怕远胜过丝绸。

日本的神道是一种自然崇拜，没有教祖，没有教典，精神性有余而文化性不足。 大陆文化与佛教前后脚走进日本，上岛伊始，佛教就被奉为国教，镇护国家，文化基本在朝廷贵族间与寺院里发展，纸也完全为公家和僧侣所用。 起初大量用来写公文书等，纸是珍贵的，用了正面还要用背面，公家把用过的纸给东大寺拿去抄经，无意间那些被当作背面的户籍等记录为后世留下了解当时社会的极为贵重的史料，即所谓《正仓院文书》。 本来用中国的造纸一语，平安时代（8世纪末至12世纪末）的长篇小说《源氏物语》里出现了漉纸的说法，漉出了比唐纸（从大陆进口的纸）更好的纸，薄而且结实。 有了这种不怕被卷来卷去的纸，绘卷艺术才得以独秀。 还有折扇，其发明仿佛是日本人凡事取向缩小的性格所致，却也由于和纸的结实吧。平安时代纸完全取代了木简，王朝文化是一种纸文化。 男人写汉字，用结实的楮纸，女性写假名，爱用有皱纹的檀纸。 804 年最澄、空海等人赴唐，和纸已俨然作礼品送给唐人，"金十五两、筑紫斐纸二百张"。 983 年东大寺僧奝然赴宋朝，携带礼物之中有"桧扇二十枚"。发展到中世（12世纪末至16世纪末），和纸传承到现代的代表性种类基本出齐了。 各地争创名牌，例如武士们常用的杉原纸，产自播磨（今兵库县西南部）。 这些地方至今仍残留手工漉纸，例如美浓（今岐阜县），但多是当作土特产招徕游客了。 市面上各种和纸是机械制造的，保持传统的和纸都标明手漉。 和纸之美，美在充分再现了植物纤维所具有的色彩和光泽。

纸与生活的关系之密切，恐怕世界上日本是独一无二的。 和式房屋基本用木、草、纸这三样材料建造，木框架，草垫子，纸障子。房间以纸障子相隔，又为画家提供了用武之地。 纸障子普及到庶民生活之中，甚至出现了专门的画匠。 江户时代的日本简直是和纸的世界，纸文化成熟，但大量用于生活，书画用纸被忽视，以致文人所好倾向于中国的宣纸。 明治维新以后，不适应近代文化的和纸几乎被洋纸逐出了历史舞台。 和纸求生存，改良、创新，却丧失本色。1930 年代领导民艺（民间工艺）运动的柳宗悦主张和纸要发挥自然素材之美，实践其思想的手漉和纸被称作民艺纸。

我的住居是三室一厅，有一室是所谓和室，铺榻榻米，玻璃窗内又装了纸障子，但徒有其表，都是现代化材料。 窗户纸捅破，犯愁修理，却原来商店里有卖合乎尺寸的障子纸，纸上含胶，用熨斗一烫就贴在窗桄上。 日本生活之简便，常常让我这个老外匪夷所思。 这是机械生产的人造纤维纸，1960 年前后出现的，几年之间取代手漉障子纸。 近代以来和纸产量一多半用于障子纸、伞纸等。 平安时代的伞大概是布做的，中世出现纸伞，江户时代花样百出，而今和伞早已被洋伞淘汰。 挽颓波于既倒，1969 年日本政府指定和纸为非物质文化遗产。

东北土话把孩子的屎尿布叫粑粑褯子，用来形容皱皱巴巴脏兮兮的东西，如今可能少见了。 每当售货员找钱，撒在柜台上，我就不由地想到粑粑裰子。 日本的纸币总那么平整干净。 明治年间以至于今，制造纸币的主要原料始终是三桠（结香）。 看中文网站上介绍，结香是中药材，舒筋活血，消肿止痛；而日文网站上介绍，三桠是和纸的原料，印制的纸币傲然于世。 从自然环境与地球资源来看，日本人很费纸，也就在浪费森林。 甚至可以说，他们的文化很大程度建立在浪费之上。

日本的民间工艺品、乡土玩具多是用和纸制作，前些年又有人创作出和纸雕塑。 中国有泥塑，似乎发明了纸，却始终更亲近泥土。提灯也是有日本味的纸制品。 和式旅馆的日本元素之一是照明，虽然灯是电灯，纸罩也不是传统意义上的和纸，但屋内廊下为之荫翳，或许就觉着美。

如今和食走向世界，日本人却有点怕中国人喜欢上，因为中国人爱吃什么这世界上什么就没了。 此话似乎也可以反过来说：中国人抢购什么什么就兴旺。 时常看一个电视节目，叫"和风总本家"，多介绍传统工艺和工匠，骄傲之余，却感叹都到了末路，气息奄奄。 例如女孩子夏晚逛庙会时爱穿的薄和服都是中国生产的。 位于东京银座的鸠居堂是三百多年的老店，卖笔墨纸砚，如今店里挤满了中国游客，争相购买各种和纸制品。 随着中国人对日本文化越来越喜爱，说不定和纸的复兴也指日可待。

原节子的鼻子

原节子的鼻子，有人说好看，有人说不好看，但一致认为她长得很"脱亚"——这是日本梦，做了一百多年了。甚至不少人认定她混血，本人不扫大家的兴，笑笑说：多少混了点儿。

由于这长相，被德国导演阿诺德·范克（Arnold Fanck）看中，原节子得以"入欧"，出演电影史上第一部德国与日本合拍的影片《新土》。

日后她回想："《新土》大概那时有很深的政治内容，我一个少女当然一无所知，只是像偶人一样动。"不错，那年原节子才十五岁，应该不知道这部电影在政治外交上具有的意义及作用，但范克是清楚的。他在自传中写道："我接受政府援助而承担重大题材，制作让德国人了解日本的电影，不完成课题不回国。"不过，合拍的背后还有一个操纵一切的人物，叫弗里德里希·威廉·赫克（Friedrich Wilhelm Hack）。2015年中田整一出版了一本关于他的书《赫克博士》，称他是"两度掌握日本命运的人"。

赫克出生在德国南部的弗莱堡，与法国、瑞士相邻，风光明媚。学经济学，博士论文写的是中国通货与银行制度。 1912 年应恩师推荐，不远万里到东京，先在南满洲铁道株式会社（满铁）的东亚经济调查局（满铁调查部的前身）就职，后任满铁总裁顾问，有机会结识日本要人。 本来是语言天才，两年多掌握日语，并爱上日本，醉心于重视义理人情的武士道精神。 旅行中国，在青岛赶上日本对德国开战，立马为祖国而战，给要塞司令当翻译，胜任愉快。 打了两个来月，日军占绝对优势，德军举白旗，赫克被俘虏。日本人一反常态，以"大国民的襟度与礼仪"优待俘虏，但还是有五名德国人逃走。 赫克予以协助，被判刑。 恩师出手搭救，减刑，转狱到习志野收容所（位于千叶县）。 所长是藩士西乡隆盛的长子，明治天皇悲悯西乡家衰败，出钱让他留学德国十三年。 收容所被他管理得俘虏们"生活几如王侯"。 1918 年德国投降，第一次世界大战告终，赫克结束了五年的俘虏生活，时年三十三岁。 俘虏们愿意留下也可以，有人被东京帝国大学请去当教师，赫克和三菱制纸株式会社签约。 从此他充当掮客，把德国的飞机等新式武器、重工业产品以及先进技术卖给日本海军。 而且不满足于做武器商人，还暗中当说客，把日本和德国捆绑为一根绳上的蚂蚱。 光阴荏苒，到了 1933 年，美国通告天下不承认"满洲国"，希特勒出任德国总理，日德相继退出国联。 这一年赫克与日本人合伙成立日德友协，基本会员就是那些被日本优待过的德国人。

日德两国联手，既避免国际上孤立，也可以东西夹击苏联，但强化日德关系，缔结协定有障碍，首先是德国人对黄色人种的歧视，对日本尤其没好感。 赫克等人想到了电影，制作友好宣传片，改变德国人对日本的坏印象。 纳粹宣传部长戈培尔痛快地答应出钱。 驻德国的日本大使馆陆军武官大岛浩（后来任驻德国大使）也积极支持。那么，谁来导演呢？赫克想到了范克。 二人同校，范克学地质学，1928 年导演冬季奥运会纪录片《征服银世界》，作为山岳和滑雪电影的大师在日本也广为人知。 20 世纪是"战争的世纪"，也是"影像的世纪"，美国有好莱坞，德国有波茨坦的电影公司与之对抗。 范克也活跃在好莱坞，但纳粹上台，德国导演不能拍片了，范克陷入困顿，于是当即答应拍摄日德宣传片，觉得"自己被拉到外交最前线"。 又找来进口外国电影的"东和商事"公司合作，老板川喜多长政毕业于北京大学，也曾留学德国。 川喜多夫人初次见范克和赫克，觉得范克像艺术家，而赫克像商人，对这个男人印象不好。 于是，1936 年 2 月范克挈妇将雏，和三四个摄制人员，跟着赫克从马赛乘船，航行四十天，抵达神户港，享受了热烈的欢迎。

范克一行参观京都的摄影棚，原节子正在那里拍《河内山宗俊》（江户年间评书、戏剧的侠义人物，实有其人，却是个恶棍，后来多次被搬上银幕）。 导演山中贞雄起用她，用她那"女学生似的清纯"主演武打片。 原节子一直演现代片，也不愿远离东京，是二姐光代陪她来的。 山中拍武打片，小津安二郎拍现代片，彼此有深交，后来都被征了兵。 山中参加过徐州战役。 两人在前线邂逅，站着说了几句话，八个月后山中病亡。 或许这也是原节子成为"津女郎"的前因。

原节子收工卸了妆，负责宣传的人通知她，外国大人物参观，一起拍照留念。她好不情愿地返回，被介绍给范克。原节子回忆："如果我那时候早走十分钟，就不会是我，而定为别人，这也让我感到命运的不可思议。"成名要趁早，也得有机会。

合作的日方导演是伊丹万作。当时做助手的佐伯清回忆：范克这个人净拍些风景，而伊丹要拍活生生的人，所以意见完全不合。看范克拍，伊丹小声骂混蛋。赫克说是制片主任，但转眼就没人了，在不在谁也不理会。媒体上大肆报道"高山电影王"范克，也时见赫克的名字，不过是"范克的好友"。他乐得溜去找日本的高官和军头兜售德日军事协定构想。也有人对赫克和范克的行为起疑，那就是德国记者理查德·佐尔格，后来被判作苏联间谍处死。他报告苏联：日本和纳粹德国之间有缔结军事协定的动向。

佐尔格频频到范克那里采访。范克一行在东京住进万平酒店，不久发生二·二六事件，叛乱军占领了酒店。数日后平息，范克仍然为女主角犯愁。日方大力推举田中娟代，但范克"觉得包括田中娟代在内，日方推荐的女优都没有魅力"。蓦地想起在京都摄影棚见过的少女般天真烂漫的女优，可日方一个劲儿鞠躬，就是不转身去找。范克大怒。原节子迟迟疑疑地来了，默默垂着头。范克写道：拿出脚本让她演一段，登时"和刚才判若两人，表演得自然天真，我知道一个有巨大才能的女优就在眼前。"范克向日方宣布："她就有在欧洲代表日本女优的美。"

《新土》的脚本是范克写的。 原节子饰演武士的女儿"大和光子"，父母把她许配给"辉雄"。 辉雄出生在贫苦的农家，不能和武家通婚，光子家收他为养子，并供他去德国留学。 听说辉雄要回国了，光子家准备婚礼，但辉雄接受了近代的教育，对于跟妹妹一样的光子结婚很惶惑。 同船来日本的德国女性告诫他：你在德国学错了西方的个人主义。 光子是日本的形象，不仅爱好茶道、琴，而且学习德语，会德国式游泳。 得知辉雄变心，要投身火山口。 作为德国化身的辉雄终于发现了光子的美好品质，赶来救下她。 二人结婚，前往满洲营造新生活——满洲是日本的"新土"。 电影中德国女性赞叹日本简直和欧洲一个样，辉雄说：日本实现近代化多亏了德国。 伊丹万作认为范克描写的日本观很奇怪，甚至拿原节子撒气。 范克在座谈会上说：日本导演对女演员的态度令他吃惊。 赫克把德国上映的片名改为《武士的女儿》。

　　电影制作期间赫克奔走于日本和德国之间。 1936 年 11 月 25 日在柏林签订日德防共协定。 第二年意大利加盟，成为日德意防共协定。 作为纪念日德缔结防共协定的合作电影，1937 年《新土》先后在日本和德国上映。 盛况空前，不仅皇族和达官贵人，"小猫勺子（张三李四、阿猫阿狗）都去看"。 原节子的名字一下子传遍日本。她还要出国，用这张外国人也能接受的"日本脸"去宣扬日本，陪同的是二姐夫熊谷久虎。

　　二姐光代从东京送到福冈县的门司港，挥手告别丈夫和妹妹。人群散去了，二姐还在挥动白手帕，直到孤帆远影碧空尽。 同行的川喜多夫人听见熊谷对原节子说：粉丝这东西什么时候都这样，剩到最后的只是家里人。 川喜多长政夫妇和他们同行，这时熊谷姐夫三十三岁，节子小姨子十六岁。

有一句俗话，小姨子的屁股有姐夫一半，屁股的事情不清楚，只是从原节子来说，她的脑袋倒像是有一半甚至一大半是这位二姐夫的。 她说过：年轻时由于家庭经济的原因没能好好接受学校教育，为弥补这一点，姐夫教给我最根本、最本质的东西。

原节子，本名会田昌江，有四个姐姐。 长得最好看的是四姐，而昌江小时候又瘦又黑，一双大眼睛大得异常，男生叫她"五寸眼"。父亲在横滨做祖传的蚕丝生意，本来是"江户子"，长得像老外。 受世界经济大危机的打击，生意不好做了，昌江不能像姐姐们那样穿漂亮的和服上学。 总是落单，静静地读书。 二姐光代比她大十四岁，从基督教女校毕业，进电影公司"日活（日本活动写真株式会社）"当演员，后来转身写脚本，和导演熊谷久虎结婚。 熊谷是大分人，对思想哲学感兴趣，但家道中落，上了商业学校。 不喜欢记账打算盘，退学，去京都投亲谋职。 表叔是日活的元老，对熊谷寄予厚望，说合给沟口健二当助手。 有导演竟不会读写，令熊谷对电影界大为厌恶，躲进书本里，热衷于普罗文学，钻进京都帝国大学听马克思主义者河上肇讲义。 为人很能吹，有点像宗教家。 几经周折，终于当上了导演，亟需演现代片的女演员，便和妻子鼓动妹妹从影。 原节子回忆："当时我家经济上更加困难，被年长的姐夫和姐姐劝诱，我觉得了为了家，这大概是最好的。"那年月当电影演员多是风尘女子，

153

名声不好。 比原节子年长三岁的山田五十铃家穷，当过艺妓的母亲劝她当艺妓，但她想去当演员，母亲反对，说：那可就嫁不出去了。比原节子大十一岁的田中娟代在大阪的琵琶少女歌剧团跳舞养家，想去当演员，母亲骂她：想当那么下贱的东西吗。 入江多香子大原节子九岁，出身华族，当了演员被亲属断绝关系，人们蜂拥到电影院看华族小姐的脸。 校长极力劝阻，但昌江不听，1935 年 4 月正式成为日活的专属女演员。 出演的第一个电影角色叫"阿节"，就被起了艺名"原节子"，当初并不被看好。 她说自己"总绷着脸，不跟人撒娇，没有人特别对我喜欢，反而觉得很轻松"。 她像二姐夫一样，不与人交往，空了就离群读书。

那时候出国是天大的事儿。 1937 年 3 月 10 日从东京站乘火车到下关，乘船到大连，再乘火车到满洲里，经西伯利亚到华沙，终于抵达柏林。《武士的女儿》在德国上映也极受重视，原节子上台发表来路上背熟的德语：我非常高兴能来到柏林，要是大家像我喜爱这座城市一样喜爱我，那就太好了。 身穿和服，美貌果然被德国人赞赏。在日本大使馆的宴会上被介绍给纳粹喉舌戈培尔，原节子的印象是"人长得小，但相貌精悍，充满斗志，交谈甚欢"。 小姨子出尽风头，而熊谷觉得自己备受冷遇。 不会德语，不懂那一套礼仪，吃不来西餐，在身材高大的德国人当中顿生劣等感，手足无措。 范克建议熊谷留在摄影棚专心学习，原节子一个人巡回旅行，熊谷不同意。 在德国跑了八个城市，然后去巴黎。 逗留约一个月，片子没卖出去。从瑟堡去纽约的船上，节子过了十七岁生日。 在纽约街头，熊谷跟一个白女人擦肩，被大骂"东洋佬"。熊谷怒不可遏，劣等感一下子变成了憎恶与敌忾，乃至改变后半生。他说："我对当时欧洲的侵略有敌忾心，这就是我后来不干电影工作，投入政治运动的起因。"

从旧金山乘船回国，五天前在中国发生卢沟桥事变。游历欧美四个多月，1937年7月28日回到横滨，日本已经是一片战争气氛了。

熊谷久虎的导演成就不算大。1943年今井正执导《望楼决死队》，原节子主演，今井正说过：熊谷拍了《热情的诗人啄木》以后就变了，进了皇塾这个极右团体，受其影响，连原节子也说什么犹太人阴谋。国将不国，光代带儿子回熊谷的老家耶马溪（大分县中津市），熊谷和原节子借居东京。皇塾的同志町田敬二是参谋本部大佐，对熊谷说：本土决战已不可避免，恐怕美军也会在九州登陆，不仅军人，民间人也必须准备迎击，需要文化人开展宣传工作，提高战斗意志。熊谷愿意出力，但提出：九州决战之际，不能一一请示东京大本营的君命，应该在九州设置革命政府，把九州从本州独立，即断即决，跟美军作战。作家火野苇平也参加了九州独立活动，在小说《革命前后》里记载了革命政府阁僚名单，总理大臣是陆军中将、西部军司令横山男，熊谷久虎为书记官长，町田敬二负责情报，火野负责宣传。熊谷回东京召集人马，在火车上听说日本投降了。

去年（2015年）9月原节子去世，享年九十五。今年（2016年）12月发现了一篇她以前写的随笔，重新刊登在《新潮》杂志2017年1月号上。写得像电影分镜头，内容大体上这样：

电车上拥挤不堪，闷热，孩子哭大人叫。坐着都觉得有点不好意思，我闭上眼睛。人们把东西放在我的膝盖上，齐胸高。忽然有暖乎乎的液体顺着小腿流到脚脖子，不用怀疑，是被推到我前面的妇人背上的孩子的……痒痒的，我默不作声。孩子大哭起来，可妇人被挤得无法哄孩子。我要让座，但膝上有东西，而物主都被挤到别处去了。怒声四起："换个不哭的孩子来！""真讨厌，下去！"突然有人说："闭嘴！嫌烦你就下去，也要替母亲想想，心里在哭哪！"用军国腔调来说，这声音充满了叱咤三军的烈烈气魄，顿时车内消停了。

△　△　△

驶近大阪，二等车上一个青年用小刀割下座席的天鹅绒布擦起了自己的皮鞋，并排坐着的年轻女人只莞尔一笑。

△　△　△

电车上，年轻姑娘坐着，面前站着年轻的妈妈抱着婴儿。姑娘说"让我来抱吧"，坐在旁边的绅士训斥："有替人家抱的心，就让让座嘛，你不是年轻吗？"姑娘红了脸。绅士好像知道"善"，但属于不能行"善"的那种。

△　△　△

某公司募集"日本小姐"，条件就是长相美。当然不过是商业策略。以长相美为主要条件选 NO. 1 不能说是提高文化水准的活动。策划者也一定清楚这一点。

△　△　△

战败使日本人自卑得厉害，目睹种种现象，我们虽然是日本人也要讨厌日本人了。然而，日本及日本人缺欠多也不必自卑。我绝不是教育家或宗教家，但战败后我活在总得考虑这种事的险恶世道中，希望日本人谁都要正确地重新认识自己和这个祖国。我想说，重建日本即由此开始。

　　这篇随笔发表在福冈县内一家出版社 1946 年 11 月发行的杂志《想苑》上。 那里就是熊谷久虎搞九州独立的据点。 其时原节子二十六岁，主演的民主主义电影《我青春无悔》刚刚上映，导演黑泽明。用原节子主演最多的导演是山本萨夫，他体弱，最后也被拉上前线。长官逼问"和原节子干过几回"，打掉他两颗门牙。 不知何故，黑泽明与山中贞雄同龄，却未被征兵。

　　原节子非常有个性，而且有思想。 甚至提出了解决战败后社会混乱的办法，那就是"叱咤三军的烈烈气魄"，虽然颇像是战时思想的延续。 有自己的想法，行事却不爱给人什么说法，或许越这样，关于她的流言蜚语就越多。 除了在欧美宣传日德合拍的《新土》，始终拒绝上台亮相。 十八岁就认为"日本人穿游泳衣的样子不好看"，拒绝拍照。 以五音不全为由拒绝唱歌。 拒绝劳军。 居然可以这么任性，也是个奇迹。 日本战败了，女演员只要给美国大兵唱歌跳舞就不愁吃，有一天偏巧没人在，公司叫原节子应酬，她说："我是女演员，请不要搞错了！"她也背起背囊坐敞篷车去乡下找粮食，山田五十铃"听说节子背两斗米回来大吃一惊"。 四十出头正当红，却悄然离开了银幕，隐居半个世纪，终身不嫁，真正是大隐，参透了一个"无"字。或许以貌取胜的演员就应该见好就收，在衰老之前及早谢幕，大概三岛由纪夫也这样想。原节子把"永恒的处女"形象定格在人心中。她说过："'永恒的处女'啦，'神秘的女优'啦，名字都是媒体随便给起的，我不负责。我也是感冒就淌鼻涕，睡眠不足就出眵目糊，并不是不食人间烟火活着呀。只是在私生活上不想毁坏粉丝的梦。"

战时不许放映好莱坞电影，战败后齐刷刷倒向美国文化。西方女优的大眼睛、高鼻梁让日本人看得下巴尖渐渐掉下来。遍观日本女演员，只有原节子貌似。有杂志写道："原节子的美怎么过分夸也夸不够，这样的女人从我们种族当中生出来，对于我们来说已经是不可思议，给予奇迹之感。"

哦，原节子的鼻子。

欢悦大众的文化之花

爱读评论家刘柠的文章，知日而论日，文笔畅达，见识独到。读他散论日本的《穿越想象的异邦》，不由地为之鼓而呼：自称一布衣，走笔非游戏，不忘所来路，更为友邦计，立言有根本，眼界宽无际，穿越想象处，四海皆兄弟。又读《逆旅》，或许限于字数，写竹久梦二人生五十年近乎"简历"，但全书编排是立体的，其人其作的整个世界读罢便了然于心。那些穿越时空的妙语警句也点醒读者，免得顺情而去，审美而迷。譬如这一句：集画家、诗人、作家的光环于一身的梦二是大众传媒的宠儿。

大正这个年号夹在明治与昭和之间，只有十四年（1912—1926），若谈论文化，大正时代通常指 1910 年代和 1920 年代。竹久梦二即活跃在这个时代。从模糊的照片看，此人绝然算不上帅哥，但三四十岁还能跟二十岁上下的女性们谈情说爱，足见其名气之大，倘若在今天，那就是电视上闪亮、会场里飞沫的明星画家。梦二不属于正统的画坛，丰富多彩的作品并不是高雅的纯艺术，而是盛开在大众文化中的奇葩。 当时有报道：今日之青年男女不喜好所谓梦二式的画的怕是很少吧，因为其笔触何等爽快而情味津津。 梦二也被称作大正浮世绘师，但他画的美人有大大的眼睛，眼皮是双的，睫毛是长的，只要拿浮世绘的单睑细眼比较一下，就可以推想当时人们的惊艳。 这是全盘西化所致，美女的标准也是西方的了。 梦二把东西方美术融为一体，自得其乐，不睬美术界。 人们只能敬畏纯艺术，可望而不可即，而大众艺术，不仅能随意欣赏，甚而还可以参与其间。

一百多年前日本跨世纪地打赢了两场战争，扬眉吐气，修改了与列强的不平等条约。 几乎靠甲午战争勒索的赔款实现工业化（日俄战争没捞到一分钱），明治一代形成了近代国家。 明治天皇被称作大帝，而大正天皇文弱，仿佛统治者不在其位。 世代交替，不单换了天皇，政界、军界、企业界也都新人换旧人，历史出现了空档。 国民不禁有一种解放感，就好像到了民众的时代。 在这种"没国是"（德富苏峰语）状态下，形形色色的思想泛滥，冠以"自"字的词语流行，如自觉、自立、自我、自爱。 个人主义性质的活动成为可能，各种文化你方唱罢我登场，堪称是教养与消费的时代。 梦二跟上了时代，用新的主题和新的表现创造出所谓"梦二式"，在初具规模的大众社会造成了巨大影响。

大众文化形成的条件之一是媒体发达。 当时杂志是主要的媒体。1872 年日本人口为 3 480 万，1920 年增加到 5 596 万。 明治末叶，杂志印数剧增，大正年间已经有多种杂志印数超过十万册。 喜欢画是一种风潮，谈画有如后来谈电影，被称作美术趣味。 内田鲁庵曾写到"谈不来美展的人就像是远离东京的乡巴佬"。川端康成年少时也想当画家。这正是梦二流行的社会背景。说来日本人的美术趣味至今不衰。与年轻人交往，他们随手就画出一个漫画人物，虽是模拟，却好似出自内心。大正时代印刷术突飞猛进，杂志以图版吸引读者，卷头画页甚至能左右销量。如周作人所言，"竹久梦二可以说是少年少女的画家"。面向少年男女的杂志尤重视图版。1914年讲谈社创刊《少年俱乐部》杂志，用高畠华宵画插图，印数达到30万册，但是因稿酬问题，华宵走人，发行量锐减，竟成为"华宵事件"。梦二最初给《中学世界》杂志画插图，有道是，受众已备，梦二式应时而生。

大众文化是消费文化，娱乐大众化。大众的本事在于能够把任何事物变成娱乐，加以消费。他们一大早就坐在路边，喝着啤酒，吃着盒饭，等着看明治天皇出殡。人都想传播自己的感动，与人共有，这就需要看同样的东西，谈同样的东西，从中产生情感共鸣。在没有微博的时代，交谈是主要方式，通过交谈加深感动，并由于有人感觉相同，而相信自己的感性，为之安心。这种对自己的发现、认知，不过是寻求归属。感性共同体没有创造性，但造成流行。看漫画或电视是孤独的，但是在学校或酒桌的交流，使快乐共有，便好似古老的狂欢。梦二的作品尤其在少女中流行。

日本文化在江户时代已趋于大众化，亦即商品化。或许可以说，在中国文化的阴影下，日本发展起来的自己的文化就是一种大众的商品文化，如浮世绘。漫画这一商品文化仍然延续着江户时代的模式。

明代文化出现商品化倾向，但这种商品文化停留在知识人范畴，识字等条件制约它难以向大众发展。 梦二的插图、美人画代表梦二式，但梦二式真正在社会上流行是他设计的服饰、小物件等商品，相当于当今的卡通商品吧。 前妻开了两年小店"港屋"，所有商品都是由梦二设计，梦二式被模仿，满街招摇着梦二式女人。

刘柠指出，梦二的"人生和艺术纷然杂糅，浑然一体，你中有我，我中有你"。 梦二把女人画得瞪大了眼睛，腰肢扭曲，大手大脚，但感性来自现实，那双大眼睛是他妻子的。 梦二式美人的眼睛里飘溢的哀愁不是传统的物之哀，而是时代的感伤。 明治维新后，西方化取得了一定的成功，却也让人看清了与大国生活环境的巨大差距，时代弥漫着成功后的空虚感，以及漠然的不安。 对逝去之物的眷恋也使梦二的画笔饱蘸了悲情愁绪。 他表现的是当时人们日常所感受的细微情绪，用今日的网语来说：你懂的。 当年梦二的粉丝主要是少女，而今多是大叔。 他们赏玩梦二的形态之美基本是怀旧。 梦二积极吸取西方新感觉、新手法，同时也热爱日本古来的风俗，现今被当作文化符号，代表了日本情趣。 或许可以说，梦二是当今走向世界的"卡哇伊"文化的源头。

1923 年发生关东大地震，人们的感性为之一变。 大正结束前一年（1925 年），梦二和小说家山田顺子闹出丑闻，媒体无仁义可言，当即把他变成八卦人物，人气急转直下，甚至招"新人类"讨厌，川端康成在伊香保温泉便遇见他一副衰相。 土岐善麻吕追悼梦二，说"竹久君的艺术将活在历史之中"。 大众健忘（所以总是快乐的），梦二死后很快被忘到脑后。 1968年日本经济跃居资本主义国家第二位，被战争摧残的大众文化复兴。 1970年纪念梦二诞辰九十周年，举办大回顾展，梦二从历史之中走出来。 流行是翻来覆去的，怀旧也生出新意，特别是他的设计，为人注目。

  1985年《初版本复刻竹久梦二全集》付梓，1987年《梦二日记》、1991年《梦二书简》相继上市。 刘柠"二十多年前，人在东京"，赶上这一波梦二热。 这本《逆旅——竹久梦二的世界》出版于2010年，好像把中国也弄得发热了。

假设……就会有别样日本

15 世纪欧洲诸小国竞相发展，犹如中国春秋无义战，铿铿锵锵，一片片海洋都被他们占了去。 假设……假设中国少一点皇恩浩荡的念头，不到处买好，汲汲于利，郑和之后继续下西洋，称霸海上，或许不至于如今才有了一艘航母，却招人说三道四。

历史没有假设，人死不能复活。 但分析历史，总结历史的经验或教训，其实就是在假设，虽然常难免事后诸葛亮之嫌。 保阪正康著《假设的昭和史》，"考察在某个史实的某个断面、某个局面若另有选择，史实会变成什么样呢"。 上下两卷，截取 1920 年代至 1940 年代的日本历史提出了四十九个假设，其中只要有几个当年不是假设的话，兴许就会有一个别样的日本。 如：假设日本不退出国际联盟，假设共产党干部不在狱中变节，假设二·二六造反部队占领了皇宫，假设德国驻华大使为日中斡旋成功，假设日本研制出原子弹，假设日本被美苏分割占领，假设日语改用罗马字……

1926 年蒋介石任国民革命军总司令，誓师北伐。 1928 年张作霖从北京乘火车退回奉天（沈阳），车将抵达，发生爆炸，这位东北王伤重不治，而跟随他乘车的日本人顾问，叫町野武马，却已在天津下车而去。町野说，他在天津下车，是前一天张作霖命令他协助张宗昌抵抗北伐军。1961年町野曾经对作家山本有三口述历史，但三十年过后开封，并没有多大的史料价值。炸死张作霖，这一事件始作俑昭和年代的军事主导体制，"在哪里提出假设才能看出史实的背面呢"？保阪正康认为，町野在爆炸之前下车，对于历史具有颇大意义。假设他知情，车到天津就逃之夭夭，说明炸死张作霖是陆军当局的意思；假设他不知情，冥冥之中躲过一劫，那就是关东军的疯狂，为扫除有碍于制造满洲国的张作霖，赔上老前辈（町野毕业于陆军士官学校，与事件当时的关东军参谋长斋藤恒同期）也在所不惜。

对往事如烟的历史作出假设，需要有学识、史观、良知。假设往往就是编故事，或许更属于历史小说家的擅场。例如台湾小说家高阳在历史小说《玉垒浮云》中替张学良假设：与张作霖同岁的町野武马，虽有军籍，但跟日本陆军的关系不深，自从三任共九年任期满后，改充张作霖的私人顾问，每年从五夫人手中领取交际费三万元，到日本活动的对象，大致是财界、满铁及"玄洋社"——"黑龙会"的重要人物；在军界，常接触的只有一个影响力不大的上原勇作元帅。町野武马由于跟关东军的关系不深，不可能参预密谋，但却可能从其他方面得知消息，只不敢公然明言而已。

又有个俄国小说家，叫德米特里·普罗霍洛夫，2000年与人合著《GRU帝国》，假设皇姑屯事件乃苏联情报机关所为。2005年英国作家张戎和丈夫联手出版了一本《毛》，其中有这样一段话：炸死张作霖事件一般认为是日军干的，但是据苏联情报机关的资料，最近清楚了，实际是按照斯大林的命令，纳姆·埃廷贡（Naum Eitingon，此人后来参与暗杀托洛茨基）策划的，伪装成日军的勾当。（据日译本转译，但不知日译准确与否）所谓据苏联情报机关的资料，恐怕不过是取自普罗霍洛夫的假设。2006年《毛》日文版上市，这段话引起日本媒体注意。不过，普罗霍洛夫始终未拿出史料证据，而且日本没有一个史学家对此说感兴趣，闹哄的都是些论客。

说来有些历史就是当时的假设造成的。日本投降后，苏联、英联邦等都要把天皇列为头号战犯，但占领军总司令麦克阿瑟假设：处刑天皇可能会引发游击战，因而不可伤及他一根毫毛。经麦克阿瑟同意，1946年昭和天皇巡行各地，到处都受到狂热的欢迎，麦克阿瑟不由地担心出现反占领军倾向，又命令天皇好好待在皇宫里。天皇有退位之意，麦克阿瑟耳闻，悄悄传话：那是不可能的。保阪正康假设昭和天皇真的退了位，就可以明示天皇对那场战争心怀多么强烈的自省之念，日本战败后社会就不只是单纯表面上比战前有所改变，而且包括太平洋战争在内的昭和这一时代的历史意义也大有变化。

一个史实的形成有前因，还有当时的环境，回头再来一次，假设未必能变成现实，未必就做得更好。保阪正康的假设大都不是从时代所具备的现实条件提出来的，一厢情愿，希望那么一来就避免了战争，历史的进程会一路和平。卢沟桥事变后，日本向中国出兵七十余万，其中也有人退伍回乡，讲述侵华故事，使陆军部担忧会暴露

"皇军"所作所为的真相，于是草拟了一纸关于指导、取缔还乡军人言行的通令，其中列举不当的夸夸其谈，如战斗的时候最高兴的是掠夺，参加战争的军人挨个是杀人抢劫强奸的犯人，战场上长官下令却没人冒着弹雨往前冲。保阪正康写道：士兵们夸张、虚伪、隐瞒事实的证言也延续到战后社会。被虚伪证言洗脑的国民当中，至今还有人不相信日军的野蛮行径，公然说那场战争败给了美国但战胜了中国什么的。假设陆军部、媒体当时公布了这样的内部文件，有勇气纠正军纪……让老百姓知道战争另一面，打下去的能量就会一下子变小。这样的假设，完全忽略了军国主义的本质，甚至要觉得作者过于天真，甚而有点肤浅了。

保阪正康是纪实作家，专攻日本近现代史，著述颇丰。自2006年在周刊杂志上连载《昭和史溯往》，历时五年余，结集第十二、十三卷即《假设的昭和史》。

日本犹须中国化

若照搬汉字，《中国化日本》这一书名，或许让人一眼便认定内容无非鼓噪"中国威胁论"云云。其实不是的，这里的中国不是今日之中国，而是上千年前宋代中国。似乎应该叫"宋朝化日本"，但卖书卖名，那就不易耸动读者的神经吧。关于中国的历史，日本人特别感兴趣的是被演义了的三国，居然还记得高中历史课，恐怕印象也不出时当日本上古的唐朝，至于宋，所知顶多是：唐朝衰败，日本终止遣唐使，继之的宋朝是一个被游牧民族侵略的软弱王朝，宋以后中国跟日本没多大关系。我们说到日本古代史，耳熟能详的也只是"遣唐使"什么的吧。

作者与那霸润，以最新的历史研究成果为基础，别具史眼，提出一个关键词"中国化"，取代以往研究"不断进步的日本史"所常用的"西方化""近代化""民主化"等，重新缕述日本史，足以令读者一新耳目。"中国化"，不是指现实的日本与中国之间的力关系，而是意味日本社会将变成跟中国社会同样的状态。

与那霸专攻日本近代史。历史课所教的"近代"，指明治维新以降日本追求西方化的时代。近代之前的历史阶段叫近世，现今史学界称之为"近代前期"，即江户时代，反之，近代是"近世后期"。世界上率先进入"近世"的国家是哪个呢？不在西方，而是宋代中国。始于宋朝的中国式"近世"社会所建构的基本模式在中国几乎一成不变地延续至今。近代（近世后期）西方奇迹般超越技术上思想上早就达到西方近世（近代前期）水平的中国不过是一时的、例外的异常现象，而今中国东山再起也不过是世界在返回原来的状态罢了。

宋朝开国于公元960年，东方史学家内藤湖南主张唐与宋之间是中国史的一个区分，唐为中世，宋为近世。此观点已成定说。譬如宋朝全面采用科举这种官僚考试制度，在世界上最先废除了贵族世袭制，身份自由化，迁移自由、选择职业自由，机会平等，自由竞争。当然，对至高无上的权力——皇帝不可以批评，只有服从。宋朝的本质，作者认为"是尽可能不造成固定集团，最大限度地提高资本、人员的流动，并且用依循普遍主义理念的政治道德化与行政权力一元化驾驭体制失控的社会"。

日本千百年来，有时是中国政治、经济实力强大而直接受其影响，有时是日本人有意或无意地模仿中国，把日本社会"中国化"。众所周知，从唐代中国拿来律令制，拿来文化，日本才有了国家模样。教科书上说，停掉遣唐使以后，日本孕育"国风文化"，走自己的路，其实这"国风文化"是后世的虚拟。日本没拿来科举制度，常被人恭维他们不学中国的坏东西，但实际上不是不想学，而是根本学不来。 科举是中国社会的核心，前提起码是大量印刷考试参考书，广泛传播，那时候日本何曾有这个条件呢。

11世纪初开始的日本"中世"，通过日宋贸易，中国钱滚滚而来，改变了以物易物的古代经济。 试图引进宋朝制度的平家政权被以源赖朝为首的保守势力打败，"中国化"失败。 历尽战乱，江户时代闭关锁国，犹如大酱在缸里发酵，酿出了完全不同于宋朝的独特的"近世"。 譬如宋朝以降，权威与权力一致，皇帝名副其实地握有权力，而天皇大权旁落，由将军执掌国柄。 今天日本的原型相当一部分在战国时代已造就，江户时代全盘接过来，并使之深化，扎根于社会。

江户时代是身份制时代，这是日本史常识，而六百年前宋朝已废除身份制。 虽然印刷出版发达了，却没有拿来使身份自由化成为可能的科举，反而进入了身份制社会，原因何在呢？ 作者说，在于江户时代头一百年全国普及了两样东西：稻与家。 世界都知道日本人吃大米，水稻是江户时代才普及的，以前主要是旱田。 基本能吃上饭了，也就不赏识中国式自由市场社会。 由于多山谷，不能粗放经营，致使大家族制度崩溃，农村形成以夫妇及其子孙为中心的家。 人口增加，又拓荒开地，稻与家的良性循环带来江户时代的兴盛。 与宋朝中国相比，江户时代是不自由的时代，作者称之为"江户时代化"，也就是"反中国化"，用这两个对立的概念梳理千年史，日本总是摇摆于两种不同的统治原理之间，亦即此书副题所提示的"日中'文明冲突'千年史"。 说来中国明代虽然有郑和下西洋之举，但基本上闭关锁国，也近似"江户时代化"。

日本近世的"江户时代化"体制从内部瓦解，明治维新以后被视为"西方化"的改革成果，仔细看一看，性质更属于"中国化"。譬如确立了中国皇帝那样权力一元化的王权，改为中国式郡县制，引进源于科举的文官任用考试。明治日本的思想、社会、王权的状态很大程度上与宋代以降相似。因为大部分内容是"中国化"，所以中国以及朝鲜对"西方化"不以为然，而日本落后近千年，通过"西方化"而"中国化"，改变了社会结构。

昭和时代战败后，偏巧"江户时代化"体制适于经济恢复、发展。第一次世界大战具有使世界"江户时代化"的效果，但第四次中东战争以后的世界开始显著地"中国化"，惟其日本仍沉迷于"江户时代化"。为何在亚洲近代化最为成功，并且被美国加以民主化的日本走进死胡同呢？原因即在于开历史倒车的"江户时代化"。由于种种原因，漫长的"江户时代化"终于结束，日本社会又将"中国化"，这是历史的必然。眼下日本正处于巨大转折点，应该怎样活下去？今后怎样跟中国打交道？这就是本书的问题意识之所在。

老二们

日本银幕上男人的表情常常是战败以前的，一脸的冷酷，这是承担家以及国的戏剧化面容。战后被民主，尤其选举时男人也满脸堆笑了：请多多关照，投我一票。电影《三丁目的夕阳》又拍了第三部，一而再、再而三便演到1964年，东京举办奥运会。原作是漫画，自1974年连载至今，这种没完没了的韧劲儿足以令友邦惊诧。被后浪推为第一部的影片是2005年改编的，故事背景为1958年东京，战败过去十多年，兴冲冲建设日本第一高度"东京塔"。

1945年缴械投降，从海外撤回六百万人。军人复员，军工厂停产，很多人失业。战败前后城里人到乡下投亲靠友，寄人篱下，想返回时，政府一度限制无住处、无职业的人进城。东京1940年人口735万，1945年减少到349万。农村人口过剩，那些从战场、从城市回来的，大都是农家的老二老三，农村出现了严重的社会问题——二三子问题。

地少人多，农家若是把田地分给几个孩子，经营规模会太小，

1673 年德川幕府发布限制分地令，以防止农地细分化、农民零散化。全部田产由一个孩子继承，通常是长子。 其他孩子或者过继、入赘，去别人家顶门立户，或者另谋出路，不然，窝在家里就得给大哥扛长活。 当兵是二三子的出路，明治维新以来上战场的主要是他们，一场场战争简直是二三子的战争。 没有土地，没有一技之长，人生是绝望的，诸行无常，不由地追求像樱花那样暴开暴落，做事也格外残暴。 战后自卫队招募，次子三子们踊跃报名，有人便忧虑法西斯主义重温旧梦。

十年恢复，二三子问题始终得不到解决。 但天不绝人，朝鲜打仗了，日本经济大发展，东京中小企业在城里雇不到人，联手到外地"集团招工"。 从 1954 年开始，每当樱花盛开的时候各地被聘用的年轻男女从故乡乘坐专列前往大城市的职场，这就叫"集团就职"。 大都是初中毕业生，战争年代把孩子送上战场的母亲这回送他们进大城市。 尽管缺师资，少校舍，1947 年断然实行初中义务教育，初中毕业生充当了经济发展的主力军，直至 1965 年以后普及高中教育。 本来初中毕业后都要帮家里干几年农活，翅膀硬了再离家谋生，但"集团就职"使二三子及女子的人生转变为毕业即就业。 远离故土，志忐兴奋地走出上野站，雇主们举着牌子迎接，《三丁目的夕阳》再现了这个历史性场景。 1955 年东京人口增加到 804 万，大城市是次子三子们的天下。 日本有傻老大的说法，莫非乡下人多是老大，所以比城里人淳朴。 现今法律孩子们平等，平分家产，但长子继承家业的遗风犹存，据说运动员、艺人很少有长子。

没有户口问题，进了东京就落地为东京人，但低学历造成他们与同龄城市人的差别，终究是低薪劳动力的来源。《三丁目的夕阳》里，少女六子梦想进大公司当秘书，孰料职场不过是一家个体户，却也和同时代人一样，遥望夕阳中耸立的东京塔，对明天满怀希望。"集团就职"当然也出了名人，例如歌手森进一、小说家出久根达郎。出久根初中毕业后进京，到一家旧书店学徒，十多年后独立，也开旧书店，自学成才，写小说获得直木奖，现在是作家兼店主。二三子问题彻底解决了，农村社会接着出现新问题——长子问题。长子几乎不能选择自己的人生，读书越多越感觉郁闷吧，剩在乡下的孤寂，找对象都难，虽然生活可能比那些在城里处于下层社会的二三子富裕。好些太郎不安于热土，也一去不返，农村里后继无人。

《三丁目的夕阳》第三部的广告词这么说：不管时代怎么变，也因有梦想而向前。2012年东京又建起一座电波塔，这次叫"东京空中树"，日本出现新高度，高过广州"小蛮腰"。经济依然不景气，人们仰望它，眼里又充满希望吗？

日本人与英语

日本人与英语好像是一对冤家。

1600 年，日本人破天荒听到英语，是英国人亚当斯说的。他随荷兰船横渡太平洋，漂到了日本，当时尚未任征夷大将军的德川家康接见他，言语不通，先用手比画，再借助葡萄牙语。美国电视连续剧《将军》的原型即取自这位亚当斯，由理查德·查伯兰主演，而岛田洋子扮演通译，美女出场，故事就少不了爱情。亚当斯被家康扣留，封为武士，充当外交顾问，但后来幕府施行锁国之策，只准许中国、荷兰在长崎通商，亚当斯被冷落，郁郁而终。他有日本名，叫三浦按针，横须贺市有按针冢，伊东市每年举办按针祭，大放烟花。

岁月不饶人，德川幕府也到了晚期的 1808 年，一艘英国军舰挂着荷兰旗闯入长崎港，强索补给，过惯了太平日子的长崎守备掂量了一下兵力，只能是一一照办。幕府大为恼火，令长崎通译习英语，是为日本人学习英语之始。又过了四十年，印第安人和白人的混血儿麦克唐纳认定母亲的祖先是日本人，乘捕鲸船来到日本近海，漂流上岸，被关进长崎监狱，隔槛教通译英语，就成了日本第一个以英语为母语的英语教师。 1854年彼理率美国舰队叩关，麦克唐纳的学生派上了用场。 原本小渔村的横滨开港，洋话横行，小贩和人力车夫的洋泾浜英语说得尤其溜。 学会荷兰语的福泽谕吉到横滨观光，发现"看什么都不是我认识的文字"，大为沮丧，但立马转向学英语。几年后幕府兴办洋学校，也教授英语。 推翻了幕府，明治新政府便放弃"攘夷"的口号，转而"向世界求知识"，往外派留学生，往里雇外国人教书。 如痴如狂学英语，高等教育全部用英语或德语法语，培养出宫部金吾、内村鉴三、新渡户稻造、冈仓天心等一代英才。当时现代日语还没有形成，他们用英语写作，如内村鉴三的《代表性日本人》、新渡户稻造的《武士道》、冈仓天心的《茶书》，犹如过去用汉文书写，又好像中世纪欧洲人书写拉丁文，自然而然。"说话作文比一般美国人还好"的植物学家宫部金吾日后说：我们受了一种变态教育，国语汉文只小时候学过，后来全是跟外国人用英语学数学、地理、历史等。 汉学素养少，如今感到非常不方便。

之所以不方便，是因为诸行无常，三十年河东三十年河西，对全盘西方化的反动，国粹主义风潮高涨。 有人创刊了杂志《日本人》，政府也主张用日语上课了。 夏目漱石比宫部、新渡户晚生六七年，曾留学英国，在东京帝国大学（现东京大学）教过四年英国文学。1911年写道：学生的外语能力比以前衰退实在是正当的现象，没什么不可思议，这也是日本教育发展的证据。 我们上学的时代，地理、历史、数学、动植物以及其他学科都是用外文的教科书学。 比我们更早点的人，很多连答案都要用英语写。 从独立的国家这一点来考虑，这样的教育是一种屈辱，完全是英国的属国印度那样的感觉。随着国家生存的基础变坚固，那种教育自然该失势，至当无疑。

这种屈辱观发展，到了 1942 年跟美国开战时，"文明语"英语被视为"鬼畜话"。 外来语统统都改用日语，例如ピアノ（piano）叫钢琴，レコード（record）叫音盘，地名也得用汉字，ハリウッド（好莱坞）改作圣林（其实是误译）。 战败了，人们跪在皇宫前哭天抢地，但有个叫小川菊松的出版人，恭听了昭和天皇宣读降诏，抹了抹眼泪，立马筹划出《日美会话手册》。 编辑用一夜工夫拟出日文原稿，找人译成英文，也就三十二页。 1945 年 8 月 30 日麦克阿瑟将军叼着大烟斗走下军用飞机，三个月后，这本粗制滥造的小册子销行三百六十万册。 若不是纸价飞涨，还将印下去。 日本人转向之快，令小学二年级的养老孟司对世间的常识产生了怀疑。 钢琴重新叫ピアノ，很快就无人认得钢琴二字为何物。 战败六十多年来日本人不屈不挠学英语（美国话），繁荣了出版，教人学英语的书时见畅销，例如1950 年代的《日文英译修业》《怎么读英文》，1960 年代的《美国口语教本》《考试出的英语单词》（1967 年出版，四十多年来印了一千八百多万册），1970 年代的《为什么搞英语》，1980 年代的《日本人的英语》，1990 年代的《能用英语说它吗》。 21 世纪又出版百余种，如《"超"英语法》。

英语是手段还是目的，日本人始终拿捏不定。 自明治维新以来，废止日语论层出不穷。 1873 年在空前绝后的英语狂热中，时任文部大臣的森有礼提出拿英语当国语。 战败后重现明治之初一边倒的景象，志贺直哉主张用法语取代日语，有趣的是这位文学家却不懂法语。 2000 年首相的智囊们以全球化时代须具备与世界对话的能力为由，献策把英语当作第二通用语。 2011 年发生了地震、海啸、核泄漏，日本被世界注目，一位新闻报道官用英语发布信息露了脸，英语问题又摆到国民面前，仿佛一场灾难过后人人都得答记者问。 这就让成毛真不以为然，2011 年 9 月他出了一本书，题目很打人：九成日本人用不着英语；副题更具有挑衅性：别给英语产业当冤大头！成毛当过微软日本法人董事长，很有点现身说法的意思。 日本 1960 年出国仅几万人，1980 年超过一千万。 出版产业的规模还不到二兆日元，而英语产业为三兆。 实际上只有一成日本人能用上英语，其他九成人学英语不过是浪费人生。 问题不在于像殖民地一样普及英语，而在于这一成人把英语搞得更好些。

常有中国人笑日本人学不好英语，甚至并不会英语的人也这么笑，反正日本的人与事都可笑。 确实，学校学的英语不能用，是日本的老大难问题。 据说，起初日本人学习英语的法子跟他们理解读惯的汉文是一样的，那就是逐字逐词地译述。 1920 年代英国的语言学家帕尔默应邀来日，试图对英语教育进行改革，但日本人被汉文训练出来的头脑怎么也不能把英语当英语学，非变成日语再理解不可，他逗留日本十四年，铩羽而去。 精通汉语的高岛俊男甚至觉得，汉文的黑乎乎影子像恶魔一样把爪子立在日本英语的背上。

当然也有人不把英语当回事，例如养老孟司，是解剖学家，年轻时用英语写论文，发现丧失了日语表现所特有的微妙感觉，所以当上教授以后再也不写英语论文。 他用日语写通俗读物有销路，《傻壁》一书印数高居日本出版史第四位。 又一位益川敏英，2008 年与人同获诺贝尔物理学奖，他从小讨厌外语，考研德语交白卷，英语也一塌糊涂。 纯粹一日本原装，去瑞典领奖才第一次出国。 用英语说一句"对不起，我说不来英语"，然后毫不犹豫用日语演讲。

但电视上常见日本首相站在欧美领导人当中，一副落落寡合的样子，莫非对日语到底没自信。

精明与精细

    1980 年代兴起出国潮，当我这个东北汉子随大流来到日本时，似乎大街小巷净是福建人、上海人。 身处异邦，异邦中还有个异乡。曾问过一位上海朋友，上海人跟日本人有什么不同，他说：日本人精细，上海人精明。 为人都很精，但日本人精于细。 老舍在《四世同堂》中写道："在大处，日本人没有独创的哲学，文艺，音乐，图画，与科学，所以也就没有远见与高深的思想。 在小事情上，他们却心细如发，捉老鼠也用捉大象的力量与心计。 小事情与小算盘作得周到详密，使他们像猴子拿虱子似的，拿到一个便满心欢喜。 因此，他们忘了大事，没有理想，一天到晚苦心焦虑的捉虱子。"从此稍加留意，便随处见识日本的细节。 至于上海人怎么精明，毕竟在日本，终于没多少机会领略，只是听说些成功故事。

    细节呈现国民性。 例如乘自动扶梯，这在中国也早已是一个日常，并且制定着规矩，例如靠一侧站，留出一侧给人行走，其实，这样乘用恰恰易造成事故。 乘电梯一直没规矩。 在日本，电梯来了大家赶快上，但不是争先恐后，蜂拥而上，下电梯时，站在按键旁边的人不会扬长而去，而是按住键，让其他人先下，自己最后一个出电梯。中国人似乎从不考虑这样的细节，没有人按键关照大家。上电梯时抢着上，很有点一万年太久只争朝夕的劲头儿，下电梯时抢着下，落后就要挨打似的。

所谓国民性，积习而成，说高了就是教养或修养。有文化不等于有教养。曾遇见几个访日者，文质彬彬，显然在中国都不是普通人，站在电梯口你推我让，你先请、你先请，拉拉扯扯挡住别人上电梯。这种让领导先走的修养到了日本就不免令人讨厌。他们乘电梯也谦让，被让的人赶紧一边道谢一边上，以免耽误事。倘若你掉了东西，日本人不仅招呼，还会弯腰捡起来交给你。你道一声谢，各走各的路。若走在中国大街上，被人叫一声：哥们儿，掉东西了。你刚要道谢，他却还有话：掉了东西都不知道，傻了吧你。你只好尴尬地笑笑。不料，有的人多话饶舌，竟没完没了，直到你尽失感谢之心，甚至被惹烦惹恼惹怒，好事变成了坏事。

美在细节。日本大男人也迷恋小东西。走进文具店，真无愧于我们古人创造的琳琅满目这个词。常说日本人善于改造，言外有不善于创造之讥。所谓改造，工夫就下在细节上，越做越细。例如"和纸"，夸它的人越来越多，乃至被列入世界文化遗产，没听说中国网民像跟韩国人争夺端午节那样跟日本人争夺造纸发明权，莫非自知早不如人家。

我们也注意细节，往往更强调细节的含义，不拘小节甚至是不同凡响的高格调，而日本关注的是细节本身。 中国做工也很细，但这种细每每是做给皇上。 什么东西一旦做得好就会被皇家垄断，老百姓生活的定义是粗糙。 日本人拿来人家的好东西，拿到生活里，生活也仿佛艺术化。

细节是质量。 成都东站有中国银行的贵宾休息室，桌子上摆着Wi-Fi密码，却怎么也上不去，问一个漂亮得不会笑的服务员，说：全都小写。 我不禁像鬼子进村，暗骂了一声。 就这么一张纸，都不能换上正确的写法。 从北京国际机场起飞，说是关闭了一条跑道，等待起飞的飞机排起了长龙，景象够壮观。 幸而坐的是日本飞机，椅背电视直到落地还播映，看完了两部电影，加一个片头。 中国飞机上也有电视，但起飞好久也不亮，离降落远远就漆黑。

日本人用心于细节，中国人看见就撇嘴，说他们死性，而中国人最大的本事就是在细节上耍小聪明。 遇见红灯，日本人老老实实站着等，而我们绞尽脑汁闯过去。 计较细节，也是中国人跟日本人谈不拢的原因之一。 我们好整数，像食品保质期一样 1 年或 6 个月，好不容易在包装上找到制造日期，还得自己算哪天过期。

不过，有时也觉得日本细到了无聊的地步。 例如女人上厕所，用模拟器模拟流水声，遮掩胯下尿流鸣溅溅，听说当今手机也有此功能。 想到他们还男女混浴，并用来招揽游客，这个羞耻心真令人匪夷所思。

漫画你学不来

常有人抵制日货，其实是抵制不了的，因为好多 made in China 也含有日本的技术或元素。 就连一些词语也如此，譬如漫画，古已有之，现而今我们通用的意思却是 made in Japan，几乎把连环画一词也取代了。 漫画，日本读若 Manga，字正腔圆地收入牛津英语大辞典，很让日本人骄傲，因为这表明它走向了世界。 起初也不是主动迈开双腿的，而是被亚洲诸国生拉硬拽才登上世界舞台。 有意思的是，他们自己反而很常用英语 comic，听来挺像"好迷糊"，似乎就少了点民族文化的底气。 据《日本漫画 60 年》一书，英语 Manga "是指以科幻或奇幻为题材的日本连环画和卡通电影"，涵义跟日本不完全一样。 说来这个词在日本就比较暧昧，有时也用作统称，但"好迷糊"与"阿你魅"（anime，动画片）还是两码事，前者属于出版文化，后者是影视艺术。

《日本漫画 60 年》是英国人保罗·格拉维特写的，写道："西方人对日本漫画往往有许多先入为主的偏见：'所有的人物都有一双芭比娃娃似的大眼睛'，'那些漫画杂志像电话号码本一样厚'，'商人们在公共场所、在火车上贪婪地看这些书'，'这些书充斥着色情和暴力'。"不过，我倒觉得这些说法都不偏，正是日本漫画在创作、出版、阅读上形成的特色，给见识过日本的外国人留下了印象。不消说，如今是网络时代了，此类印象也有些过时。作者申明"对日本漫画不作褒贬"，其实是予以全面肯定。但诚如作者所言，"日本漫画是如此的不顾后果和责任"，以致走上世界也不免尴尬。例如，1991年在英国，"日本主办方不愿意过多展出具有成人色彩和令人难堪的漫画"，2001年又是在英国，"英国的评论家不断地提醒民众日本的漫画是色情作品，即使整个展览中只有一页图是露乳的。然而，这一页裸露画也被迅速遮盖起来，因为在布莱顿的家庭娱乐日展出时，此页遭到了投诉"。

日本为什么能创出独具特色的漫画呢？

保罗·格拉维特说"漫画，也就是连环画，如果没有西方卡通画、讽刺画和报刊连环故事画对日本悠久的文化传统的强烈冲击和瓦解，也就不会诞生现在的日本漫画"，这话似有点本末倒置。虽然遭受了西方文化的强烈冲击，日本悠久的文化传统却不曾瓦解。这种文化传统的本质是什么呢？漫画性，日本文化几乎天然地具有漫画性，也就是笑。日本最古老的史书《古事记》里女神跳起脱衣舞，惹得众神大笑。能与狂言是日本最具代表性的戏剧，起初叫猿乐，模仿猴子舞之蹈之，可笑是可想而知的。俳谐与歌以咏志的汉诗相对照，就是用来逗笑的。浮世绘的主要部分春宫画也叫笑绘，夸张得笑死人。所谓卡哇伊，也无非文化漫画性的表现。一个民族拿来人家的思想或文化，总是用笑来缓解心理上的承重，哪怕是自嘲。中国文化向来排斥漫画性，道貌岸然，甚至我们的连环画骨子里也没有漫画性，所以，简直可以说日本漫画我们根本学不来。

当然，漫画是在西方影响下现代化的。例如最让人们惊叹的所谓"分镜头的切换运用"，保罗·格拉维特告诉我们："这些被称之'电影技术'的视觉叙事的新方法，在19世纪初就被西方卡通艺术家们率先尝试过了，比电影导演们在电影中真正运用这种方法还要早。到20世纪30年代，超写实主义、移位摄像机角度以及快速剪辑变成美国连环漫画和电影的常见语言，但这些技术在日本几乎都看不到。"20世纪50年代以后把这种手法用到了极致的手冢治虫说过，日本动画片是好莱坞与迪斯尼的仿制品。大众文化评论家大冢英志甚至说："日本漫画所具有的国际性及普遍性不过是因为我们战前与被占领下两度接受迪斯尼所具有的普遍性及国际性罢了，不要误认为'日本文化'被世界接受什么的，有必要冷静地认识这一点。"

但是要知道，日本美术自古有连环画或电影的表现方式和阅读习惯，那就是"绘卷"。画卷横向展开，从右向左，空间连续变化，时间也是流动的，动态地观赏。漫画在一页上的分格仍然是这样的顺序。寺庙多用绘卷演义寺庙的历史。四大绘卷之一《鸟兽人物戏画》是国宝，被视为漫画之祖。日常生活中常见的屏风画每每也具有连续性。"六曲连环"，既分隔又连接，若缩到纸上，不就是漫画的分格么？中国的条屏，四条屏也好，八条屏也好，即便画春夏秋冬，即便草书一首诗，也是一条条分断而独立，只有笔意或意境的连续。这正是中国连环画与日本漫画自在表现方式上的截然不同。

绘卷是日本绘画史的代表性领域，但漫画几乎不算作美术。比起美术性，漫画更重视的是故事性。漫画批评家多是从符号学、电影手法、大众文化之类的角度批评漫画。某漫画获奖，评审者说画得不好，但故事编得有意思，中国人或许会觉得这评语不可思议，因为我们从来用美术的标准看待漫画。刘继卣、贺友直可能画不来《丁丁历险记》《海贼王》，更可能不屑于画。好像中国大力发展的主要是手冢治虫、藤子不二雄创作的那种漫画，给孩子们看的。我们的连环画更近似日本倾向于写实的"剧画"。有人说"连环画，现在已经 Finish 了"，败给了日本的漫画，恐怕主要是败在编故事上。据说好莱坞电影投资差不多一半都用于编故事。日本战败后漫画发展起来，铺天盖地，动画片乃至电影从中挑肥拣瘦，搬上银幕荧屏，一将功成万骨枯。没有发达到泛滥的漫画出版，不可能有动画片赢得世界声誉。

漫画是大量生产、大量消费的快餐文化。对于漫画，日本的舆论也并不一律。当今任副首相的麻生太郎当年做首相时说过：动画片、漫画、电子游戏等是今天日本文化走向世界的中心性内容。他自诩漫画迷，可作为老同学，动画片巨匠宫崎骏替他害臊：看就看呗，满大街张扬什么。

文质彬彬的小说家石田衣良说："日本要是没有了，世界上遗憾的也就是失去漫画和电子游戏罢了。"

辞书的思想

蜗居小书架的底层有几种辞书，最厚重的四本是日本国语辞典：《广辞苑》《大辞林》《大辞泉》《日本语大辞典》。并非对辞书有什么偏好，而是 1980 年代末东渡以后，这些个中型辞典（辞条数量大约是中国《辞海》的两倍）或新编或改订，先后上市，大概当时有志于精通日语，就相继买了来。各有特色，譬如岩波书店《广辞苑》的释义编排从本义到引申义，其他辞典则着眼于现在使用的意义。三省堂《大辞林》跟《广辞苑》一样坚守国语辞书的传统，黑白分明，而小学馆《大辞泉》和讲谈社《日本语大辞典》重视百科辞书的功用，色彩斑斓。

"字典""辞典""事典"在日语中音读相同，难以区分，所以也特意用训读。现存最古老的辞书是空海和尚于 830 年起的数年间编纂的《篆隶万象名义》，收汉字约一万六千，其实是中国字书《玉篇》的抄录。19 世纪至 20 世纪欧美各国盛行编辞书，以统一国语，明治政府也为了跻身列强之列，将日语统一为国语，命大槻文彦编纂《言海》，费时四年完工，但事在大清国战败赔款之前，拿不出钱来出版，大槻文彦于1891年自费付梓，日本便有了第一部近代化国语辞书。战败后改革国语，语言学家新村出坚决反对，1955年他编纂的《广辞苑》问世，看见"廣辭"这两个汉字被简化为"広辞"，痛哭了一夜。这个《广辞苑》至2008年修订了六次，有国民辞书之誉。

辞书是一个民族的知识积累，国家统一、文化兴隆时大都要编纂辞书。 粗制滥造对于文化是破坏，罪大恶极。 在出版事业中，编辞书用功最苦，故事也就多，读来有趣，足以励志。 2011年女作家三浦紫苑出版了一本小说叫《编舟》，意思是"辞书乃渡航词语之海的舟船，而编辑打造这舟船"，2013年改编成电影上演，得了不少奖。

以前读过新村猛的《〈广辞苑〉的故事》，记述他父亲新村出编纂《广辞苑》的历程。 辞书提供知识，也普及教养。 它的选词、举例反映社会及时代，释义更具有思想性。 新村出写过一首和歌：翻阅广辞苑，该收入雾霾一词。 "雾霾（smog）"由"烟（smoke）"与"雾（fog）"合成，1905年伦敦医生最先用来指污浊的空气。 日本经济大发展带来严重污染，自1960年代"黑雾霾"、"白雾霾"相继为害，造成公害病"四日市哮喘"。 大阪举办世博会的前一年（1969年）《广辞苑》印行第二版，收入这个词，而新村出已于此两年前去世。

犹记来日本之初，见到一本书，名为《国语辞典中的女性歧视》，不由得惊奇，原来辞书里还有这么多说道。 二十多年过去，最近又读了一本书，题名更吓人，叫《〈广辞苑〉的陷阱》。 所谓"陷阱"，作者水野靖夫告诉读者们:《广辞苑》"偷偷设下了会让人讨厌日本的陷阱";全书有六章,除了一章日本近代史,五章分别是与朝鲜、中国、俄国(苏联)、美国的近代关系史以及战后外交关系史,恣意揭发"被歪曲的近现代史"。然而,日本的近现代史若撇开与外国的关系几乎就无从谈起。常有人佩服日本人,说他们写历史往往把日本或中国置于"东洋"的范围来考察,但说穿了,某些人别有用心,仿佛这么一来就可以相对地缩小中国的历史价值及文化意义,放大或凸显了日本。

作者明言,此书的构思及立意来自他"亲炙"的渡部升一。这位以右翼闻名的论客经常是满嘴昏话,例如,他说日本侵略中国、与美国打仗都是中国和美国的阴谋。渡部十几年前与盟友谷泽永一合著过一本《〈广辞苑〉的谎言》,被人以损毁名誉控告,上市不久即绝版。水野靖夫在银行勤务一辈子,退休后当日语教师。老而向学,古稀之年写出这本书,当然不可能指望他的历史学识。他有样学样,关于中国,像渡部一样言必称支那。

"支那",《广辞苑》初版简单地释义为"指中国(源自'秦'的转讹)",第二版改为"外国人对中国的称呼,最初出现于印度佛典,我国江户时代中期以来使用",第三版又添加"到第二次世界大战末使用,近时避免'支那'的表记,多写作假名"。《广辞苑》在相当程度上是日本的良知乃至良心,但水野调查了初版到第六版,认定随着版次的增加,这部辞书的思想变本加厉,由"左翼"转向"反日",例一是关于"安重根"的释文。朝鲜人安重根击毙了日本第一任首相伊藤博文，不久前在中韩首脑倡议下，行刺地点哈尔滨为这位抗日义士开设纪念馆，以资友好。《广辞苑》第四版增加了"安重根"辞条，写明"在韩国、北朝鲜称作义士"；在"伊藤博文"辞条中，初版写他"被韩人狙击而亡"，第二版改为"被韩国人安重根暗杀"，第三版以后又改为"被韩国独立运动家安重根暗杀"，对此，水野大为恼火，质问"《广辞苑》为什么如此奉承暗杀了我国功臣的恐怖分子"。

关于"尖阁诸岛"（钓鱼岛群岛），《广辞苑》释义为"冲绳县八重山群岛北方约一百六十公里的小岛群，属于石垣市，无人岛。中国也主张领土权"。水野愤然攘臂，主张这么写："1895（明治二十八）年日本确认是无主岛，划入领土，后贷与民间人，进行制造木鱼等经济活动。1968（昭和四十三）年海洋调查发表了埋藏丰富的石油资源，台湾、中共政府相继主张领有权，其后屡屡侵入我国领海、领空。"在他看来，敢于面对史实的前首相鸠山由纪夫、诺贝尔文学奖得主大江健三郎都纯属日奸。

《〈广辞苑〉的陷阱》内容大部分与中国有关，这也是日本人的无奈，因为它还没完全走出原始社会时，旁边就给它备下了一个高度先进的文明。其实不值得一驳，甚至不值得一读，不过，要知道的是，日本一些人岂止满足于修订几本历史教科书。

国人好辩

开放之初，日本影视进来了，把人们看得如痴如狂。好像最知名的是高仓健，其他演员都是以角色出名，如《追捕》的横路敬二、《血疑》的大岛茂。我喜欢演横路敬二的演员田中邦卫，人长得有趣，尤其那张嘴，好像说话都费劲儿，居然大专读的是英语专业，还当过老师。他当演员也正经是科班出身，高仓健才是半路出家。演大岛茂的演员姓宇津井，跟高仓健一样，名健。长得太端正，好像只适合扮正人君子。不过，我不喜欢大岛茂这种人物，闷头闷脑，一句话的事，可他就是不说，电视剧死乞白赖往下演。高仓健酷在哪儿？也酷在不多话，一脸的严峻。凡事不作声地扛着，一旦露峥嵘，动起五把抄，挨打的都是多话的人。

侨居日本多年，真交往了几个"大岛茂"，八竿子打不出一个屁来，也就难怪公司多"顽蛮"（one-man）老板，独断专行。日本土著的神道没有开祖，没有教义。山川草木，神无所不在，有八百万之多，自然是"祭神如神在"。佛教有浩繁的经卷，甚至要辩经，而神道没什么内容就只好沉默。《万叶集》里有一句和歌：苇原瑞穗国，谨遵神意不作声。 俳句简直是一种不辩的艺术，好像刚张嘴，就被人断喝一声：闭嘴吧。 日本还叫倭的时候遣使朝拜，还带来几十个和尚学佛法，但国书写"日出处天子致书日没处天子无恙"云云，连个国名都没有，令隋炀帝不悦。 不过，莫非为远征高句丽布局，第二年我们的暴君还是派裴清出使日本。 这位文林郎见到了倭王，也见了一些大小官员，那时日本人给中国人的印象是"人颇恬静，罕争讼，少盗贼"。 明治维新以来日本唯西方的马首是瞻，欧洲人或美国人说他们啥样就啥样，其实，最能论明白他们德行的是中国人。 20世纪法学家川岛武宜还这样说：西方人动不动法庭上见，在日本人看来是怪人、爱争吵、诉讼狂。 避忌对簿公堂的态度深深积淀在日本人心底。 传统意识里权利、义务都若有若无，不喜欢把这些玩意儿弄得很明确，可丁可卯的。

村上春树的小说《没有颜色的多崎作和他的巡礼之年》写得很无聊，整个故事就是由日本人凡事不说清的性格引起的。 四个大学生的姓里都带色儿，青红皂白，他们什么也不说就跟姓里不带颜色的主人公绝交，弄得他直想寻短见。 过了十六年，主人公回老家去问个究竟，这就是他的巡礼。 有个西方女人说她讨厌日本男人，默不作声，突然扑上来，像条狗。 日本人打俄国、打美国都是不宣而战。时常在电视上看见答记者问，美国人潇洒，中国人做作，而日本人无精打采，好似日光东照宫马厩上雕刻的不看不说不听的猴子。 日本人不擅长演说、辩论。 最大出版社讲谈社创业之初叫大日本雄辩会，从雄辩变成讲谈（评书），似乎也说明日本人终究不是能雄辩的动物。武士万不得已，只好切肚皮，亮出肺腑给人看。石原慎太郎很有点另类，人老矣，网页却叫作"宣战布告"。他早就对美国宣战：日本可以说 NO。至于对中国，他总在那儿叫战。

沉默不语未必是谦让、忍让或退让，日本有个词："默杀"，用沉默杀人。有这么一段默杀的公案：1945 年 7 月 26 日美、英、中三国发表波茨坦宣言，要求日军无条件投降。日本政府首脑们指望苏联斡旋，但军部为振作士气，逼首相表态。于是，首相对记者说：本政府不认为这个宣言有多么重大的价值，只须予以"默杀"，断然把战争进行到底。电波传遍世界，美军立马出动两千架飞机轰炸日本各地，8 月 6 日往广岛丢下原子弹。有人说译者把"默杀"这个词翻译错了，害苦了日本。还有人说，美国任意把"默杀"曲解为拒绝，为投放原子弹辩解。但言犹在耳，日本首相明确表示了不予理睬，继续打下去，哪里怪得了别人呢。

相比之下，我们中国人好辩。你说他一句，他有十句等着你。尤其北京人，嘴可真是贫，大概那才能显出自己是趴在天子脚下的吧。俗话说，祸从口出。今人爱说禅，禅宗有《百丈清规》，其一，"是非以不辩为解脱"。在中国也著名的谷崎润一郎曾比较日本人与中国人，写道：

"国语和国民性有密不可分的关系，日语的语汇贫乏未必意味着我们的文化比西方或中国差，反倒不如说证明我们的国民性是不多话。我们日本人能打仗，但是一到了外交谈判，因为讷于辩，总是不如人。在国联会议上，日本外交官屡屡被中国外交官驳倒。我方有十二分正当理由，但各国代表被中国人的伶牙俐齿迷惑，对他们同情。自古中国或西方有以雄辩闻名的伟人，但日本历史上几乎找不到。相反，我们从过去就有轻蔑能言善辩之徒的风气。实际上，第一流人物多沉默寡言，一旦变成雄辩家，往往就沦为二流三流。所以我们不像中国人、西方人那么依赖语言的力量，不相信口才的效果。"

国联会议指的是 1931 年发生九一八事变，国联理事会以十三票比一票通过决议，要求日本撤兵。日本舆论大哗，归罪于大使的外语说得太不行。谷崎不愧为文豪，在一本讲写作经验的著书中随手拈来了时事，搂草打兔子，用"讷于辩"的国民性诡辩日本的侵略。对这种强词夺理，也不必再言。

右翼，以及左翼

说日本事情，常用右翼、左翼的标签，阵容看似分明。在我们的印象里，左翼是友好的，右翼反华。游览东京，时见大街上驰过囚车似的面包车，通体黑得刺眼，画着太阳旗、比皇徽少一两瓣的菊花图案什么的，震耳欲聋地播放旧军歌，真够瘆得慌，那就是右翼。但若问什么是右翼，谁算作右翼，可又说不清。

左翼和右翼的说法出自法国大革命时期。1789 年，法国召开国民议会，议长从台上往下看，人以群分，要打破旧体制的激进派都坐在左边，右边坐着维持旧体制的保皇派、保守派。旧体制推翻，满场都是激进派，这回该他们分裂，比较保守的坐右边，更为激进的坐左边。保守派失败，更更激进的再分裂，右翼与左翼无穷匮也地产生。

明治时代（元年为 1868 年）日本尚未从法国拿来左翼右翼之类表现政治立场的用语，当时的左翼可说是自由民权主义者，右翼是玄洋社。芥川龙之介写于 1920 年代的《侏儒的话》里出现"左翼"、

"左倾主义"这些词。 左翼是从欧美输入的近代思想。 据词典解释，右翼是保守的、国粹的思想倾向（的团体或个人）。 他们珍重本国的传统文化，讨厌外国文化，证据之一是喜欢用汉字，团体名称没有用外来语的。 一大特征是尊崇天皇家。 江户时代（1603—1867）天下知道有德川将军，不知道有天皇，水户藩主德川光国是德川家康的孙子，基于儒家的忠君思想开创水户学，主张把政权交还天皇家。 深受其影响，维新志士们尊皇攘夷。 明治新政府上台，为富国强兵，从攘夷转向全盘西化。 德川光国可算是右翼的鼻祖。 武士之子头山满继承举兵反抗明治新政府而自裁的西乡隆盛的遗志，1881 年在福冈成立了一个政治团体"玄洋社"，被视为近代右翼之始。 1901 年玄洋社的社员内田良平设立"黑龙会"（名称取自黑龙江，战后被驻日盟军总司令部作为最危险的右翼团体解散）。 他们崇拜天皇，鼓吹国粹主义、大亚洲主义、对外扩张主义等。 所谓大亚洲主义，意思从西方帝国主义殖民下解放亚洲。 从明治到昭和时代，左与右的最大不同在于承不承认天皇制，现而今明言废除天皇制的左翼已少之又少。1994 年暴力团"山口组"请一位左翼律师当辩护团团长，组长担心被认作左翼，律师回答：判别左右的一个关键是对 20 世纪那场战争的看法，左翼认为是侵略战争，右翼认为是正义战争。 组长说：日军打到别国去了，当然是侵略战争。 21 世纪以来左右两翼的分别主要是肯定或否定和平宪法。 当今天皇表现为维护和平宪法，与近几十年来主张反战和平主义的左翼异口同声，反倒是右翼跟天皇唱反调，煽动修宪。

右翼不大像左翼那样上街游行，而是满街跑宣传车。 右翼和暴力团都尚黑，服装是黑的，1960 年代出现街头的宣传车也是黑的。据说也有白色的，但绝对不用红色。左翼喜欢搞人多势众，有知识分子气，右翼爱显示肌肉，作风野蛮。思想团体的右翼与黑社会的暴力团难以区分。警察对暴力团强硬，对右翼硬不起来，因为是思想团体。于是右翼对警察就强硬，对暴力团不敢来硬的。暴力团向左翼的游行索要保护费，对右翼宣传车在地盘上活动不大干涉。1987 年竹下登候选自民党总裁，右翼的日本皇民党采取捧杀的手段攻击，满大街喊"让日本最会赚钱的竹下登当总理"，竹下最终找暴力团从中说合。

十月革命一声炮响给日本送来了左翼右翼的概念。左翼爱表白自己左，而右翼向来不承认自己右，他们不是鸟，而是日本的王道。1960 年发生安保运动（反对修改日美安全保障条约），左翼有翻天之势，警察找右翼、暴力团、宗教团体等协助对抗，这时右翼才公然亮出了右翼的旗号。当今右倾化，过去认为右的观点越来越近乎社会常识。保守系统的媒体比右翼更右，书店里反中反韩的书成排，甚至叫嚣跟中国、韩国断交。右翼的二十一世纪书院代表说：讨厌朝鲜、中国也要搞好关系，因为日本不可能搬家。关于竹岛（独岛）问题，右翼的大日本爱国党总裁赤尾敏也不过说：如果解决不了，干脆把竹岛炸掉。

靖国神社是右翼的圣地，而三岛由纪夫被视为右翼象征性人物。1970 年 11 月 25 日他混入自卫队驻地，在官兵的叫骂中挥动拳头说：你们当中没有一个跟我一起造反吗？那还算什么武士！看透你们还不愿为修改宪法站起来，这下子我对自卫队的梦破灭了。那我就在这里喊天皇陛下万岁。三呼万岁之后就拿刀切了肚皮。实际上，右翼起初只把他成立民兵组织当作小玩闹，而且攻击深泽七郎的《风流梦谭》侮辱天皇时，传闻在同期杂志上发表《忧国》的三岛推荐过这个作品，也给他寄来恐吓信，警察保护三岛两个月。但今夕何夕，四十多年过去，2014 年末众议院选举，以安倍晋三为首的自民党大获全胜，三岛由纪夫的修宪梦指日成真。不过，创立右翼团体一水会的铃木邦男说：今天三岛要是活着，会反对今天自民党的修宪方案吧。因为照今天这样搞，自卫队只会成为美国的雇佣兵，美国让出兵就出兵。

评论家佐高信是唯恐天下不知其左的评论家，他说：左翼关注社会，右翼关注个人，他要用右翼的方法反权力。2013 年出版的杂文集《当今日本尽鹰派》列举了五个有害的鹰：石原慎太郎、猪濑直树、安倍晋三、桥下彻、北野武。2014 年出版的杂文集《安倍政权十大罪》又开列安倍政权的罪状，外一条"特别大罪"：参拜靖国神社。他谴责安倍突然参拜靖国神社，连美国都表示失望，是和 1933 年退出国际联盟发动战争一样的愚蠢行动。

在日本之外的世界，历史是翻了一页的，而日本始终在改写过去的一页，涂涂抹抹。我们拼命要记住的，他们从不曾忘却。自以为是的人常常会一厢情愿。要知道，人家即便是左翼，爱的也是他自己的国家，喝酒时喊喊哥俩好，或许有修养，不当面说坏话。有一位左翼学者被几个中国弟子捧上天，请到中国来给他庆寿，其实他打心里厌恶中国。

九 条

　　九是可爱的数字。 贝多芬有"第九交响曲",我们有"老九不能走",日本对"九条"议论纷纭,乃宪法第九条也。

　　日本被美国炮舰叩开了国门,改革开放,明治二十二年（1889年）制定《大日本帝国宪法》,第一条是"大日本帝国由万世一系之天皇统治"。 20世纪日本打了四十年仗,以失败告终。 1946年公布《日本国宪法》,第一条"天皇是日本国的象征,是统合日本国民的象征,此地位基于主权所在的全体日本国民的意愿"。 此为新宪法,钦定的明治宪法作废。 当过少年兵的作家城山三郎说:"战争使我们失去一切,因战争而得到的只是宪法。"

　　这部宪法第九条写道:

　　"日本国民诚心希求以正义与秩序为基础的国际和平,永远放弃将国权发动的战争及武力威胁或武力行使作为解决国际纠纷的手段。"

　　"为达成前项之目的,不拥有陆海空军及其他军事力量。 不承认国家交战权。"

对于新宪法始终有改宪、护宪之争,当今首相安倍晋三汲汲于改宪,主眼就是要修改第九条。他第一次组阁时操之过急而失败,第二次组阁改变了策略,先恢复经济,提高支持率,然后再就势改宪。宪法当然不是永远不能变的"祖宗家法",问题在于以什么样意图怎么样改变它。

宪法第一条明记主权在民可说是时代之大势所趋,但一个好战之国,居然把永远放弃战争也写进宪法,就当时的政治常识来说,令世界惊诧。它是如何诞生的呢?

1945 年 8 月 15 日接受波茨坦宣言,日本向联合国投降。国民有言论自由了,不过,这不是本国政府本该给予国民的,而是叼着锤子似的烟斗占领日本的盟军总司令麦克阿瑟赐予的,如此破天荒的自由反而教作家高见顺感到可耻。麦克阿瑟彻底解除了日本武装,使它永不能再战。10 月 4 日召见东久迩内阁国务大臣近卫文麻吕,示意修改宪法,转向民主体制。币原内阁成立,设置宪法问题调查委员会,国务大臣松本烝治任委员长。各党纷纷发表改宪方案,日本共产党主张废除天皇制,至于放弃战争,在它的"新宪法主旨"里只字未提。次年 2 月 1 日《每日新闻》报登出一份《修改宪法政府试行方案》。所谓修改,不过把"天皇神圣不可侵犯"改为"天皇至尊不可侵犯","天皇统帅陆海军"改为"天皇统帅军"之类,和明治宪法长得差不多,简直是糊弄美国大兵。麦克阿瑟大怒,2 月 3 日晨交下一纸便笺,指示盟军占领军司令部(GHQ)民政局密制日本国宪法草

况且况且况

200

案。便笺上记有三点，即所谓"麦克阿瑟笔记"：1. 天皇是国家元首，服从宪法；2. 放弃一切战争，不保持陆海空军；3. 废除封建制度。草拟宪法的二十五人多是律师、学者，为了打日本而从军，九天的工夫就拿出草案。2月13日，GHQ 民政局局长召见日本外务大臣吉田茂、国务大臣松本烝治，告知不认可日本政府的改宪方案，并拿出GHQ 的草案。两大臣愕然，默默把草案捧回来。

草案的内容太新了，简直是革命。日本政府慌了手脚，搞不清 GHQ 居心何在，2月21日币原首相造访麦克阿瑟，长时间会谈。他这才恍然，原来联合国关于日本占领政策的最高决策机构远东委员会决定2月末召开第一次会议。委员会里有强硬主张废除天皇制的苏联和澳大利亚。远东委员会一旦运作，GHQ 必须服从其指示。麦克阿瑟一心要保住天皇，以免日本人造反，顺利地实施占领统治，因而急于制定一纸远东委员会难以唱反调的和平而民主的宪法方案。早在1928年的巴黎非战公约里已经有放弃战争的观点，但写进宪法，这个日本国宪法就具有划时代的意义。

日本政府于3月2日完成方案，4日呈交 GHQ。几经交涉，例如删除了社会主义式的"土地国有"，于3月5日定案。翌日公布《宪法修改草案纲要》，人们看了无不惊讶，因为与先前《每日新闻》刊登的东西大相径庭，苦于理解。5月22日吉田茂组阁。28日共产党议员野坂参三在众议院追问吉田茂：战争有侵略战争，也有被侵略的国家保卫本国的正义战争，所以不是放弃一切战争，应该只放弃侵略战争。吉田茂说：近年很多战争都是以卫国的名义进行，所以承认正当防卫权会诱发战争。 1946 年 10 月 7 日宪法案在众议院通过，只有六个共产党议员反对。 世事也真是难说，日后誓死捍卫这个新宪法的却是共产党。 日本国宪法于 1946 年 11 月 3 日公布，1947 年 5 月 3 日起实施。 转年 5 月 3 日被定为"宪法纪念日"，放假一天。 11 月 3 日原先是明治节（明治天皇诞辰），后因"这一天是宣布了宪法上任何国家都尚未搞过的放弃战争的重大日子"（作家山本有三语），值得纪念，改为"文化日"。 从战争到和平、文化，字面上日本一新。

为时不久，麦克阿瑟本人头一个把肠子悔青了。 1950 年 6 月朝鲜战争爆发，承担日本占领政策的美军有四个师团被送到朝鲜半岛，他不得不考虑堵上日本防卫体制的窟窿，宪法第九条挡路了。 于是，8 月 10 日 GHQ 发出指令，以补充警察力量不足的名义成立警察预备队，相当于四个师团的编制。 麦克阿瑟后来在美国上议院的证言以及回忆录说第九条这玩意儿是日本方面提出来的，大概与朝鲜战争需要日本再军备的对日政策转向不无关系。

自民党人宫泽喜一当过首相，毕生护宪。 他认为保守不是主义，而是一个生活态度，也可说是一种常识主义。 现今以安倍晋三为首的自民党抛弃"常识主义"，倒行逆施，抛出来修改宪法草案。 就第九条来说，该草案基本保留第一项，而第二项改为："前项规定不妨碍自卫权之发动。"也就是可以行使"集团自卫权"。 还增加"第九条之二"：拥有国防军，可以动用它镇压反政府运动，也可以出兵海外。 事实上日本战败以来一直往增加军费的方向上解释第九条，以至要拥有可以更自由行动的军队，非修改第九条不可。 宪法第九条使日本成为特殊的国家，堪为人类理想之所向，若改掉这一条，不再坚持和平主义的理念与精神，日本将变成什么样的正常国家呢？据舆论调查，认为应改宪的人已超过否认的人。

美国影片《第九区》是一个科幻故事，关于外星人的。美国人给日本也制造了一些故事以及神话。中国与日本交往两千年，而美国跟它打交道才一个半世纪。现代美国对日关系可能是三部曲：始作俑者，再为所作俑解套，最后搬起石头砸自己的脚。走着瞧吧。

落花时节读华章

樱花又落了。

鲁迅也见过的上野樱花"确也像绯红的轻云",而今花下更不缺走向了世界的中国人。 有成群结队的游客,他们看花也看人;有留学生聚在"喷云吹雾花无数"的樱树下喝酒,颇有点"痛饮黄龙府"的气势,但因为早没了辫子油光可鉴,即便把脖子扭几扭也安能辨我是老外了。

"东京也无非是这样",我一直不明白鲁迅说此话的来由,而刘柠是喜爱东京的。 他说: "对我而言,东京则是名副其实的第二故乡——是我在北京之外,唯一居住、生活逾三年的城市。"有了这句话,不消说,他就得写出东京的好来。 他甚至说"本世纪初,哺育了周氏兄弟的神保町书店街,今儿哺育着毛毛",说得也并非不知深浅。 若没有从神保町等处大大小小书店购读的那些书,被书们哺育,恐怕他不会写,也写不来这一本《散都东京——首都圈文艺散步》。

大概这个世界上我们中国人最恣意敲打的,非日本莫属。 因为有传给它汉字文化的恩德，有被它侵略过的冤屈，还有自以为打败它的骄傲，况且它那么小，有什么呀。不管出于什么样的情怀或情结，而今写日本可谓多矣，既有作家论客学者洋洋洒洒地著书立说，又有哈日反日以及貌似广场舞大妈的各色人等在网上畅所欲言，但我偏爱读这个昵称"毛毛"的刘柠。说老实话，本人有点古，不喜欢当下人们自以为有趣的怪词流行语，可他很爱用，我却不反感，因为他自有一份真诚在其中。嘱我作序，畏之如虎也不能峻拒或婉拒，只好树起"一升瓶"清酒，先浮几大白，这才有了点"笔秃幸趁酒熟时"的意思（龚自珍己亥杂诗之一：闭门三日了何事，题图祝寿谀人诗；双文单笔记序偈，笔秃幸趁酒熟时）。况且"屡读屡叫绝，辄打案浮一大白"，也得备好酒。

刘柠不止于读书，还走路。在我的印象里，旅游是远行，去哪里看看什么，很有点隆重，而散步多是在近处走走，优哉游哉，却更带有思考的形象。刘柠是思考者。即便在文艺中散步，思考也油然超出文艺的范畴。每次见到他，我都不禁想起黄遵宪的诗句——那是1877年，距1894年甲午战争爆发，日本还有十多年的近代化时间，黄遵宪随所谓两千年友好以来头一遭驻日的使团渡海，数日后写下"此土此民成此国，有人尽日倚栏思"，所思当然是吾土吾民及吾国。百余年过去，又有刘柠倚栏思，或许是"东方的悲哀"吧。

所谓"散步"，文学的或文艺的，日本这类散文很发达。早在1951年野田宇太郎就开始在废墟的东京散起步来，探访作家的足迹、作品的舞台，题为《新东京文学散步》。起初叫"文学性散步"，似乎太硬性，干脆就叫作"文学散步"。有人不愿用"旧日军"的说法，因为战败后日本只有自卫队，没有军队，没有现任总理大臣安倍晋三公言的"我军"，所以无所谓新旧。野田的文学散步有别于永井荷风的"东京散策"。永井趿拉着木屐在东京四下里寻找的是惜乎逝去的江户，而野田要发现"新东京"，发现希望。他记述与东京有关的文学遗迹，但笔下的东京面貌是现实的。《新东京文学散步》（续写东京，结集为《东京文学散步》）畅销，继续走下去，走遍日本，1977年出版的《野田宇太郎文学散步》有二十四卷之多。

文学有迹可循，或许日本文学是世界上最可以画出地图来的文学。这可能与日本文学最为独特的"描写真实"的私小说有关。倘若只敢把场景设定在临江市靠山屯之类，以免对号入座，读了也无从寻访。刘柠去"首都圈"（东京及其周边）寻访了，背着双肩包，和一肚子学识，寻访文学，寻访文艺。永井荷风的东京，以及新井一二三的中央线，福田和也的各种黄昏，早已是他们感情记忆中的往昔风景，我们看不到，似乎也无须再替他们演义。刘柠说："时光倏忽，一晃小二十年过去了。过去因工作的关系，隔三岔五飞来飞去，直飞到令人反胃的外埠城市，如今都成了渐行渐远、温暖醇美的回忆。正如我已不复是昨日之我，那些城市的变貌也早已溢出了我的想象。好也好，坏也好，这就是现实，只能接受。"那么，他的散步要"散"出些什么来呢？一个中国人，不远万里到外国散步，自然是睁着一双比较的眼睛，外界的日本与内心的祖国在眼中交映，有重影，有错位，字里行间透露着他的思考，明白人自能会心一笑。从思考与批评来说，或许《散都东京》更类似历史小说家司马辽太郎的《街道行》。

《街道行》与其说是纪行，不如说是"散步"，司马借考察日本及其他国家的历史、风俗畅谈他独到的文明观。自 1971 年起笔，至 1996 年去世为止，整整在《周刊朝日》上连载二十五年，结集 43 册。日本人的持之以恒常令我感叹不已。这种恒，不单是作家的毅力，也是出版的操守。似乎我们的出版更惯于游击战，打一枪换一个地方，文化的积累就显得驳杂，没人家精细。刘柠也写到日本出版（出版社、书店）。特别是近代以降，文学与出版密不可分，文学就是书。他写道："对日本社会来说，支撑东洋文化软实力的支柱，既不是东大、庆应、早稻田，也不是东映、松竹、宝塚，而是神保町。这块以东西向的靖国通和南北向的白山通为'龙骨'的'飞地'，麇集了约一百七八十家旧书店和三四十家新书店及众多的出版社、中盘商、制本屋、文具店，藏书量不下于一千万册，俨然一个印刷活字城。"他喜爱神保町，不仅"泡透了"，而且"穿越"到鲁迅周作人，神保町也为中国文化的近代化做出贡献。当今出版遭网络新媒体挤压，可说是科学进步、社会发展所致，而且出版本身也在给网络充当二鬼子，例如把作品上网不另付稿酬。而网络一旦千金买马骨，作者们纷纷抛弃小心眼的传统出版也说不定。最终当然如刘柠所乐观的，"阅读本身永远不会消亡"。读者无非改变一下阅读方式罢了。

一写到淘书，刘柠的眉飞色舞就跃然纸上。我没有藏书的雅兴和恒心，逛书店跟逛花园差不多，买书的价值判断全在于想不想读和有没有用，虽然也欣赏藏书家的书房，像极了精美的私人花园。 所以，从未感受过刘柠那种错失一本书而化作冰雕的遗憾，或者淘到书之后喝酒去的心满意足。 他酷爱日本啤酒。 写道："从靖国通到水道桥，是一个上行坡道，所访书肆既多，肩扛手拎，是真正的'北上'。 春秋还好，冬夏的话，则异常艰辛。 每每好不容易挨到水道桥车站西口时，我都会有虚脱感。 此时的唯一选择，便是踅进车站后面的小巷中，到那间狭长的、灯光昏暗、墙上贴满了明治大正年间老海报的 Rétro（法语，意复古的，怀旧的）调居酒屋喝上一杯。 端一扎连玻璃容器都被冰镇得挂着白霜的生啤酒，边低头在膝头摩挲刚买来的旧书的感觉，几乎是感官性的。"每次远远看见他负重走过来的模样我都忍俊不禁，和他欢聚的老地方是同胞开的酒馆，可以放声说中国话，可以喝他带来的烈酒，听他讲见闻，教我们这些久居日本的人也耳目一新。 真心希望他坚持散步。 往深里说，这是迈开双脚的文学研究，而对于我们一般读者来说，他写出的是富有知识性的散文，况且总是跟读者站在一边。 对东京叫好，并大谈它为什么好，那是写论文；不叫好，却让读者不由得叫好，才是好散文。

　　和刘柠有赏花之约，惜乎今年又错过时节，花开了，又落了。花期短，太容易错过。 一位日本朋友年年岁岁忙工作，顾不上出门看花，岁岁年年想起来就骂一声"早泄"。 不过，"东京也无非是这样。 上野的樱花烂熳的时节，望去确也像绯红的轻云"——每当看见上野等处的樱花开得风起云涌，我总会想起鲁迅的话，也想起"人民战争的汪洋大海"。 这是我被打上的时代烙印。 即便其他人，领导新时代的也罢，嘲讽任何时代的也罢，身上的时代烙印是去不掉的。刘柠与我不同代，我已落后于他。

以前为刘柠的大作《穿越想像的异邦——布衣日本散论》写过几句话，这是我对他的"定评"，曰：

> 不是小说家的浪漫游记，不是近乎钻牛角尖的学者论文，其特色有三：布衣的立场，散文的广度，穿越了想象的真知灼见。没有国人谈日本所惯见的幸灾乐祸、嬉皮笑脸，对世态人情的关注是热诚的，对政经及政策的批评充满了善意。他，自称一布衣，走笔非游戏；不忘所来路，更为友邦计；立言有根本，眼界宽无际；穿越想象处，四海皆兄弟。

没有菊与刀，我们有周作人

陈舜臣先生去世了，享年九十。 翻一下他的书目，几乎全是写中国。 对这位日本作家格外悼念，也是念在他写中国历史，念在华裔。 著名评论家加藤周一说过："陈先生的极流畅的文章有一种气质，那种气质大概是文如其人，一定也来自中国古典文艺的教养。"加藤认为，由于战败后作家们几乎全部是汉诗文的文盲，日语散文日益失去了气质。

呜呼尚飨。 我特别记起陈先生的随笔《日本人与中国人》，1971年出版；转年首相田中角荣访华，中日邦交正常化。 人们爱说中日是近邻，但这种近，其实是近代以后的事。 传为佳话的遣唐使年代，诗人储光羲吟：万国朝天中，东隅道最长。 所谓地球越来越小，两国变成了近邻，陈舜臣说："要和邻人搞好关系，我们不要忘记一个基本原则，那就是邻人跟自己不一样。 不要在自己的头脑中随意制造邻人的形象。 随意造出个别人的形象，人家跟这个形象不符就生气。"大概在这个世界上最被我们中国人想当然的民族就是日本了，所以我们应该读《日本人与中国人》，应该读《菊与刀》。

美国人鲁思·本尼迪克特探究日本人，贡献了一本《菊与刀》。或许也有点超英赶美的心理作怪，好些人抱怨我们的日本研究没写出如此经典。中国确无"菊与刀"，但有周作人，他的日本论足以与之媲美。不过，出于另一种心理，或许又有人遗憾他关于日本终未写一部专著，长篇大论。

说道日本，论说日本，对日本人评头品足，日本就叫它日本论、日本人论。说来世界上最古老的日本论出自中国人之手，即陈寿《三国志》中有关日本的记述，可在这事上，好像中国人特别地谦虚，公认中国研究日本远不如日本研究中国。这像是事实，但自有其历史原因。日本人研究中国的传统长久而深厚，起码有二因：一是它位于汉字文化圈边缘，仰中国为师；二是要侵夺，所以连大陆哪里有个小煤矿都记录在案。与此相对，中国总是有事才略为注意这"蕞尔小国"。譬如明代，虽然倭寇颇多中国人山寨，但毕竟寇起于倭，就有了《筹海图编》之类。到了清末，黄遵宪第一个实地考察了明治维新，撰著《日本国志》《日本杂事诗》，惜乎被久束高阁，人们读它是甲午战败以后了。痛定思痛，却也常常好了伤疤忘了疼。1928年戴季陶出版《日本论》，宫崎滔天说他的日语比日本人还好。有日本人认为此书具备体系性，堪与《菊与刀》比肩，甚而某方面凌驾其上。可是，我们自己不把它当回事，西方的和尚会念经，这一点近代以来中国和日本一个样。同样写给欧美人看，林语堂的遭遇远不如《武士道》回日本那么风光，人家弃之犹自珍，也堪为一例。

日本人把《菊与刀》奉为经典，有它的历史背景。 1948 年，日本人灰头土脸，价值观混乱，不知怎么往下活，突然舶来这么一本书，本来美国人写给自己看的，日本人却从中看见了自己，看的是自己在美国人眼里什么样。 原来日本文化还有个型，作为"耻文化"与西方的"罪文化"相对，平起平坐，哪里还能有这么长志气的呢？从此日本人更爱日本论，当然，也可能近代以来活得不安生，用更无情面地解剖来自拔。 近代以来我们总是一边骂着一边跟在日本屁股后头跑，眼下又在编神话，把日本描绘成海上有仙山。 也跟着叫好，却不见对《菊与刀》有多少自主的研究。

时隔三十余年，1979 年美国人赖肖尔又写了《日本人》，他认为《菊与刀》等书从某个特定的视点解析日本社会，富有启迪，但对于不了解情况的外国人来说，单方面的解释弄不好很可能造成变形的日本像。 欧美人写日本当然跟他们自己比较，而近代以来日本人研究日本，写日本论，向来拿西方作参照，跟地理、历史、文化都非常遥远的西欧相比。 盆景、算盘乃至汉字，西方人以为是日本的，可我们一看，都是中国的。 中国人走上东京街头，只要不开口，真看不出是老外，但仔细观察，举止做派就露了馅。 这种观察，恐怕只有中国人韩国人做得来。 周作人说："西洋人看东洋总是有点浪漫的，他们的诋毁与赞叹都不甚可靠，这仿佛是对于一种热带植物的失望与满意，没有什么清白的理解，有名如小泉八云也还不免有点如此。"《菊与刀》论日本人，很大程度上论的是东方文化东方人，好像隐约说到了自己，我们中国人读来也有趣。

人们乐道《菊与刀》揭示日本人的两面性，这恰恰不是它的一大发明。 周作人早就说过："近几年来我心中老是怀着一个大的疑情，即是关于日本民族的矛盾现象的，至今还不能得到解答。 日本人最爱美，这在文学艺术以及衣食住行的形式上都可看出，不知道为什么在对中国的行动显得那么不怕丑。 日本人又是很巧的，工艺美术都可作证，行动上却又那么拙，日本人喜洁净，到处澡堂为别国所无，但行动上又是那么脏，有时候卑劣得叫人恶心，这真是天下的大奇事，差不多可以说是奇迹。"周作人正是为解答这个疑情或奇迹，多方面砌筑他的日本论。

鲁迅觉得"东京也无非是这样"，而周作人观察日本的基点是他怀念东京的心情。 他喜爱日本，首先是出于对中国传统文化的反感与批判，唐的宦官、宋的缠足、明的八股文、清的鸦片人家都不曾拿去，拿去的都是好东西，这使他更突出日本的好。 黄遵宪用素朴的文化人类学为日本的文化及民族追根溯源，提倡日本与中国"同种"之说，周作人却不以为然，陈舜臣也说，相信同文同种是危险的。或许确切地说，同种同文只是一方面。 借助文学作品来比较中日，对文学作品的理解，周作人拥有生活底蕴。 一些中国人日本住得比他久，但没有他那样的中国素养，没有他那样的阅读能力，至于观察与书写倒在其次。《日本第一》（傅高义著）之类著述畅销一时，终究是属于国际关系论或国际社会学的研究。 周作人的日本论具有比较文化、比较文化史的价值，至今不过时，虽然读来不大如当代中国语译本那么平易。 而且，周作人也好，陈舜臣也好，都不曾像韩国人李御宁那样一言以蔽之，为日本文化归纳出一个"缩"字，欠缺了点睛或养眼的关键词，也不易讨大众的欢心。

莫须有的日本论

日本人爱问自己从哪里来，总琢磨自己是怎么回事，所以日本人论、日本文化论向来是出版的热点。或诚如主张日本脱亚入洋（大洋洲）的剧作家、评论家山崎正和所言：日本人没有绝对的存在（上帝）为背景，靠他人的视线证明自己的存在。日本论就是他人的视线吧。据说"二战"后六十多年此类书出版千余种，多数是读物，不乏通俗有趣的，也时有名著或畅销书。日本论的基本路数是找出日本特殊性，乃至结论为日本是外人（外国人）不能解读的，孤芳自赏。或许读来读去，譬如暧昧，觉得像那么回事，真就暧昧起来，越活越像日本人。

1945 年战败后日本论之始是美国文化人类学家鲁思·本尼迪克特的《菊与刀》，将日本文化定型为耻文化，与西方的罪文化相对，就是说，西方人总记着老祖宗得罪过上帝，而日本人只在乎世人的眼光。20 世纪 60 年代丸山真男的《日本的思想》、川岛武宜的《日本人的法意识》等著书基本上强调被否定的方面。1970 年代日本崛起，一跃为世界老二，自画自赞的日本论勃兴，代表之一是梅原猛。痴与罪之说始作俑了一字（词）论定日本的论法，如土居健郎的"撒娇构造"的"娇"，韩国人李御宁的"缩小取向"的"缩"，以及"侍"（武士）、"纵"（纵向社会）等。1980年代出现对日本论的批判，尖锐的有别府春海的《意识形态的日本文化论》、道格拉斯·拉米斯的《内在的外国——〈菊与刀〉再考》等。浅见定雄的《冒牌犹太人与日本人》，批判山本七平的畅销书《日本人与犹太人》关于犹太人是胡说八道，太田雄三的《拉夫卡迪奥·赫恩的虚像与真像》彻底批判过度美化日本文化的小泉八云。

不与他国严加比较就不能说某国的文化在某一点上是独特的。越不知道外国越容易上本国文化论的当。破解各种日本论的最简单的法子就是指证日本这个长处那个短处，外国也大大的有。譬如山崎正和所说的日本人没有绝对的存在（上帝）为背景，靠他人的视线证明自己的存在，这话拿来说中国人也恰到好处，或许还正是儒教的教化所在，以至慎独，没有人看着也要对得起良心。

近来日本论之类书籍的翻译日见其多。实际上，每一种论说上市都有人起而驳之，不过，我们的译者把译序冠在人家的书前，不大提这种事，颇有为作者讳的君子之风，但本来对其书其人并不了然也说不定。于是有一本书很值得一读——小谷野敦的《日本文化论作假》。这位烟鬼评论家一气敲打了《菊与刀》《"撒娇"的构造》《阴翳礼赞》《纵社会的人际关系——单一社会的理论》《共同幻想论》等百余种关于日本文化、日本人的著书，似有点东一榔头西一棒子，但提供了这些书在本家被阅读、被批评的轨迹，足以使我们警觉，免得把摆上桌面的菜肴就当作美味，庶几能看透日本的虚像或假象。

譬如《"撒娇"的构造》基于语言相对论，认为只日本有撒娇一词，而西方语言里没有，便显示了日本文化的特性。韩国学者李御宁指出，朝语中也有相当于撒娇的词语，道破了娇字论的前提，对此，土居也虚心接受。李御宁提出缩字论，也难免以偏概全，日本也有大的，如奈良大佛，中国也有小的，如三寸金莲。新渡户稻造的《武士道》所写并非真实的武士，而是明治年间武士已失去真相之后编造的理想形象，此后，关于武士道的书五花八门，基本是沿着他的路子造假。中根千枝的《纵社会的人际关系——单一社会的理论》出版于1967年，畅销百万册，现今仍摆在书店里，但几乎已无人称之为名著。所谓国民性不是千古不变的，时代演变，也随之不断变化。

日本论的最大缺陷是无视亚洲。自明治维新以来，日本论基本拿西方作对比，他们据为独自的文化的，骨子里往往是汉字文化圈文化。打败我大清前后也重视过中国文化，但那是为走出中国文化的阴影，脱亚入欧，即走进欧美文化的阴影，仿佛日本只能活在别种文化的阴影里。对中国人中国文化加以分析，不无卓见，却也极尽贬低之能事，甚至影响了鲁迅那一代人的看法。

旅居国外或研究外国，不得不面对母国，于是乎人分两类，或是崇拜另一国文化，以至于忘记了作为母国人的宿命，或是陷入母国文化民族主义。留学海外，变成激烈的民族主义者，学文学的如江藤淳，学数学的如藤原正彦。 原因未必在文化的差异，有不少来自语言隔阂、社交闭塞所造成的孤独，引发乡愁。 越是知识人越偏激，似又有自尊心遭受了打击的缘故。

日本论作假的原因，小谷野敦采纳《日本独自性的神话》一书的作者彼得·戴尔（澳大利亚人）等的看法：原因不单是民族主义，根子更在于19世纪以来（或更古以来）把"历史"和"文化"实体化而"本质"即在其中的观点。

中国何曾不知日

　　从陈寿《三国志》算起，到眼下要出版的《侨日·瞧日》丛书，中国人写日本已写了两千年，年头比日本人写他们自己长得多。日本人总爱问"我从哪里来"，所谓日本论、日本人论、日本文化论，世界上最早的，就是这《三国志·魏书》当中的两千来字，"男子无大小皆黥面文身""妇人不淫不妒忌"云云。

　　它记下倭国"人性嗜酒"，虽然在武则天篡唐为周的时候改叫日本了，但时至今日，这话也说得没错，下班后成群结伙喝个醉仍然是东洋一景。有陈寿的史笔，日本人才得知自己祖先在公元3世纪是什么样子，但前些年有个叫西尾干二的，跳出来"新编历史教科书"，出版了一本给国民看的历史书，抢眼一时，说《三国志》关于倭人的记述没有史料价值。日本人疑惑《三国志》，理由之一是中国至日本的航海路线难以坐实。原因归罪于中国，却忘了唐人早说过他们不以实对，山在虚无缥缈间。否定中国人对日本的认识，并非始于此西尾。这既是给自己打气，又是一个方法论，日本文化在很大程度上是通过贬低、否定、破坏中国文化来建立的。

倭人在大海之中，古时候我们不关心。遣唐对于日本来说是历史上的盛事，但唐人王维说"积水不可极，安知沧海东"，刘长卿说"遥指来从初日外，始知更有扶桑东"。到了宋代，日本刀、日本扇进口了不少，欧阳修浩叹：商人弄来把短刀有什么可说的！想当年徐福去日本，始皇帝尚未焚书，但日本把他带去的那些逸书据为己有，不许再传回中国。长达千余年，倭人、日本人冒着生命危险渡海到大陆取经，而中国不必学日本。水往低处流，文化交流基本是单向的，这是正常的历史进程。中日邦交正常化以后，研究中日之间古代文化交流也重视起日本文化向中国的输入，这不过是在友好的题目下做文章罢了。或许有助于友好，但文化交流的研究不是为编写一部友好史。日本终于赶超了中国，一场甲午战争把中国人打得正眼看日本了，胡适小时候作文也得"原日本之所由强"。中国人看明白日本学了西方才强大，去日本留学就直奔主题，通过它学习西方。至于跟日本相比学得怎么样，那就是另一回事了。

认识日本及其人以及文化，好些中国人至今犹看重美国人鲁思·本尼迪克特的著作《菊与刀》。它确是经典，但毕竟过去五六十年，出版时当今首相安倍晋三还没出生呢。人们读它的收获好像主要是一个生动活泼的论点，即日本文化具有两面性。书中说的菊，并非指皇家的标志，乃是用铁丝把菊花造型，以养菊的爱美对比以刀为荣的尚武。关于日本人的两面性，唐人早已指出过，例如包佶写诗送阿倍仲麻吕（晁衡）回国，说"野情偏得礼，木性本含真"。还很

"野"的时候就跨越地学会了中国的"礼"，而那种"木性"现今也常被在日本打工的中国人笑话。 日本的一些优点，譬如拿来主义，善于学习，不过是一种习惯，谈不上多少思想，而且是中国帮它养成的。 处于原始时代，旁边就有了一个那么发达的文化，自然会不由自主地伸手拿来。 养成了习惯，后来看见西方有更好的东西，也什么都拿。 社会一旦形成了某种体制，就未必还那么宽容，因为拿来主义对于社会的稳定也可能是一个破坏。 日本战国时代织田信长组建洋枪队，长筱战役用三千杆洋枪击溃武田胜赖的强悍骑兵，德川家康也率军参战，但江户时代二百余年基本未发展洋枪洋炮。

《菊与刀》问世十年前，周作人写道："近几年来我心中老是怀着一个大的疑情，即是关于日本民族的矛盾现象的，至今还不能得到解答。 日本人最爱美，这在文学艺术以及衣食住行的形式上都可看出，不知道为什么在对中国的行动显得那么不怕丑。 日本人又是很巧的，工艺美术都可作证，行动上却又那么拙，日本人喜洁净，到处澡堂为别国所无，但行动上又是那么脏，有时候卑劣得叫人恶心，这真是天下的大奇事，差不多可以说是奇迹。"本尼迪克特用文化人类学解开周作人的疑情：这奇事的根由在于欧美文化是良心大大地好的"罪文化"，而日本人总得有人盯着指着才知"耻"。

更早些时候，一九二八年戴季陶出版《日本论》，写道："日本封建时代所谓'町人根性'，一方面是阴柔，而一方面是残酷，以政治上的弱者而争生活上的优胜，当然会产生这样的性格。 现在日本的实业家里面除了明治时代受过新教育的人而外，那些八十岁级的老人里面，我们试把一个武士出身的涩泽，和町人出身的大仓，比较研究起来，一个是诚信的君子，一个是狡猾的市侩，一个高尚，一个卑陋，一个讲修养，一个讲势利，这种极不同的性格，就可以明明白白地看出武士、町人的差别了。"从社会阶级看透日本人的两面性。近代以来大和民族的两面性是武士与町人（商人工匠等市井之人）的合体，"现代日本上流阶级中流阶级的气质，完全是在'町人根性'的骨子上面，穿了一件'武士道'的外套"。诚信、高尚的品格是德川幕府用儒家思想对武士进行改造的结果。清除武士的"武"，那种从激情燃烧的岁月带过来的野蛮的杀伐之气，修养成"士"，以充当领导阶级。明治天皇复辟后接连兴战，鼓吹武士道，我们知道的武士形象就一副野相了。

哪种文化都具有两面性，非日本独特。民族的两面性不一定分明地体现在一个人身上。鲁迅在《一件小事》里写了车夫和老女人，这两个人物合起来表现出中国老百姓的两面性。一方面高大得"须仰视才见"，另一方面"眼见你慢慢倒地，怎么会摔坏呢，装腔作势罢了，这真可憎恶"。倘若他当年更无情面地解剖那老女人的可恶，或许当今中国不至于有满街的"扶不扶"之惑。鲁思·本尼迪克特没到过日本，著作中令人目不暇接的事例好些是得自俘虏或文学作品。戴季陶在日本前后生活过八年，更作为孙中山的翻译、秘书接触过很多日本要人。有日本学者认为戴季陶《日本论》具有体系性，足以比肩《菊与刀》，某些地方更凌驾其上。或源于历史，或意在取巧，中国人观察或研究日本多偏重文化或风俗，近现代人们更关心政治、经济，这却天然是西方人的擅长。

不过，中国人看日本，也确实有几个毛病。 其一是先天的：一说日本就扯到中国，好像除了漫画，满日本看见的到处是中国文化。 中国人在日本很快就学会弯腰蹶腚，而西方人不会，日本人学他们握手，这正是中日文化同根的现象。 但过河为枳，何况过了海。"叶徒相似，其实味不同"，不能用中国人的眼光和心思一厢情愿地诠释日本。 例如有文章介绍皇太子的女儿上学也得跟普通人家一样带饭盒，写这么一句：吃的自然是冷饭冷菜。 这是用中国"冷"观念描述日本，拉家常似的，就误导了我们的认知。 日本人自古好生冷，被列为世界文化遗产的和食几乎除了大酱汤，没什么趁热吃的饭菜。 中国人说道日本文化常常露怯在中国知识上，甚而骂日本反倒骂到了自己的老祖宗。

又一个毛病像是后天的：他山之石可以攻玉也好，打鬼借助钟馗也好，当我们谈论日本时我们在谈论中国。 这使我们偏激，凡事都说日本好。 看现实的日本也需要把它放在日本的历史当中看。 譬如有一位名人说：二战前的东京没法子跟上海比，但现在中国没有哪个城市能够跟日本随便哪个城市比。 恐怕事实是二战前的东京没法子比的是上海的租界，不是笼统的上海。 东京遭受过几次大破坏，有自然灾害（关东大地震），有战争（美军大轰炸），也有一九六四年东京奥运会前后的建设性破坏。 1970 年代开始对改造城市反悔反思。田中角荣的"日本列岛改造论"思想曾支配战败后日本，收购土地，用税金修路，通车，建高尔夫球场、休闲设施，获得莫大的利润，使生活便利而丰富，另一面却破坏了美丽的自然。 就是说，安倍晋三笔下的"美丽日本"远不如过去。

听说国内有这么个妙论：不管你多么厌恶日本，去一趟就喜欢了。真就有报道，一位中国人民解放军军官参观日本，看见街上没有穿军装的，军校里不讲军国主义，感动得回国就要送女儿去日本留学。倒是女儿说：你怎么去日本一个星期就变成亲日家了？这样的亲日家再浅薄不过了，恐怕底子就是个愚民。真所谓"没有无缘无故的爱，也没有无缘无故的恨"，缘故在于了解与认识。了解一件事，认识一个人，谈何容易。哪怕"不拆墙咱们也是一家子"，可人心还隔着肚皮，邻居哪里会知道这家子的表叔数不清，何况是邻国。有位叫莫邦富的作者，侨居日本三十年，作为独立媒体人活跃在日本主流社会，不久前撰文，道破了"日本旅游业歧视讲中文的客人"，这恐怕是那些哈日（听说又叫向日葵了）的游客都浑然不觉的吧。

"侨瞧"丛书的作者有个共同点，那就是长年侨居日本，甚至瞧它瞧了二三十年。他们生活在日本，为生活而观察，而学习，而且有一点研究。把体验和心得写出来，既不是走马观花，也不用妙笔生花，无非要告诉大家一个活生生的日本。日本是这样的。日本人常说自己是小小的岛国，这是长久跟所谓地大物博的中国相邻而形成的传统观念。放眼世界，日本并不小。所谓"兰学"启动日本走向近代的文明开化，这个兰就是荷兰，它的面积还不到日本的十分之一，人口密度大得多。日本的陆地面积在世界 230 个国家中位居 62，比德国、英国大，比韩国、朝鲜合起来还大。我们对日本的认识每每是传闻，叫它小日本，但若真以为小，那就有误了。

友好二千年的画皮

又要到 5 月，想起了日本的麻生太郎，人送外号撇式大嘴。 他当过总理，又当上副总理，前些年的这时候，在印度放言："中国和日本在海上国境相接，但我们一千五百多年来和中国的关系没有过非常融洽的历史。"

不知有多少中国人还记得这句话。 这是他的真心话，从历史来看，这也是真话。 我们中国人，当然是受党教育多年的中国人，一般都认为中日之间的友好历史是漫长的，只是近代不好了，它接二连三打我们。 可麻生一语道破，扒下了这张多年来披在中日关系上的画皮。 他的话好多人不爱听。 对于不爱听的话，有些中国人的法子是只装没听见，或者说他们失言，先替人家找了个台阶。

纵观两千年历史，中国与日本之间至少发生过五场战争。 除了宋朝，中国哪个主要朝代都曾被日本挑战，打过仗。

说到唐代，人们乐道遣唐使。 始自 630 年，二百六十余年间日本任命遣唐使二十次，这次数诸说不一，不管成行与否，总之两国的关系给人以文化的、和平的印象。 然而，史实是平安朝第一次遣使赴唐三十年后，中日之间就开打第一仗，即所谓"白村江之战"。 当时朝鲜半岛上三国鼎立，唐军救援新罗，灭百济。 遗臣泣日庭，天智天皇先后出兵五万余，与唐军海战，被打得落花流水。 此后日本遣唐固然是修好之举，但更其要紧的是取经图强。 常有人说日本人欺软怕硬，可是从这场大战来看，那时日本还叫倭，就敢于挑战强过它N倍的大唐。

第二战是所谓"蒙古袭来"，时当镰仓幕府时代。 忽必烈的铁蹄也要跟日本"通问结好"，数次遣使，但"日本国王"不答复"大蒙古国皇帝奉书"，不仅不"感戴来朝"，甚而砍了来使的脑袋。 元与高丽联军入寇，掳掠而归。 日本拟反守为攻，出兵高丽，未果。 南宋灭亡后，忽必烈再度出兵。 兵分两路，江南军从宁波渡海，战船三千五百艘，兵马十万，主体应该是降元的宋军。 一场台风袭来，溺毙过半，积尸成岛。 元军大败，只有少部分人逃回国。 日本人从此迷信风是神风，国是神国，而中国人留下了"倭人狠不惧死，十人遇百人亦战，不胜俱死"的印象。

第三战在所谓战国时代。 丰臣秀吉统一了日本，觉得日本小了点儿，打算把天皇迁到北京去，他自己要定居宁波，振兴贸易。1590年遣使朝鲜，"假途入明"被拒绝。 1592年出兵朝鲜半岛。 明军入朝，与日军交锋。 丰臣病亡，这场战争不了了之。

第四战即明治时代的所谓"日清战争"，我们叫甲午战争。 当时外务大臣陆奥宗光给日本历史上第一任首相伊藤博文写信，道：今日我对朝鲜之势力犹不及支那之积威。为压倒大清，扩大势力，迫使清军先撤走，日本发起了这场战争，大清一败涂地。李鸿章颠儿颠儿来日本割地赔款，还挨了一枪。不久，伊藤博文正跳着舞，听说第一笔赔款进账了，眉开眼笑说"可算有钱啦"。后来跟俄国打仗，虽然打赢了，却一文钱都没捞到，国民（我们叫人民，或者老百姓）就不乐意了，在日本第一座洋式公园里聚会闹事，史称"日比谷烧打事件"。

第五战就是"二战"前后的中日战争了，现今电视上天天还在打。1927年和1928年蒋介石两度挥兵北伐，日本先后向山东增派兵力，攻击济南城，驻留的北伐军死伤数千人，揭开了这场旷日持久的抗战序幕。

不打仗的岁月不等于友好，也可能人家在卧薪尝胆。建国以后，友好叫得欢，但摩擦不断，当下甚至已剑拔弩张。战争没有打起来，人们的心头已罩上阴影，以后再破冰、融冰，相逢一笑，也得给泯恩仇找出些理由。祖上曾阔过的历史给中国人养成了一种脾气，那就是自以为是，最终欺不了人，也可以自欺，自我安慰。日前有一行中国人造访新潟县，县府召集五六岁的孩子击鼓欢迎，远客感动大大的，说是从懵懂无知的孩子们身上看见了中日之间的草根交流，看见了中日友好未来的力量。真像是说梦。

历史昭然若揭，为什么披上了画皮呢？不禁想到郭沫若。四十多年前的1972年，中日邦交正常化，他用如椽之笔写过一首词，为贺为涛，有云："堪回首，两千年友谊，不同寻常。岂容战犯猖狂，八十载风雷激大洋。"

作诗不妨浪漫些，譬如唐代有"忽闻海上有仙山，山在虚无缥缈间"云云，早就为美国人备下了"日本神话"的题目，但身为史学家，郭老未免没算清历史账，想来是有意为之吧。中国和日本这两个国家何曾友谊二千年来着，"风雷激大洋"岂止甲午战争以来的八十来年。这样自作多情，或者一厢情愿，历史就成了任人打扮的小姑娘，怎可为鉴呢？说不定只会是一面风月宝鉴，要了卿卿性命。以史为鉴，首先那历史必须是真实的。

或许有人说，友好指的是文化交流。什么是文化？不好定义。狭义可以指音乐、舞蹈、戏剧、文学等各种艺术。广义的解释，有人说是"人群通过学习获得的一切活动的复合体"，有人说"文化包含工具、制度、习惯、价值、语言等极多的事物"，还有人说"文化是一切社会活动，包括语言、婚姻、礼仪、艺术等"。联合国教科文组织关于文化是这样定义的："文化是特定的社会或社会集团所特有的、精神的、物质的、知识的、感情的特征混合体，不单是艺术、文学，而且包含生活样式、共生的方法、价值观、传统以及信仰。"现在思考文化又多了几个特点，例如，伴随全球化进展和信息发达的文化蚀变（具有异文化的集团持续接触，使某一方或者双方的集团原文化发生变化的现象）；又如，文化被加上修饰语，成为"暴力文化"、"和平文化"等。友谊或友好终归是政治概念，与文化交流不是一码事。过去千百年的友好往来，中国人东渡基本是亡命，例如朱舜水、梁启超、郭沫若。历史上只有一些和尚是出于主动，历尽风波去弘教，也捎带了世俗文化，特别是宋明年间。

日本为什么不顾死活，非往大唐派遣一船船的使节团不可呢？有人曾作出这样的诠释，真叫人忍俊不禁。 说663年白村江之战，水军被唐军歼灭，日本人杞忧天倾，那时候的状况正相当于第二次世界大战后。 665年唐高宗封泰山，可能是大唐令日本遣使来朝（第五次遣唐），遣唐大使参加大典，列于属国之间。 702年遣唐，是来向唐朝报告大宝律令在这一年修定，但执节使粟田正人等为何逗留两三年呢？估计是唐朝给日本留作业——迁都，用这个方法折腾其国力。 虽然迁都藤原京才七年，但唐命不敢违，只好又迁都平城京。 建造都城，全国遍建国分寺，民众贫穷，国家疲惫。 白村江战败后的遣唐既是朝贡，又是出于防御政策，用大唐牵制朝鲜半岛。

唐太宗念其路远，相约二十年一来朝，但实际也做不到。 遣唐是国家行事，首先不是文化的，而是政治的，每一次都耗尽国库。遣唐使的行列里从来没有皇家人，固然是畏惧风波之险，九死一生，但终止遣唐，理由主要还在于茫茫大海之上商旅已不绝于途。 有宋一代，两国之间基本上相安无事，商人和僧侣取代了国家，民间往来成为贸易及文化交流的主流，例如负责重建东大寺的重源和尚三度赴宋。 唐代文化主要是传入朝廷和贵族，而宋代文化及生活方式由日本的或中国的僧侣拿回来或送过来，不仅进入上层阶级，而且从寺庙流入民间。 辛辛苦苦拿来的东西往往被高档化，正如廉价服装优衣库、大众澡堂极乐汤到了中国都提高了身价。 中国游客到日本发思古之幽情，寻寻觅觅，与其找唐，不如在生活及文化中找宋，例如奈良东大寺的大佛是宋朝工匠陈和卿协助再造的，但几经焚毁，如今观光的却又是江户时代修复的了。唐也好，宋也好，都不再是中国的，而是日本的。在日本看见的文化全都是日本文化，在人家的文化里挑挑拣拣，认来认去，终归是无聊。

日本有一种怪物叫天狗，陈寅恪批注《旧唐书》，有这样一条："天狗，日本所传，当由唐代输入。"什么东西传到了日本都会被改造，天狗也伸长了鼻子，趿拉上木屐，而且当中一个齿。旅游日本很容易看见，例如连锁的大众酒馆"天狗"，门口或者店内挂一个面具似的天狗，狗脸红红的。郭沫若的新诗《天狗》大概写的是日本天狗："我的我要爆了！""我是一条天狗呀！我把月来吞了，我把日来吞了，我把一切的星球来吞了，我把全宇宙来吞了。"孙悟空跟二郎神比试，变成一堆屎，被天狗吃了，可见中国的天狗还是狗，改不了吃屎。这首诗莫非意在揭露日本的侵略野心？

京都曼殊院藏有两卷 14 世纪的古画《是害房绘卷》，被列为重要文化财物。这个是害房是大唐的天狗头领，渡海来到比睿山，变作老法师，找天台座主慈惠大僧正斗法，结果被捆住打个半死。想要泡温泉疗伤，日本天狗说，温泉是灵地，去了更遭殃。一群日本天狗就做了澡盆，烧水帮是害房浴疗，然后举行歌会，送它回老家。画上的天狗是人身，从头到尾很像鹰。这一则日中友好的佳话出自大约 12 世纪前半成书的《今昔物语集》第二十二卷《震旦智罗永寿渡此朝语》。芥川龙之介的小说《地狱变》写一个技艺高超的画师，狂妄而冷酷，人送绰号叫"智罗永寿"，就是这中国天狗的名字。友好多是在文学艺术中。

　　战火遍地也会有文化的交流，譬如有人就研究日本侵华时期的电影。 豆腐很早从中国传到了日本，有人讨厌腐字，就写作豆富或豆府。 日本豆腐非常嫩，水分多罢了，一般叫绢漉豆腐。 做豆腐传统用卤水（氯化镁），四周是海，最不缺这种晒盐的副产品。 京都有个做豆腐的人被征兵，随军到中国，惊奇中国人用石膏（硫酸钙）做豆腐，幸而没有被我们的地雷战、地道战什么的给打死，回老家重操旧业，用石膏做豆腐，创出了名牌。 这家豆腐店在京都的嵯峨野，川端康成、司马辽太郎曾把它写进作品里。 多么好听的地名，旅游时不妨去那里一游。

　　度尽劫波兄弟在，中日豆腐很好吃。

没跟你说我懂日本

据说，日本和中国的交流史长达两千年，只是近代不友好，也就是打了两仗，一胜一负。按说这算是平手，却不知为何，好像谁也不服谁，用本山老家的歇后语来说：倒背手撒尿——不服（扶）它。

早在唐代，日本还没在民族之林站稳脚跟，就有了"小中华帝国"的野望，出兵朝鲜半岛。或许是大陆人渡海而来，带来了大陆迷思也说不定。结果被盛极一时的唐军打得落花流水，于是一拨又一拨地派人到唐朝取经，并非幡然悔悟，而是要师夷之长以制夷。卧薪尝胆上千年，又发动一场甲午战争，乾坤倒转。唐人有气度，接纳四方，无须走出去，对于太阳升起的地方也不大关心，譬如跟日本人交往写了不少诗，几乎只一个远字：啊，你回到日本也没什么别的好处，就是先看见太阳，要是怀念我们这边儿，只望得见斜晖哟。"衣冠唐制度，礼乐汉君臣"，日本国像模像样，宋代更多了民间交往，宋人也注意起日本，因为那里不仅出宝刀、折扇，更藏着"先王大典"。中国真用心于日本，是清末以来，背景却有点尴尬与无奈，是落后了，挨打了，而且被儿子似的"蕞尔小国"打了。 一代又一代，凡留意日本，哪怕看一眼，似乎都负有国家兴亡之责，必须说出一个答案来。

清末黄遵宪以降，至周作人一代，他们对日本的好些看法不过时，不知是后人的眼光不进步，还是我们中国人早就看透"小日本"。庐隐的《东京小品》若隐去其名，恍如今人所作，虽然不是今人都做得来。 自1949年，尤其是1960至1970年代，我们除了在报纸上得知毛主席接见日本友好人士的消息，只偶尔读到樱花国度之类的散文或者诗歌。 国门渐启，1980年代掀起出国潮，以至于今，除去学者论文、作家游记、旅人观感，意在介绍及解说日本的文章也触目皆是。 但不少文章继承了优美的散文传统，偏重于抒情，"是浪花咬的"，把事实加以美化或丑化，从认知日本来说，读了反而有害。 小泉八云写日本，写的是自己的幻想，至今误导着人们，而我们的某些名人一说道日本就有点晕，甚而胡说八道。 外国人看日本文化都必有一个根基和参照，那就是本国文化。 日本评论家加藤周一说："似乎锁国唤起文化的国际化，而开国唤起文化的地域闭锁性。"走出国门，人未必就国际化，也可能反而自闭于、固步于本国文化，像阿Q那样自负，不仅有条凳和葱丝的问题，"女人的走路也扭得不很好"，虽然同时也笑话未庄乡下人没见过城里油煎大头鱼。 国人在国外形成圈子，在某种程度上像一个冰箱，把从中国带来的国民性冷冻起来，甚而比国内更坚硬，有时被说是出国的人比国内的人更爱国。对日本的误解时常来自两方面，一是抱有成见，观察日本有一种定势，二是对中国本身不了解，似懂非懂。

中国有海峡两岸，周作人未得重游日本，而彼岸没断了写日本。例如李嘉，自 1947 年担任驻日特派记者，1965 年至 1969 年写《日本专栏》，后连同其他有关日本的专稿，于 1981 年结集为三卷出版。 我来日本后留心台湾人写日本的书，1991 年在位于东京代代木的东丰书店淘到了（真是淘，那家书店专卖台湾及大陆的图书，塞满书架，堆满过道）《扶桑漫步》，这是自称"疏懒成性的新闻记者"司马桑敦 1954 年至 1964 年十年间写的东京通讯选编。 后来结识了台湾朋友，收藏陡增，如舒国治兄馈赠崔万秋的《日本见闻记》，傅月庵兄更热心为寻寻觅觅，帮我购全了《日本专栏》，以及崔万秋的《东京见闻记》等。 崔万秋在鲁迅时代就知名，1964 年至 1965 年撰写见闻记，离开日本才一年，却说藏书本来有限，又未能全部带来，"深感资料不足"，而且"话题太广泛，有些话题与笔者缘分甚浅，如滑雪、棒球、相扑、时装表演等"。 老作家的写作态度令我肃然起敬。 相比之下，有些人根本不参考资料，真的是所见所闻，而且什么都敢写，写相扑不曾临场观战，顶多在电视上见闻，更别说艺妓，那要花大把银子才可能"零距离接触"。 此外如学人王璇的《广陵散记》见地通达，外交官丁策的《东瀛风土》学识渊博，都写得认真，而大陆作者急于表态，大发议论，也许是长年练就的习性吧。 把日本树为敌人或样板来观察都大可不必，无非一邻人，自然交往，于交往之间自然了解。 哈日族一哄而起，也阻碍了认知日本的深入，耽于一时兴起的时尚文化。 有的人写日本只是哄哈日族罢了。

同为中国人，一水之隔，便有所不同。 譬如台湾《新生报》总主笔周少左写道：1971 年"到东京，第一脚踏上东京土地的时候，我有一种战胜国国民的骄傲，尽管距离日本受降差了廿多寒暑，终究是踏在他们的土地上昂首阔步，压制了数十年的'怨'，顷刻之间作了阿 Q 式的发泄"。 莫非比他晚一代，所受教育也各异的缘故，大陆人涌来日本，学习也罢，挣钱也罢，似乎都不带这样的情绪。 听说有人被日本人"谢罪"，大咧咧替受害者谦让：哪里哪里，日本人民也是受害者。 这种偷换概念的手法也正是一些日本人在广岛施用的。 司马桑敦写道："诚然它是被害的了，它是站在被打击的一边了，但是，就在广岛城的乡土博物馆中所陈列的历史证据中，说明广岛这个城市在那遭受打击的一天之前，它毋宁一直是站在打击者的一边的。"

　　司马桑敦生于 1918 年，本名王光逖，东北人，做过抗日游击队的随军记者，蹲过伪满洲国监狱，在长春办过小报，自 1954 年担任《联合报》驻日特派员，70 年代撰写《张学良评传》。 从司马桑敦的姓氏、籍贯、职业，我不由地联想王东，他也是东北人，比司马晚四十年从大陆来日本，做新闻记者，并且写文学性随笔。 关于广岛，王东也明言："不论如何，日本曾是给亚太带来战争的加害者，广岛长崎的悲剧是咎由自取，这个历史结论是不容否定的，否则原子弹为何偏偏投在日本而非别国？"又问道："为什么一个不那么纯粹的'受害者'都可以把自己表现得那么委屈，而真正的受害者却反倒没有得到更多的了解？"更指出："广岛和长崎的悲剧，究其根本，实为日本偏狭的近现代化进程使然。"

平日留心读王东的随笔，最近他结集出版，又得以整体重读了一遍。写随笔不必是思想家，但应该是思考者。从一件小事引发思考，具有冒险性，但丰厚而扎实的学养足以让王东游刃有余。譬如日本人的谦恭有礼，我也读过韩东育的《中日两国道德文化的形态比较》，但停留于学术层面，而王东拿过来解释实际："对类似有违公德的事情，否定之的着眼点不是对行为本身的对错进行发自内心的检讨，而是外在的'礼'的层面上给别人'迷惑'。"问题迎刃而解，而这种令人顿开茅塞的见解随处可见。看事物不偏颇，不偏激，需要有学识，但首先在心态，出以平常心。他的文笔也生动，可以随手拈出两句："站台上剩下他的几件遗物，一只黑色公文包静静地立在地上，平淡无奇，仿佛还等待着它的主人再次将它拎起。""反过来打量女中学生们，我看到的是一种不知所措，混杂着对青春仿佛陡然暴富之后的挥霍欲和困惑感。"

初来日本，便随着日本朋友成为反贺年片党徒，从不寄那劳什子。常有中国人称赞，其实，这是邮局为赚钱制造的习俗，王东更挑明"是一个体现压抑氛围的好例子"，一针见血，我作为旁观者分明看见好多人无奈写贺年片的血迹。

大概从外面拿来某种文化或主义都不可避免地"过度阐释"，以示本地化或者有所发展。茶道是一个典型，如王东所言："用大剂量的褒美之词，佐以琐细的门类流派划分，加上自己信以为真的虔诚，就成了'道'"；"所谓茶道，用外在的烦琐甚至古怪的形式，冠以生硬比附的玄谈奥义，弄得买椟还珠，失去了品茶的真谛。"我觉得花道还可以，毕竟有花可赏，而茶道跪麻了双腿，喝下刷锅水似的茶沫子，尽管内含着中国古文化，我也不敢领教第二回。

大陆人感叹日本的图书馆，王东也不例外，却不见台湾人写过。我舍不得日本，其一在于图书馆，可以用功，也可以消闲，如果你有闲的话。如今满世界建孔子学院，似乎不如用那个钱在国内建图书馆为好，先提高国人的中华文化水准。十三亿神州尽舜尧，万国来朝，岂不比走出去省事多了。不过，王东说"一本书只要大部分图书馆都能购入的话，至少就有了几千本的销量"，未免用图书馆来救济出版了。购藏学术性著作与否，也得看当地居民的结构、素质、需求。

说"欺软怕硬本来就是日本文化的特征"，我也要表示异议。从历史来看，日本人经常是以卵击石，偷袭珍珠港不就是吗？近代以来，即便在经济上，中国也时有强过日本，但自己败家，以致被人欺。同胞在日本，常以为只要横，日本人就龟缩，原因可能在于横的态度使事情的性质发生变化，甚而触法，一般日本人就只好退让，他们也有敢玩命的。"喜欢跟风盲从赶潮流，动不动就要闹上一下子"，恐怕哪个民族都如此，这是民众的性格特点，或许中国人更厉害呢。

如李嘉所言，好些记者是"天天看报，却不读书，日日发稿，但少作文"，而王东读书，而且读得多，在日本不为写论文而耽于读书是难能可贵的。他潜心于观察、分析、探究，不急于求成，如果这个成是名和利，那么他根本不求。和王东把酒闲聊，他看着你夸夸其谈，似乎还有点羞涩，忽而破颜一笑，便化解了你惊觉自己荒谬或浅陋的尴尬。 他的随笔每每以亲历的小事为例，又征引数据，娓娓而谈，不动声色，又有点推心置腹的样子，读来很有趣。 但是把书名叫《别跟我说你懂日本》，想来不会是他本意，而且也未必想当"日本百事通"。

纸上声

　　赋得，先有了题目，倘若肚子里没有，恐怕作文也未必容易；作完了文再命题，又像给出生的孩子取名，也是个难事。翻翻周作人的集子，题目似乎没什么精彩，但作者如我者，就需要在题名上费一番苦心，以吸引眼球。终于把这本小书名为《纸上声》，还是有一点忐忑，因为它取自鲁迅的诗。那首诗是为小说集《呐喊》而作：弄文罹文网，抗世违世情；积毁可销骨，空留纸上声。我的书里没有呐喊，而为人平庸，几乎也没有毁誉可叹，用这样的书名，不免有拉大旗作为虎皮之嫌、之讥。我爱读鲁迅，虽然并非像日本评论家佐高信那样"烈读"，以支撑他的反骨哲学，"斩书斩人"。不过，从性情与兴趣来说，我倾向周作人，尤其爱读他关于日本的考察，即所谓日本论，持正而卓识，"比西洋人更进一层，乃为可贵耳"。

　　日本人特爱日本论，或者日本人论、日本文化论。担任过文化厅长官的文化人类学家青木保 1990 年出版了一本《日本文化论变貌》，他估计 1945 年战败投降以来，约半个世纪，有关日本文化论的书出版有两千余种。 二重性被视为日本人一大特性，可能不少人是从《菊与刀》这本书读来的，甚至只知道书名，浮想联翩，也大谈日本人如何二重。 这种二重性，中国人早在唐代就指出了：野情偏得礼，木性本含真。（包佶《送日本国聘贺使晁巨卿东归》）陈寿《三国志》中有世界上最早的日本论。 到了周作人笔下，写道："我们要觇日本，不要去端相他那两当双刀的尊容，须得去看他在那里吃茶弄草花时的样子才能知道他的真面目，虽然军装时是一副野相。"日本发动了侵略战争，证明周作人恰恰把话说反了，但描述日本人的二重性，他也比《菊与刀》早二十多年。 二重性是日本刚刚走出原始状态不久从中国生生搬来了先进文化造成的。 美国占领日本后，强加给它民主，与天皇臣民的落后性并存，又产生新的二重性现象。 言行暧昧，也正是二重性的体现。 说来哪个民族都具有二重性。 当我们说道日本人时，总是忘记了自己的二重性，譬如满嘴仁义道德，满肚子男盗女娼。

我们也爱看中国论，现在常有人论，但好像很讨厌别人说三道四，尤其不能受日本人指指点点。 日本人最在意欧美人说它什么，又说它什么了，却也只像照镜子，孤芳自赏，并不把外人对他们的不解当回事，倒可能觉得不解才说明自己是独特的，沾沾自喜。 所谓独特，是比较出来的。 没有比较，独特则无从说起。 譬如说日本干净，那是跟本国相比的印象吧。 美国人写了《丑陋的美国人》，受其启发，1970 年代日本人也写《丑陋的日本人》，然后台湾的柏杨 1980年代写了《丑陋的中国人》，可见任何民族都具有丑陋的一面。 后出的书，有了先出的书作背景，作者心里或许有一种自家更丑陋的潜意识。竞相出本国的丑，算不上坏事，但起劲儿比较谁个更丑陋，就近乎无聊了。

常听人慨叹，日本对中国的认识远远超过我们对这个蕞尔岛国的了解，甚而某日本学者说，中国研究日本的水准几乎等于零，所以才有了现在的对日政策。那么，当今日本的对华政策就高明么？日本人时常对中国误解、误判，不就摆明了知彼不到家吗？末了便归咎于中国。日本人研究中国，多是对古代的研究，因为他们上溯历史，越往上越溯到中国古代里去了。与其说是研究中国，不如说是寻绎自己的历史。上帝在细节中，日本人对细节的探究着实比凡事大而化之的中国人强得多，却总是找不到上帝。大而化之也是一种方法论，层次未必浅。平日里与日本人交往，他们卖弄似的扯到古代中国，吟一首唐诗，讲一段三国，这是课本里学来的，漫画上看来的，话题转到现当代，就知之不多了。女孩子看见中国书报，惊叫全都是汉字呀，实在可爱极了。无论中国青少年多么喜爱日本漫画，中学课本里也不可能选入日本古文。清朝没落以前，日本远远落后于中国，不屑于了解恐怕也情有可原。甲午战败后，中国人悟出日本之所以忽而这般了得乃西化之结果，于是直奔主题，向西方取经，只把它当作"二传手"，岂非正道？至于取不来真经，那是中国人本身的问题，有这样的问题就是学日本也学不来。中国人对日本的考察、研究并不少，早年有黄遵宪、周作人者流，日本投降后大陆只能在报纸上看见毛主席接见日本友人，但台湾出版了很多关于日本的书。

20世纪80年代以来一窝蜂出国，不少人学有所成，博士论文出版了不少，于中应有一个半个有真知灼见的吧。动辄说中国对日本的研究始终不发达，仿佛是一个共识，实乃伪命题。不知说这话的人读没读过周作人的日本论，又读过多少日本人论中国，恐怕不过是人云亦云。周作人写的是随笔，长也不过万把字，那一条条真见，若到了西洋人手里，可以洋洋洒洒成一本又一本论著，虽然多是填充料，却能让中日两国人叹为观止。或许从码字来说，这也是"东洋人的悲哀"吧。

两个民族，两种文化，无论怎么样交流也不会浑然一体。周作人曾反省他观察日本所走的路，自呼愚人不止，卷土重来，提出了研究方法，那就是"应当于日本文化中忽略其东洋民族共有之同，而寻求其日本民族所独有之异，特别以中国民族所无或少有者为准"。日本与中国多有不同，我认为根本是三大差别：中国是大陆，日本是岛国；中国多民族，日本基本上单一民族；中国几千年来改朝换代，日本自诩万世一系。

我已活过周作人撰写《日本之再认识》（1942年）的年龄，在日本生活的年头也比他长得多，犹不能忝列他所说的少数人，即"中国人原有一种自大心，不很适宜于研究外国的文化，少数的人能够把它抑制住，略为平心静气的观察，但是到了自尊心受了伤的时候，也就不能再冷静了"。记得在某文中涉笔日本人写的汉诗，说人家露出不是中国人的马脚，被网友指出我有误。静心想一想，这个失误本来可以不发生，但兴之所至，只顾抓住个由头嘲笑一下，却露出了自己的马脚，骨子里到底"不能再冷静"。 读鲁迅，好似跟着他痛骂，大快淋漓，读周作人不会有这种痛快。 他曾说："在今日而谈日本的生活，不撒有'国难'的香料，不知有何人要看否。"时过四分之三个世纪，今日谈日本还是得撒点什么香料吧，我的小书有人要看吗？但愿，纸上有声胜无声，不空留。

视 而 能 见

卢 冶

　　在今天的阅读环境下，打开一本散文的因缘极为难得。 这三篇
"导读"的目的，便是为读者提供一个参考：在有限的时间内，如何有
效地"利用"这三辑散文集。

　　首先介绍作者。 李长声是东北人，好酒，早年当兵，退伍后曾
任吉林长春某日本文学杂志副主编，其后"赶大流"负笈东瀛，用他
自己的话说，"龙岁竞舟日，逐浪渡扶桑"，专攻日本出版史，成为出
版界和书评界的"个体户"，作文之余，照当图书馆和酒馆的常客。
廿余年来，"从东京到北京一路专栏"，谈瀛而起枕日而眠，让他成了
当代大陆"开放"以来的第一拨"知日派"。 他精通汉诗，有文字洁
癖，单篇文章通常不超过两千五百字。 三年前三联书店曾为其出版
文集，上百篇随笔聚首，也没有让我们看到一个更长的李长声。

　　这部自选集亦是如此，篇幅精简，内容上却分量十足。 在文集
的编排上，传达了一种明显的整体性意图。 如本辑，便大致以历史
的时间线布局，单篇文章的信息量大、覆盖面广，文章之间彼此搭

配，不知不觉就穿引出一条日本文化和国人观日的基本线索。三辑体量相当，唯本辑显得最为厚重，除了历史话题本身的分量感，也在于包含了那条"中国人的观日史"的草蛇灰线。按照李长声的梳理，该谱系早陈寿写《三国志》那会儿就起步，穿过漫长的"古典时期"，越甲午、民国时期，直到"二战"后的台海两岸都还不温不火，却在21世纪的旅游热之后，迅速发展出一个众声喧哗的场域：社会派，御宅派，耽美派，美食旅游派，宗教历史派，文化历史派，十年前还各自单打独斗，如今已然绞缠一起。这是一出庞大而缺乏主题和调性的交响乐，经常需要借助"别以为你谈的是真正的日本""你要这样去读日本"这类惊悚的前奏登场。

在争相贡献自己的观点时，言日者们并不全都清楚"言日"的意义，这些言论究竟能保护我们免于什么样的伤害，这些或迷恋或睥睨的表情包，要召唤的又是什么。

李长声认为，近年来那个邻国膨胀得奇怪的自我期许，很可能与中国人突然洪水爆发一样的言论攻势有关。现代亚洲历史上无止境的福祸交替，让我们很难在谈起这个冤家的时候"冷静客观"。在"那场战争"之后，"历史"便成了与中国和日本同桌的第三个人。中国游客蜂拥于樱花树前拍照时它在，"扎堆"银座疯狂购物时它在，甚至"网易云音乐"每一首日本歌曲下面的评论，也总是会因为它而爆发一场与歌曲本身全然无关的争吵。实际上，早在20世纪前半叶中日关系日趋紧张开始，国人"言日"的领域便充满了这类无人称的压力和五味杂陈的感慨，直令人"没法愉快地听完一首日语歌"。普通人的"哈日"与"反日"可以泾渭分明，"知日派"们却需要在"面对问题"和"视而不见"之间作出选择。

李长声习惯于以轻就重。他的老读者们每年期盼着他最新的散文小册子问市，看他如何以非学术的随笔、非学者的姿态，信手拈来草是剑，歪打正着地撬动这个小而沉重的岛国话题。他为文以雅痞含蓄的幽默著称，在回应充满"历史性焦虑"的读者时，也会用"哈，日本"的表情一笑置之。本辑却在他一贯的风格之外，别具一种郑重庄严的口吻，不仅是对"历史"块垒的直球回击，也是对他自身的文化史观一次耐心而细致的梳理。

顶着知日派的名声，李长声却并不标榜自己的客观性。他相信历史诚如镜，只不过镜像是我们调整姿势后摆出来的。如果"知日"是一个实然的文化使命，其核心就应该是描述这些镜像、这些姿态的表与里，追溯它们漫长的前史和背后的心理动因。正是在这一意义上，他佩服周作人"持正而卓识"的日本论，也喜欢同代人刘柠的知日态度：喜而不哈，悦而不媚，是其是，非其非。

态度如是，实践的方法，知日派们各有擅场，李长声的方法，就是寻找那些像贵金属一般体积小、密度高的历史节点，让读者任选线索、自行延展。这种行文特色的原因，一方面是作者好短文，"点点"俱到可以，面面俱到则难。另一方面，这是一种能够最大限度地吸聚信息，又能静置和沉淀各家观点的手法。首篇《桃太郎》就是一例：像现代以来的国人经常将革命的象征寄托于孙悟空一样，桃太郎这个看似轻松的神话形象也叠加了日本历朝历代的家国梦。不少日本思想家和文学家都敏感地意识到它的作用，并试图通过重讲他的神话来引导大众的情感方向。 这些心态和其产生的历史效应，都被李长声尽收文中，至于福泽谕吉的启蒙、芥川龙之介的嘲讽何者为是，便是读者的见仁见智了。

李长声说，史不难读，难的是记什么，且记得有趣。 如果说，桃太郎是"神国日本"的童话标志，那么空海、亲鸾、荣西、道元等高僧，便是"佛教日本"的历史偶像。 这几年，李长声新文最显著的变化，就是加强了对日本佛教的系统考察。 本辑中便有相当多的篇章，谈论或言及这个外来的宗教在日本历史上的作用和影响。

从文化史观的角度来说，宗教、文明、国家，是一体三面的棱镜。 按照李长声的理解，"佛教日本"和"儒教中国"这类提法，并不意味着国民一定信仰或了解其教义，而是意味着该宗教的相关制度、符号和"周边"对国民生活的影响程度。 也就是说，比起历数我们拥有多少家哲学或教派，考察是何种东西焐热了我们的生活常识，才是更重要的。 从李长声的细密考证中可知，的确是佛教，而不是日本本土的神道教，才真正熟成了日本的文化。 兴禅护国论、吃茶养生记，都在日本历史的转折点上恰如其分地出现；从插花到浮世绘，从《源氏物语》到《好色一代女》，从枯山水到天妇罗，从纳豆汤豆腐到能乐歌舞伎——那些得以称之为日本象征、"霓虹"符号、和食精髓的东西，几乎没有一样不与佛教相关，甚至相当于日本儿童"《三字经》"的伊吕波歌，也来自于真言宗的空海大师对《涅槃经》的化用。 然而李长声说，大多数日本人根本不信佛。 除了葬礼法事之外，日本江户佛教的功能大致类似于我们的派出所，其作用更多的是义务性和制度性的。

从赏樱的姿态数落到佛教的作用，李长声将日本的社会形态归结于其村落共同体的特质，这一观点的合理性暂且抛给专业社会学家去判断，作者本人的关注点，仍在于宗教所投射的国族文明性格的异同。他强调，尽管佛教自中国传入日本，它在两国中的结构性位置却大相径庭。事实上，亚洲汉文化圈中的不少国家都共享着儒释道，这几种哲学之间和内部丰富的化合方式却造就了不同的国民性，就像钻石和煤块一样天差地远。日本人的幽默、中国人的严肃，其背后就有"佛性"和"儒性"之别。

从这一点来说，我们建议读者站在"汉文化圈"或"东亚"国家间角力关系的远景之中来阅读本辑，或许会有另一番滋味。因为书写历史散文的难处，不在于直抒己见，而是跟各种参照体系相对话。在某种意义上，写作就像攀岩，对脚下眼前的状况研判准确，便能借力打力。除了借日本与周边国家历史和文化交流中的种种"八卦"来陈抒己见，还有叙述同类事件时的次序、数量和语气，稍稍变动几个参数，已定型的观点就会变化。这种同中现异的乐趣，是李长声散文的心理路数之一。理解了它，文集的读法会更加丰富。比如，在谈及中日两国的文化交流史时，作者更加关注的显然并非"XX 文化"的起源和所属权，而是两国的"时差"与"视差"。他强调，翻开《古事记》，古意森森扑面而来，兑换成我们的历史，其实不过是唐代。

透过《天皇家的祖坟》《极乐的庭园》等篇章，我们可以总结出作者的一个主要看法：那些看上去悠久古老的"日本文化财"，其实都很近。天皇陵寝和京都古寺不断地经历翻新，"道"的提法不过是江户时期的事情，能乐的命名在明治时期，著名的 AV 文化则始自 1981年……如此说来，霍姆斯鲍姆的"被发明的传统"，不仅可以说明美国，也可以说明日本这类"大器晚成"的"后发现代性国家"。越是年轻的国度，越想要一点历史。在我们艳羡日本人对传统的态度更温存、对文化遗迹保护得更妥贴的时候，李长声提示我们，历史远近感的差异，早已在幕后操控着我们的文化感官，令人日用不知，习焉不察。茶道，儒学，书法，漫画，在不同的国家处于不同的生命时段，有些当令，有些衰败，还有的早成了遗骸，而许多观日者却习惯于用同一把解剖刀去"料理"它们。

李长声暗示，被文字这个平面媒介所迷惑，进而在同一个时空平面上想问题，是国族文化比较中最大的误区。视觉有其运行的规律，目光总是从一个对象移动到另一个，在时间中制造出空间，在历史问题中也一样。晚清时的中国，是先看到西方，才发现了"赶超西方"的日本，这是李长声特别强调的一点。"大正""昭和""平成"不仅是年号，也标志着不同的历史感觉——所谓历史，实际上也就是"历史感"。他有意在讲述日本平氏家族时，提点同时期的南宋史，就是希望读者意识到，自己在观看彼国时下意识的心理调度，以及双方时空感觉的差异性。晚清/明治，是一个哈哈镜式的历史段落，映照出的是中国和日本陡然颠倒的力量关系。而李长声对中国观日史的回溯则更进一步：当今国人关于日本的"常识"，实际上多数都来自于"二战后"。这是一个比近代更加巨大的历史断层，让黄遵宪、周作人这几代人对彼国的透彻观察，都被隔离在了心理鸿沟的另一端。

大半个世纪以来，我们几乎只从一个位置、一种角度去品评这个邻居的种种，李长声则建议我们动动步子，调适距离，只要觉察自己的观察地点和发言位置，更远些或更近些都无妨。多视角并不会带来过量的信息，苍蝇的五千个复眼，不会把一个苹果看成五千个，只是移步换景，风景便无处不在。

有了灵活的历史视角，水到渠成的，便是自然而平和的文化态度。李长声对日本什么都"道"化不以为然，因为自我戏剧化和历史的集体暴力之间，往往有着微妙的因果关系。幽玄到费解的枯山水、郑重到拘谨的禅茶，对他来说更像皇帝的新装。不仅对日本，对国人亦然。在将台湾地区和大陆的知日派加以对比时，他发现后者往往"急于表态，大发议论"，也许是"长年练就的习性"使然。这是一种被特定的历史伦理所胶固的紧张："凡留意日本，哪怕看一眼，似乎都负有国家兴亡之责，必须说出一个答案来。"

在李长声看来，把日本树为敌人或样板来观察都大可不必，"无非一邻人，自然交往，于交往之间自然了解。"他建议生活化和自然化地看待历史，因为桃太郎振臂一呼，鬼岛居民便遭殃，激情而正义的大棒打起人来最疼。他不爱"炖鸡汤"，还破除了很多"文化神话"，如江户时代高得惊人的识字率，以及被国人艳羡不已的精致包装——日本的精致文化很大程度建立在浪费之上。总之，好的可能没那么好，坏的也可能没那么坏。

在《落花时节读华章》里，他化用鲁迅的名言，说"东京也无非是这样。樱花也无非是这样"。这是一种近于犬儒和虚无主义的态度，也可以说是一种李长声式的精神分析：无论我们经历了多少非常时期、文化传播的使命和国家的神圣动员，心里都秘密地想着日常生活的食色性，反过来说，我们的形而上的书写也来源于此。

——或许，这就是他内心深处的"纸上声"。他以端肃的态度和严谨的资料铺设，最后所传达的，却是一种平易到几乎乏味的观点：历史也好，文化也好，都来自我们的凡俗欲念，别无太多的玄奥或神圣。及至国家本身，实际上也是人类的一种思考方式。这多少是他本人生活态度的一种反映。多年来枕日而谈，日本之于李长声，首先是日常生活，然后才是公共题材。然而当我们同时被历史遗产和现实焦虑所裹挟的时候，这种源自个人经验的态度，仍然不乏方法论上的启示。我们知道，所有的战争动员都是"去日常"的。"二战"时的日本，就曾经禁止一切反映日常生活的电影和文学。肯定环球同此凉热的世俗欲望，不过是一根平凡的生存之刺，对于深扎入骨的历史芒刺和过度的激情判断，却是一种消化药和缓释剂。以下记述或许便是一例："记得有一次演讲，被听众问及：为什么日本 AV 拍得那么好。无言以对，便反问：那么，你是跟哪个国家比较呢？"